HISTOIRE DE MA PEAU

Un récit de

Sergio del Molino

Histoire de ma peau

Traduit de l'espagnol
par Éric Reyes Roher

Sergio del Molino

Éditions
du sous-
sol

Titre original
La piel

Cet ouvrage a été publié pour la première fois en 2020
par Alfaguara

Représenté par The Ella Sher Literary Agency, Barcelone, Espagne
et Books And More Agency #BAM, Paris, France

Illustration de couverture : *Blackout NO. 12*, © Jules Julien Studio

Conception graphique : gr20paris

ISBN : 978-2-36468-530-7

À Cris, plus que jamais.

Tout irait bien sans cette maudite peau.

Vladimir Nabokov

LES SORCIÈRES ÇA N'EZISTE PAS

Es-tu bien certain de savoir à quoi on reconnaît une sorcière ? On va réviser tout ça. La salive d'une sorcière est bleue, mais ça, ça n'a pas d'importance, puisqu'elles se retiennent de cracher pour que personne n'en voie la couleur. Elles portent des chaussures inconfortables car elles n'ont pas d'orteils et qu'aucune paire ne leur va. Tu peux aussi te fier à la largeur de leurs narines ou à leurs pupilles, dans lesquelles se reflètent la glace et le feu, mais tous ces détails pourraient t'induire en erreur. Bien des femmes ont des yeux bizarres et un très grand nez, mais ne sont pas des sorcières pour autant. Car une sorcière, souviens-toi, n'est pas une femme. Elle ressemble à une femme, mais c'est un autre type de créature, de la même façon qu'un vampire n'est pas un homme, même s'il en a l'air. Pour être sûr de les reconnaître, tu peux observer leurs mains ou leurs cheveux. Les sorcières portent toujours des gants, même chez elles. Elles se grattent souvent la tête parce qu'elles sont chauves et portent des perruques qui irritent leur cuir chevelu, et leur provoquent de l'eczéma. La gratouille de la perruque, comme elles l'appellent.

Les gants servent à dissimuler leurs ongles, semblables à des griffes au bout de leurs mains rouges et très longues. Tu as bien retenu ? Tu sauras reconnaître une sorcière lorsque tu en croiseras une dans la rue ?

— Papa, je t'ai déjà dit mille fois que les sorcières, ça n'eziste pas !

Il a sept ans et il prononce encore existe avec un "z". Il le fait en deux temps : *ezis-te*, marquant une pause après la deuxième syllabe. Je ne le corrige jamais mais peut-être devrais-je le faire. Nous les parents, sommes tous amoureux des défauts de prononciation de nos enfants. Même les plus hystériques, ceux qui se ruent chez l'orthophoniste, vivent la moindre conquête du langage comme une amputation. Ce "z" dans le palais qu'il ne perçoit pas est un hameçon invisible qui le maintient relié à mon corps. Je le laisse dire eziste sachant qu'un jour il dira existe, s'éloignant ainsi un peu plus de moi.

— Bien sûr qu'elles existent, lui dis-je, et je prononce distinctement le "x", car je ne veux surtout pas qu'il pense que je me moque de lui, ou que cela m'amuse.

— Qu'est-ce qui te fait croire qu'elles n'existent pas ?

— Parce que ça n'eziste pas, et les fantômes non plus ça n'eziste pas, et les loups-garous, et les vampires.

— Attention, les loups-garous tu ne peux pas dire que ce soit une invention. Souviens-toi l'an dernier en Galice lorsque tu as entendu le hurlement du lycanthrope.

— C'était sûrement le vent.

Le vent, dit-il.

L'été dernier, nous logions dans une petite maison en bordure d'un bois et pendant ces quelques semaines nous lui avons appris à se protéger des enchanteresses et des esprits en s'abritant sous le calvaire le plus proche, et à appréhender ces feux follets qui à tout moment pouvaient surgir de la montagne. En vain.

— Ça n'eziste pas, répondait-il.

— Alors pourquoi construit-on autant de calvaires ici ? nous lui demandions.

— Parce que les Galiciens, eux, croient en ces choses-là, rétorquait-il avec une pointe de condescendance et de xénophobie.

C'était une nuit de pleine lune et je n'ai pas résisté à l'envie de hurler comme un loup.

— Papa, arrête ! a-t-il dit.

— Hein ? Je n'ai rien fait.

À ma réponse, il s'est figé, mort de trouille.

— Qu'est-ce qu'il y a ? Tu as entendu quelque chose ? ai-je demandé.

— Non, a-t-il répondu. Rien, ça doit être le vent.

— Tu n'aurais pas entendu le lycanthrope, rassure-moi ?

— Les lycanthropes, ça n'eziste pas, c'est le vent.

Pourtant, il a serré ma main et a pressé le pas. Sa mère et moi avons échangé un sourire complice. Enfin une brèche de terreur, une part d'inexplicable dans son monde fait de certitudes moelleuses.

Il faut que les enfants soient morts de trouille à l'entrée d'un bois, et il est de notre devoir de parents d'en instiller la terreur, ne serait-ce que pour les voir courir trouver refuge dans nos bras.

Je n'ai jamais rencontré la même chance avec les sorcières que lors de cette nuit d'été en Galice. On a beau réviser les indices qui les trahissent, lire et relire le roman de Roald Dahl et revoir Anjelica Huston dans le rôle de la Grandissime Sorcière, rien n'y fait, les remparts de la fiction ne cèdent pas. Mon fils s'endort sans la crainte qu'une sorcière ne vienne toquer à sa fenêtre à la faveur de la nuit.

Tous les soirs en quittant sa chambre, je veille à laisser sa porte entrouverte et la lumière de la cuisine allumée. Je ne le fais pas pour conjurer une quelconque peur du noir qu'il n'a jamais connue, mais parce qu'il ne supporte pas d'être tenu à distance. Il sait qu'après le baiser de bonne nuit, son père entame une autre vie dont il est absent, et qu'en laissant la porte ouverte, d'une certaine façon, je ne saurais oublier qu'il existe. Lui, et non les sorcières.

— Bonne nuit. Tu m'appelles si jamais une sorcière entre dans ta chambre.

— Les sorcières, ça n'eziste pas !

Dans le couloir, avant même d'avoir atteint le salon, je commence à me gratter. Les bras, le dos, la tête. Parfois, je sens une irritation au cuir chevelu qui me démange comme la gratouille des sorcières. Si j'ai les ongles un peu longs, je me gratte jusqu'au sang, et ce sang laisse des traces sur mon T-shirt, les fauteuils et les draps, trahissant à coups de grosses gouttes écarlates – comme dans une scène de crime – cette nature que j'ai occultée tout au long de la journée et que, seul avec moi-même dans le salon, devant un dîner triste et la télé en fond, je laisse échapper et suppurer. Mon moi véritable, en bras de chemise et pieds nus. Je ne sais pas distinguer la pleine lune de la nouvelle et je ne poursuis aucune proie pour étancher ma soif meurtrière. En véritable monstre que je suis, je ne représente aucune menace pour personne, je me contente de me tenir à l'écart d'un monde qui viendrait me cueillir avec fourches et flambeaux s'il me voyait tel que je suis.

Je me dérobe à la vue de tous, y compris à celle de mon fils. Bien qu'il me devine. Si les enfants venaient à nous découvrir, nous risquerions d'être acceptés en tant que monstres, un désastre pour eux. C'est pourquoi je laisse la porte entrouverte et non grande ouverte, pour qu'il n'ait pas la bonne idée de se lever, de débouler dans le salon et découvrir que les sorcières, non seulement ça eziste, mais qu'en plus ce sont les parents.

LA CARTE DU DIABLE

Aux prémices de la métamorphose, alors que les taches n'étaient encore que de minuscules éruptions pouvant passer pour des piqûres de puces, j'habitais à Madrid avec une sorcière. C'étaient les premiers jours de l'automne 2000, j'avais vingt-et-un ans et même si ce n'était pas la première fois que je me frottais à des sorcières, je n'avais jusqu'alors jamais emménagé chez l'une d'entre elles. C'était l'amie d'une amie, à qui elle avait dit un jour qu'elle disposait d'une chambre dans son appartement de Cuatro Caminos et qu'elle cherchait un colocataire avec qui partager le loyer et les dépenses. Tu tombes bien, lui a dit mon amie, j'ai la personne qu'il te faut. Nous étions ainsi réunis.

J'étudiais le journalisme, c'est-à-dire que je n'allais à la fac que pour passer des partiels préparés la veille grâce aux photocopies des cours qu'une fille très appliquée prenait avec une calligraphie de collège de bonnes sœurs. Je passais le plus clair de mon temps fourré dans d'autres facultés (celle de Lettres, par exemple, où je lisais les auteurs français de la bibliothèque) ou à la Filmothèque nationale, dont j'avalais sans discernement le catalogue des grands réalisateurs. Ma sorcière fréquentait le même campus, mais elle étudiait la publicité et les relations publiques. Elle ne ratait jamais un cours et prenait parfois des notes qu'elle alignait méticuleusement avec une calligraphie de collège de bonnes sœurs. Nous étions inscrits dans la même université, mais bien des mondes nous séparaient. J'avais fait choix de pauvreté et de paresse ; elle rêvait de bureaux dans des tours de cristal, de cocaïne et de Festival de Cannes ; je traînais dans les bars du callejón del Gato, je tirais parfois sur des joints sans en avaler la fumée et me laissais pousser les cheveux.

Pour parvenir à se faire accepter dans l'univers des patrons de publicité, il lui fallait diluer légèrement son caractère sorcier, mais pas trop. Il suffisait d'en limer les aspects les plus répugnants, comme la gratouille ou la salive bleue. Du reste, quelques touches d'ésotérisme sont du plus bel effet dans le grand monde. Le tout étant de leur conférer un tour élégant et ibizois, comme ces vêtements Adlib, qui ne siéent qu'aux ultra-riches ultra-bronzés. Une sorcière peut faire carrière dans la pub si elle ne finit pas enturbannée, dans un rez-de-chaussée de Getafe, occupée à lire l'avenir dans le marc de café à des ménagères accros aux machines à sous et convaincues – à juste titre, d'ailleurs – que leurs maris les trompent avec la voisine. Patricia, car tel était le nom de ma sorcière, apprenait alors à moduler son registre ésotérique pour coller à l'ambiance des nuits d'été de Marbella, c'est pourquoi elle me mettait en garde contre les excès de la sorcellerie populaire. Ainsi, elle m'interdisait formellement de mettre les pieds à La Milagrosa, un bazar vaudou au coin de la rue où l'on trouvait certaines bougies noires en forme de pénis géant qui m'amusaient énormément.

— On ne rigole pas avec ça, me sermonnait-elle. Promets-moi de ne jamais rien rapporter de chez eux, ce sont des gens mauvais qui pratiquent la magie noire, je te préviens.

Une magie noire à n'en pas douter, mais noire de peau. Car ce qui la dérangeait véritablement dans La Milagrosa, c'était la clientèle venue tout droit des Caraïbes et de l'illettrisme, parce qu'une publicitaire branchée ne saurait décrocher un contrat pour Coca-Cola attifée de grigris yorubas et chantonnant en patois africain. La magie, oui, mais à condition qu'elle reste chic, blanche et européenne. Asiatique, passe encore, mais plutôt indienne que chinoise. Il y a beaucoup d'a priori entre gens ésotériques, et moi ça m'agaçait profondément, parce que j'avais très envie de me procurer l'un de ces pénis géants, mais que je ne l'ai jamais fait par respect envers ma sorcière raciste.

Patricia possédait un jeu de tarot sublime qu'elle était seule à pouvoir toucher – "sinon tu le démagnétises, disait-elle, tu ne dois pas le polluer avec ton énergie" –, dessiné par un Russe blanc exilé, qui sait à quelle époque et dans quel pays. Et c'est pourquoi le Diable y était représenté sous les traits de Staline. Dès que je me retrouvais seul à la maison, je m'empressais de braver l'interdit, j'ouvrais le tiroir où elle rangeait son tarot, le sortais du tissu dans lequel elle l'enveloppait et battais les cartes en les caressant. C'était un jeu tout en couleurs, comme la peinture russe, et ses illustrations ressemblaient à des icônes byzantines, au regard féroce et direct. J'adorais les sentir dans ma main et j'étais déçu à chaque fois de constater que Patricia ne remarquait rien. Elle n'a jamais su que je les avais démagnétisées ou polluées avec mon énergie.

"Patricia, tu me tires les cartes ?" lui demandais-je dès que je sentais ma foi défaillir, histoire de renouveler mes vœux.

Patricia rouspétait. Elle était calée devant la télé et n'avait aucune envie de débarrasser la table du salon, toujours encombrée de verres et de bouteilles.

— Allez viens, Patti, tire-moi les cartes.

Renâclant et à reculons, elle se levait du canapé, éteignait la télé et sortait le tarot de son tiroir.

— Nettoie-moi cette porcherie, on risque de te tirer une carte de merde au milieu de tous ces verres sales, disait-elle.

Elle mélangeait et me demandait de couper sans toucher le dos des cartes, rien que les bords. Puis elle les retournait une à une et les classait par rangées, comme pour une réussite, en marmonnant dans sa barbe. Je ne savais jamais si mes cartes étaient bonnes ou mauvaises. Patricia disait que c'était une vue de l'esprit, que les cartes n'étaient ni bonnes ni mauvaises, pas plus qu'elles ne prédisaient l'avenir. Elles ne faisaient qu'éclairer une personnalité. Elle en atténuait toujours la magie et ramenait tout à une affaire d'énergies naturelles et biochimiques. Ce n'étaient pas les objets magiques qui avaient une incidence sur nous, mais tout le contraire : nos corps – enveloppes de l'âme – laissaient des marques qu'elle savait interpréter et qui lui permettaient de se constituer en quelques minutes à peine une connaissance de l'autre qui pour les non sorciers comme moi aurait exigé des années d'intimité, de fréquentation et de conversations nocturnes. Les cartes étaient un diagnostic du moment présent, jamais une prévision de l'avenir.

Un diagnostic complaisant, bien sûr. Patricia me dépeignait suivant mon goût. Ou d'après ce qu'elle s'imaginait l'être :

— Tu es impulsif ; tu possèdes une grande force intérieure ; ne délaisse pas ton côté rationnel, vu que tu as tendance à écouter tes sentiments, ce qui est une bonne chose, la plupart du temps, mais qui peut aussi te porter préjudice. Aïe, je vois un allant sexuel démesuré, si tu devais croiser quelqu'un de pareillement chargé, ce serait un festival, mais veille à toujours garder le contrôle.

— Aucun risque, Patti, je crois être capable de me contrôler, pas la peine de t'enfermer à clé cette nuit.

— Ce que tu peux être con. On arrête, si tu préfères.

— Non, non, continue, je t'en prie.

Elle s'est remise à tirer les cartes, jusqu'à tomber sur Staline.

— Le Diable ! me suis-je exclamé. Horreur !

— Je t'ai déjà dit mille fois que le Diable n'est pas une mauvaise chose. Dans ton cas précis, ça n'a rien de mauvais.

— Tu parles, c'est tout de même Staline ! Vise un peu ce regard noir et cette grosse moustache. C'est très mauvais. Mais vas-y franchement, je peux encaisser. Dis-moi ce que ça représente.

— Ça ne représente pas une chose en particulier, ce n'est pas de la science, c'est de la perception, de l'art, de l'interprétation. Dans le tirage présent, il te met en garde contre tes instincts, qui pourraient te jouer un tour. Regarde, il est apparu la tête en bas.
— Ce n'est pas bon.
— À en croire les cartes qui l'entourent, c'est en lien avec ta santé. Est-ce que tu t'es senti bizarre dernièrement ? Une douleur, une gêne ?
— Rien du tout.
— Et ces petites taches sur tes bras ?
— Une éruption.
— Que tu traînes depuis un moment déjà.
— Le Diable à l'envers, ça représente un problème de santé ?
— Il attire l'attention sur un mal qui couve, un danger pour le corps, presque toujours de nature sexuelle. T'aurais pas baisé sans capote par hasard ?
— Sans déconner, Staline !
— Je ne fais que te mettre en garde, vous les garçons ça vous dépasse et toi tu ne fricotes qu'avec des tarées, je me méfie, j'ai mes raisons.
— Je te dis que non, ni avec, ni sans, ça fait des semaines que je passe mes journées à la Filmothèque. Mais j'y ai peut-être attrapé quelque chose. Il y a des punaises à ce qu'il paraît.
— Fais gaffe, toi, si tu me ramènes des punaises, je te balance dans la cage d'escalier. Et surveille tes taches, ça ne m'a pas l'air d'une éruption normale. Ça te démange ?
— Un peu.

— Ne te gratte pas.
— Entendu, camarade Staline.
— Mais là tu te grattes.
— C'est mon côté dissident...
— Et crétin. Laisse-moi tranquille maintenant, je vais méditer dans ma chambre. J'ai un partiel de statistique demain. Prends rendez-vous chez le médecin.

Elle s'est enfermée avec ses bougies achetées en grande surface (jamais à La Milagrosa) et sa boîte de sel de table avec lequel elle traçait un cercle de protection, et je ne l'ai plus revue jusqu'au lendemain. Je ne la dérangeais jamais lors de ces emportements, non pas par respect mais parce que ses rituels me faisaient l'effet d'un théâtralisme grotesque qui menaçait sa métamorphose en sorcière cosmopolite et libérale. Je ne supportais pas de la voir sombrer dans un ésotérisme vulgaire.

Je me suis mis à gratter jusqu'au sang ces taches d'à peine quelques millimètres, dont la couleur alternait entre le rouge et le rose crayeux suivant la lumière, le moment de la journée, ou l'état d'hydratation de ma peau. J'ai réalisé alors qu'il ne s'agissait ni de papules ni de petits boutons, comme je l'avais cru en un premier temps, mais d'une zone de surface squameuse. Mes ongles avaient fendu ces minuscules plaques semblables à une cicatrice, et avaient provoqué un léger saignement. Quelques gouttes très denses qui ont coagulé immédiatement, formant une croûte noire affreuse que j'ai arrachée à son tour, provoquant un nouveau saignement. Me gratter ne faisait qu'empirer les choses, mais il était humainement impossible d'y résister.

Le crâne aussi me démangeait. Depuis quelque temps déjà, j'avais constaté des pellicules, d'autant plus pénibles que j'avais les cheveux longs, mais je n'avais jusqu'alors pas fait le rapprochement avec ces petites taches sur les bras. Les écailles et les pellicules présentaient une même structure. C'était la même chose. Un eczéma. Une dermatite. Une infection, ai-je pensé. J'aimerais pouvoir dire que je ne me suis pas inquiété le moins du monde, mais le Diable à l'envers hantait mon esprit. Comme tout vrai croyant, je m'efforçais de paraître sceptique et je taquinais Patricia lorsqu'elle me tirait les cartes, jusqu'à la gonfler parce que je ne la prenais pas au sérieux. Mais je la prenais au sérieux, évidemment. Et j'en riais.

Doucement, j'ai ouvert le tiroir dans lequel se trouvait le tarot. C'était la première fois que je m'en saisissais alors qu'elle était à la maison. Pourvu qu'elle n'ait pas l'idée d'aller aux toilettes ou de se servir un verre d'eau, ai-je pensé, mais Patricia devait plonger dans des transes authentiques, parce que je ne l'ai jamais vue quitter sa chambre lorsqu'elle méditait. J'ai cherché la carte du Diable, qui de nouveau est apparue la tête en bas. Je l'ai retournée avant de l'observer attentivement. Elle était magnifique.

Les cartes du tarot me rappellent les pages d'un manuscrit enluminé. On y trouve toute l'ingénuité et la sophistication du monde, l'idée naïve et rassurante que le complexe et même l'inconnaissable peuvent s'exprimer au moyen d'un symbole cryptique. Les arcanes majeurs du tarot ont une corrélation cabalistique. Le Diable est associé à la lettre Samech qui d'après Patricia parle de notre enveloppe charnelle. Nous l'invoquons pour nous libérer de la contingence et projeter notre personnalité au-delà des contraintes de l'emballage. Le Diable et Samech nous exhortent à nous écorcher vifs, à tout faire sauter pour nous rapprocher de l'Innommable sans mesures prophylactiques. Samech est un éplucheur de patates qui vous dépèce afin de laisser votre ego à la vue de tous, mais là c'est Staline que j'aperçois devant moi, très en colère, avec une tête à signer des condamnations à mort, et je ne vois pas comment il pourrait m'aider à trouver Dieu à qui, soit dit en passant, je n'ai jamais eu très envie d'avoir affaire.

Ce n'était pas la terreur soviétique, ni la cabale, ni les arcanes majeurs qui me retournaient l'estomac et me donnaient le tournis. Non, cette autosuggestion remontait à quelques jours auparavant lorsque Patricia m'avait lu les lignes de la main. Nous avions bu quelques verres et nous n'avions pas vu la nuit tomber. Nous étions fatigués mais sans envie d'aller nous coucher, et nous prolongions la soirée en une compagnie de moins en moins causante et de plus en plus absurde. Ma main avait atterri par hasard entre les siennes et elle n'avait pu s'empêcher de scruter les secrets de ma paume. Elle l'avait observée très attentivement, puis elle en avait parcouru les sillons du bout de son index, avec tendresse, sans contact presque, puis elle m'avait demandé si je voulais savoir.

— Je veux toujours savoir, Patti.

— Je ne te parlerai pas des autres lignes, qui n'ont rien de particulier, mais seulement de ta ligne de vie, qui est étrange, je n'en ai jamais vu de semblable.

— C'est-à-dire ?

— Normalement, elles sont longues et très peu marquées, mais la tienne est courte, tu le vois ? Et très profonde, on dirait une blessure, quelque chose de factice. Elle s'enfonce davantage vers la fin, mais sans se diluer dans la paume comme les autres lignes. Regarde, elle s'achève ici, abruptement.

— Et qu'est-ce que ça veut dire ?

— Eh bien, tu dois savoir que nos lignes évoluent en même temps qu'évolue notre vie. Ici ce n'est pas ton destin que l'on voit, c'est une radiographie de ton présent, du futur qui sera le tien si tu ne prends pas conscience de qui tu es.

— D'accord, je veux bien, mais qu'est-ce que ça signifie ?

— Tu le sais, je viens de te le dire : ta vie sera courte et s'achèvera brusquement. Un accident peut-être, ou une maladie mortelle.

— Je ne souffrirai donc pas.

— Ça, je n'en sais rien. C'est une possibilité. Là, il est uniquement question d'une vie brève qui s'arrête d'un coup.

— Tu devrais peut-être en profiter tant que je suis encore là.

— Écoute, il est trop tard pour me faire le coup de la tension sexuelle. Trop tard dans la soirée et dans notre relation. Et puis, j'ai mes règles.

— Les sorcières n'ont pas ça.

— Les autres, j'en sais rien, mais j'en connais une qui va se prendre un Advil et se mettre au lit.

Avant de m'endormir à mon tour sur le canapé, bercé par les annonces du téléachat qu'on diffusait au petit matin, je m'étais persuadé que je n'atteindrais pas la trentaine, et c'était bien, sans doute parce que cela me semblait si loin des vingt-et-un ans que je venais d'avoir, ou alors parce que les jours me paraissaient tellement interminables que le fait d'en additionner des milliers jusqu'à me voir réduit à une carcasse bosselée et gauchie par l'arthrose me semblait une chose insupportable. Une mort rapide, oui, nette si possible. D'un coup d'un seul, sans laisser le temps à la souffrance de s'installer, sans enfants traumatisés, ni amours gémissants. Non seulement la perspective était plus rassurante que n'importe quel arcane du tarot, mais elle venait conforter ma foi la plus profonde.

Je savais depuis longtemps que je ne ferais pas de vieux os. Depuis l'âge de huit ans. Mes parents et moi vivions alors dans un village très touristique de la côte valencienne – nous avons beaucoup bougé, non pas comme des nomades, mais un peu comme des ambulants – pris d'assaut en été par les Madrilènes, mais aussi par des Français et des Allemands. Avant même de les entendre parler, nous repérions les étrangers à la blancheur flasque de leurs peaux nordiques qui nous éblouissaient au loin. Alors que nous autres, les enfants du village, arborions un bronzage charbonneux dès les premiers rayons de soleil du printemps. À l'arrivée de la saison, nous étions déjà complètement tannés et n'éprouvions jamais le besoin de crème solaire ou d'un coin d'ombre. Nous pouvions dès lors galoper sur la plage du matin au soir, sans que les parents n'aient à exercer la moindre surveillance.

Aujourd'hui j'envie mes parents, car je suis incapable de lever un seul instant les yeux de mon fils et je ne le laisse pas galoper sur la plage jusqu'à le perdre de vue et le laisser aller là où je ne saurais pas avec qui il est. Comparé à qui j'étais, c'est un enfant-bulle, ou un animal en cage, mais, en échange de ma vigilance paranoïde, je lui offre un monde dénué de peur. Non seulement il s'imagine que les sorcières, ça n'eziste pas, mais il ne conçoit pas plus la menace quotidienne du pédéraste, du ravisseur ou de l'empoisonneur aux bonbons. Et pourquoi devrait-il les connaître, puisque sa mère et moi sommes toujours à ses côtés pour l'en préserver ? Mes parents à moi ne me surveillaient pas, mais ils m'endoctrinaient grâce à un vaste répertoire de contes d'horreur bien plus efficaces que toutes les ressources et compétences de la Police nationale. Conditionnés par ces histoires, mes copains et moi nous nous méfiions dès qu'un adulte nous tournait autour. Si une voiture ralentissait et s'arrêtait là où nous jouions dans le canal, nous prenions la fuite sans chercher à savoir de quoi il retournait. Dès qu'un vendeur de tapis ambulant s'approchait tout sourire, nous lui jetions du sable avant de décamper fissa. Voilà pour les dangers qu'on voyait venir, ceux dont on pouvait se tirer au sprint, mais il y en avait d'autres beaucoup plus intangibles et imprévisibles. Le pire de tous, c'étaient les seringues.

Le conte d'horreur le plus célèbre de 1987 était le sida. Il y avait dans le village une communauté punk notoire qui se réunissait avec ses crêtes et ses chiens sur la même place où d'autres venaient en famille déguster un verre d'*horchata* accompagné de *fartons*. "Ne t'approche pas d'eux", me disait ma mère. Car les scélérats – à ce qu'on disait – allaient se piquer le soir sur la plage puis enterraient les seringues dans le sable en tournant l'aiguille vers le haut. De sorte que ceux qui débarquaient pieds nus le lendemain se faisaient embrocher et contaminer. Nous pouvions échapper aux ravisseurs d'enfants, mais comment éviter les pièges de cette nature ? Je marchais dans le sable la boule au ventre. Même lorsque nous courions et jouions au foot, je regardais toujours où je mettais les pieds.

Il était tard et nous avions reçu l'ultimatum du départ, raison sans doute de ma vigilance réduite. Je me suis dirigé vers les douches pour me débarrasser des vestiges d'une journée de sel et de sable lorsqu'une douleur aiguë m'a déchiré la plante du pied droit. En le soulevant, j'ai aperçu quelques gouttes de sang qui s'écoulaient d'un minuscule orifice juste au-dessus du talon. Je n'ai pas cherché à remuer la plage, je savais parfaitement sur quoi j'avais marché. J'ai gagné les douches sur la pointe des pieds et j'ai laissé couler l'eau jusqu'à stopper le saignement. Ce n'étaient que trois gouttes, à vrai dire, mais j'avais mal comme si un pieu m'avait traversé le pied de part en part.

— Tu boites, qu'est-ce que tu as ? m'a demandé ma mère qui m'aidait à enfiler un T-shirt et me tendait mes tongs.

Je n'ai pas répondu. Je suis monté dans la voiture en silence et je n'ai rien dit de tout le trajet, rien dit sous la douche à la maison, ni au moment de me mettre en pyjama, ni à table en mangeant les haricots verts réchauffés de la veille, ni lorsque je me suis retrouvé seul dans ma chambre après qu'on m'a souhaité "bonne nuit, fais de beaux rêves".

J'ai allumé la petite lampe pour examiner mon pied. Le point était bien là, au centre pour ainsi dire, rond, imperceptible si on ne savait pas ce qu'on cherchait. J'ai éteint et je me suis endormi la paix dans l'âme. Je ne sentais ni angoisse ni besoin d'en parler. J'allais mourir maigre et hirsute, comme les acteurs et les jeunes délinquants. Il n'y avait rien à faire : j'avais le sida.

Je me suis résigné à vivre mon dernier été. J'ai remisé mon maillot et j'ai affronté l'automne convaincu que je ne verrais plus la couleur du sable. J'ai sorti mon pull en pensant que c'en était fini des réveillons dans le village de mon grand-père. Je prenais congé en silence et en secret, sans aucun sens du drame ou de la mise en scène. L'attente de la mort ressemblait à n'importe quelle attente, celle de la récré ou du rendez-vous chez le médecin.

Mais les mois se sont succédé et j'étais toujours en vie. Un nouvel été est arrivé, puis un autre, et j'ai vu pousser mes premiers poils de barbe, et ma voix a mué, et je suis devenu un homme, et dans ma poitrine mon cœur a continué de battre. Mais ni les horloges ni les calendriers n'ont réussi à me faire démordre de mon funeste sort : la mort ne faisait que traîner, je ne m'étais pas débarrassé d'elle. Le sida incubait quelque part en moi, dans l'attente d'une étincelle. Il tardait à se manifester car il percevait mon indifférence, il attendait de pouvoir me surprendre une fois que j'aurais oublié la piqûre, car la mort a le sens de la tragédie et de la mise en scène et a horreur des mollassons qui ne tremblent pas, ne pleurent pas, ne la supplient pas d'emporter d'autres qu'eux.

Lorsque Patricia a lu les lignes de ma main et m'a décrit cette ligne de la vie courte et profonde, je me suis bien gardé de lui parler de ce point rouge situé pile à la naissance de mon talon droit. J'espérais qu'elle le devinerait, qu'il resplendirait, mystique, comme un *Ājñā chakra* podal, mais elle était crevée et avait ses règles et voulait prendre un Advil, et dans ces circonstances personne ne peut percevoir la transcendance. J'ai beau répéter inlassablement que les sorcières ne sont pas humaines, dans toutes celles que j'ai connues bat une humanité identique à la mienne, et cela m'a toujours étonné que nous puissions connaître les autres alors que notre propre corps nous empêche d'écouter le monde. Car comment pourrions-nous remarquer la douleur d'autrui alors que la nôtre fait un tel tapage à toute heure du jour et de la nuit ?

Je me demande si Staline, avec ces yeux d'empereur byzantin sur la carte du Diable, devine le point rouge sur ma voûte plantaire ? Lui aussi est importuné par les diablotins qui lui chatouillent les pieds, car le Diable du tarot est toujours entouré de diablotins facétieux. Si ça se trouve, Staline a la mine sombre parce qu'il ne peut pas se gratter là où les diablotins l'asticotent, comme moi je me gratte le bras et m'arrache la croûte en me faisant saigner de nouveau. L'hiératisme des icônes ne m'a jamais semblé être un attribut de pouvoir, mais plutôt l'expression d'une gêne. Il se peut bien que Justinien ou les Pantocrator terribles des églises vénitiennes ne cherchent pas tant à foudroyer du regard leurs ouailles qu'à réprimer une irrésistible démangeaison. Le Staline de la carte ne me jugeait donc pas, il était indisposé, et tout ce qu'il voulait c'était se retrouver seul pour pouvoir se gratter comme un fou ou prendre un bain dans sa *datcha*. Si j'avais observé plus attentivement la carte, j'aurais découvert un soupçon de raillerie au fond de son regard, cette moquerie charitable que nous autres malades de la peau pratiquons entre nous. À l'époque, j'ignorais que j'étais malade, mais Staline, lui, devait le savoir, car sinon à quoi bon être un arcane majeur du tarot ?

À présent je le sais et un jour mon fils aussi le saura. Je vais rapporter ici ces histoires d'horreur qu'il est encore trop tôt pour mettre en scène dans sa chambre à l'heure du coucher car elles racontent l'histoire de monstres qui ezistent, et ce qui eziste ne convient pas aux enfants. Non parce qu'ils pourraient prendre peur, mais parce qu'ils en verront bien assez lorsqu'ils ne seront plus enfants et que les choses se mettront à exister.

Je lui lis tous les soirs un chapitre d'un livre de Roald Dahl. Nous lisons tout un tas de choses, mais dernièrement c'est Dahl qui nous obsède. Là-dessus il est comme son père : lorsqu'un auteur le passionne, il ne le lâche qu'une fois qu'il a tout lu. Lire à haute voix ce n'est pas seulement convertir les lettres en sons, c'est aussi se livrer à une interprétation. Je ne place pas ma voix pour faire les différents personnages, pas plus que je ne chante les chansons des Oompa Loompa, ou n'exagère en allongeant les voyelles et gesticulant au ralenti, comme font les conteurs pour enfants qui prennent les petits pour des accidentés neurologiques. Ma mise en scène est bien plus subtile : je ne cesse jamais d'être moi-même, mais je suis à la fois le narrateur et les personnages. La métamorphose opère grâce à des modulations imperceptibles dans la voix, du moins me semble-t-il, parce que je n'arrive pas à savoir à quel moment mon fils arrête de m'écouter et se met à écouter les personnages et le narrateur.

Roald Dahl syntonise les ondes les plus perverses de la personnalité infantile. Ceux qui ne connaissent pas les enfants ont tendance à les considérer comme des pièces de musée qu'il faudrait conserver dans une vitrine et admirer de loin, en évitant soigneusement de les toucher ou de les exposer aux intempéries, mais ceux qui osent humer leur haleine savent que les enfants absorbent sans broncher des maux que les adultes ne supporteraient pas. Il n'y a que nous, les grands, qui savons ce qu'est la peur, car la peur véritable naît de l'expérience. Nous craignons la faim quand nous voyons que nous n'arrivons pas à rembourser nos dettes. Nous redoutons la guerre parce que nous avons vu ce qu'elle a fait à nos grands-parents. Nous sommes terrifiés par la maladie car nous avons pleuré aux funérailles de nos amis. La peur sans l'expérience n'est qu'une extravagance philosophique, c'est pourquoi les enfants n'ont pas vraiment peur. Il y a une obscurité immaculée qui croupit au fond de tout enfant, et Roald Dahl savait agencer les mots pour la flatter. La peur, ainsi racontée, est rigolote pour mon fils, mais insoutenable pour son père.

Dès que j'éteins la lumière et que je quitte sa chambre, lorsque je me transforme en la créature que je suis, je me réfugie dans le Roald Dahl adulte, dans cette littérature qu'il a écrite pour les grands et qui, comme tout ce qu'on n'écrit pas à l'intention des enfants, regorge de consolation et d'espoir.

“Peau” est l'une de mes nouvelles préférées. Drioli est un tatoueur de bas étage – j'ignore s'il existe des tatoueurs de haut étage – qui se lie d'amitié avec Soutine, un peintre parisien d'aussi bas étage que lui et qui commence à vendre ses premières toiles. Pour fêter ça, les deux compères se soûlent copieusement dans l'atelier de Soutine et à la fin de la soirée Drioli lui offre son dos comme canevas. Celui-ci montre à son ami la technique du tatouage puis Soutine peint sur sa peau un véritable chef-d'œuvre. Des années plus tard, Drioli, qui passait par hasard devant une galerie d'art, apprend que son ami, mort à présent, est devenu un peintre extrêmement coté. Lui qui est resté le pauvre hère de toujours a désormais un “Soutine” dans le dos. Ce vieil ivrogne de Drioli que tout le monde méprise devient du jour au lendemain une œuvre d'art de la plus grande valeur.

Sinon lui, du moins la peau de son dos. Je me garderai bien de raconter la fin qui, on l'aura compris, est des plus effroyables.

Le traducteur espagnol a préféré le titre de "Tatouage", qu'il devait sans doute trouver plus dangereux, plus voyou et plus sinistre que "Peau", mais c'est une erreur, puisque la nouvelle ne parle pas de l'œuvre tatouée mais de son support. La métaphore est dans l'épiderme : c'est là que nous conservons les amis disparus. Les beuveries que nous avons partagées avec eux se logent à jamais entre nos pores et nos poils, se flétrissent à mesure que notre collagène se durcit et se transforment au rythme de nos transformations. Si un restaurateur pouvait nous examiner aux rayons X, il découvrirait mille épaisseurs d'ébauches et de peintures, les signatures illisibles d'artistes que nous avons fini par oublier et jusqu'aux formes imprécises des enfants que nous n'avons pas eus.

Vieillir consiste à se raconter, sauf que ma peau de monstre ne raconte pas mon passé, mais mon avenir. En mourant elle témoigne de ce que je deviendrai, car elle n'a que faire de qui j'étais. Elle anticipe la dégradation biologique, le retour à une forme embryonnaire, amorphe et sanguinolente, qui achève le cycle de la vie et démontre qu'il n'y a jamais eu et qu'il n'y aura jamais d'âme pour me sublimer : nous ne sommes que cellules, squames, poussière, sang séché, pure corporéité.

À quoi bon continuer à digresser et à m'apitoyer sur mon sort. Nous les monstres sommes particulièrement pénibles, à toujours pleurnicher dans nos tours et nos cachots, égocentriques, révulsés face au monde alors que le monde n'a que faire de nous. La belle et la bête se ressemblent en ce qu'elles se sentent toutes deux observées. Qui pour sa beauté, qui pour sa laideur : c'est un narcissisme identique.

Je veux parler à mon fils de ma ligne de vie, de cette mort qui n'est pas encore survenue mais qui ne saurait tarder, de mes sorcières véritables et de mon point rouge sous le pied. Je veux lui dresser le catalogue des monstres, mes congénères, ces personnages dévorés par ce même psoriasis qui me détruit. Je vais tout coucher par écrit pour qu'il puisse le lire lorsque je ne serai plus là, ou que je ne lui ferai plus la lecture, parce que je ne le borderai plus, je ne lui souhaiterai plus bonne nuit, et ne partirai plus en laissant sa porte entrouverte et la lumière de la cuisine allumée.

Je vais commencer par la carte du Diable.

UNE PISCINE À SOTCHI

Il était une fois un monsieur à moustache qui régnait des grandes plaines d'Europe à la mer du Japon, et du pôle Nord aux déserts de Perse. Un territoire autrefois gouverné par les tsars, jusqu'à ce que les compagnons du monsieur à moustache, lesquels se faisaient appeler bolcheviks, tuent le dernier des tsars et tous les membres de sa famille, et fondent un nouvel empire. Ils commencèrent par piller nombre de palais, avant de décider de s'y installer, prenant alors goût au mode de vie de la noblesse. C'étaient des types très durs, habitués à se crier dessus, à porter des armes et à dormir par terre sans couverture. Comme tout bon guerrier, ils se donnaient des surnoms. Le meneur était Lénine, autrement dit, "l'homme de la Léna", un fleuve de Sibérie. Le monsieur à moustache se faisait appeler Staline, "l'homme de fer". Pour ses compagnons bolcheviks, c'était le *Vojd*, le guide. Ou Koba. Seuls les plus intimes pouvaient l'appeler par son vrai nom, Joseph Vissarionovitch.

Les bolcheviks avaient passé la moitié de leur vie à combattre les tsars et avaient connu le froid des prisons sibériennes et de l'exil dans toutes les capitales d'Europe. Ils ne voyaient pas pourquoi, ayant conquis le pays et anéanti leurs ennemis, ils devraient continuer de dormir dans des couchettes de fortune et d'avaler de la bouillie. Staline était originaire de Géorgie, mais détestait qu'on lui parle en géorgien, lui préférant le russe, impérial et commun, langue de l'égalité et de l'État. Il arrivait que certains de ses compatriotes, pensant pouvoir sauver leur vie ou celle d'un proche, s'adressassent à lui dans sa langue maternelle, mais plutôt que de l'attendrir, cela ne faisait qu'accroître sa colère, sans doute parce qu'ils lui rappelaient cette mère usée qu'il n'allait jamais voir à Tiflis, ou les hivers de son enfance sans caviar ni faisans sur la table à manger. Staline appréciait l'instant présent et celui-ci se déclinait en russe, un présent délicieux et abondant, comme le socialisme prodigue qui se déversait sur tout le pays, du fait de sa bonté infinie.

Désormais, il pouvait combler sa faim et conjurer le froid au coin du feu et sous des manteaux en cuir confectionnés à Paris, mais il gardait des séquelles de son ancien combat qu'aucun palais, tableau de Rubens, champagne ou qu'une porcelaine ne parvenaient à apaiser. En Sibérie, durant les années de captivité à laquelle les juges du tsar l'avaient condamné, il eut un bras gelé, et souffrait, depuis, de douleurs rhumatoïdes atroces. On lui avait par ailleurs diagnostiqué une amygdalite chronique et une affection dermatologique incurable (le psoriasis, nous y voilà). Déterminer lesquels de ces maux étaient attribuables à la lutte révolutionnaire et lesquels à une malédiction génétique n'était pas à la portée des sciences médicales de l'époque. Mais plus terrible était son impuissance : Staline pouvait bien changer la face du monde, il ne pouvait, en revanche, s'empêcher de se gratter. À quoi bon la toute-puissance, à quoi bon susciter la peur des grandes plaines d'Europe à la mer du Japon, et du pôle Nord aux déserts de Perse, lorsqu'on souffre, nuit après nuit, du martyre osseux et de démangeaisons dermiques.

Ce fut Mikoïan, le fidèle Arménien Anastase Mikoïan, camarade des temps héroïques, qui lui parla de Sotchi.

— Il y a un petit village situé sur les rives de la mer Noire, lui dit-il, non loin de la frontière géorgienne, qui te fera le plus grand bien. Nous venons d'inaugurer une ligne de chemin de fer qui le dessert. Tu verrais quel climat, quelles forêts, quelle tranquillité ! Les eaux y sont miraculeuses. Penses-y, je te trouverai une petite maison comme il faut, point trop luxueuse, néanmoins idéale pour t'y reposer.

Staline se rendit à Sotchi, et comme Staline était l'URSS, c'est toute l'URSS qui alla passer ses étés à Sotchi. Ce petit village qui, jusqu'au milieu du XIXe siècle, ne figurait pas même sur les cartes de Russie, se mit à pousser, pousser, pousser. Sur la promenade du bord de mer, qui à l'origine n'était qu'un sentier au pied des montagnes, jaillirent de grandes constructions. Des sanatoriums à l'efficacité archi-avérée ; des hôtels avec des grooms en livrée et des concierges qui parlaient français, et des Packard noires aux vitres épaisses dont les chauffeurs vous ouvraient la portière et savaient se tenir très droits et en silence tandis que ces dames en montaient ou descendaient.

À l'instar du village, la *datcha* allait s'agrandissant, de la maisonnette comme il faut de Mikoïan, jusqu'à devenir un palace comptant plusieurs bâtisses et de vastes jardins boisés. On installa entre deux arbres des fauteuils en osier et une grande table en marbre, qui croulait sans cesse sous les dossiers, car le camarade Staline ne s'arrêtait jamais de travailler.

Quoique les étés à Sotchi fussent suffocants, avec des températures frôlant les trente degrés et une humidité extrême, Joseph Vissarionovitch s'asseyait sur son trône en osier vêtu d'un pantalon et d'une chemise fermée jusqu'en haut. Tantôt blanche avec des poches, tantôt vert militaire. Des chemises fraîches, amples, taillées dans des tissus légers, comme ses pantalons, mais toujours entièrement boutonnées. Pas une seule photo où il apparaisse en bras de chemise ou dépoitraillé, contrairement aux farouches bolcheviks qui l'accompagnaient, et que l'on aperçoit, par moments, torses nus et transpirants, pratiquant un sport quelconque.

Ces bolcheviks du Caucase, enfants des campagnes, avaient l'habitude de se baigner dans le plus simple appareil, mais pas Staline, lequel se tenait à l'écart de ces assemblées masculines. Pour lui parler, le plus simple était de s'asseoir à sa table en marbre, dans l'un des fauteuils en osier, ou de l'accompagner en forêt ou, mieux encore, de se joindre à l'un de ses interminables dîners. Ce qui ne veut pas dire que le *Vojd* ne souffrît pas de la chaleur, comme n'importe quel bolchevik caucasien, ou qu'il n'appréciât pas les plaisirs que procure l'eau froide sur la peau. Ainsi se fit-il construire une piscine privée, peu profonde et opportunément confinée derrière une palissade, à laquelle personne n'avait accès.

— Artiom, mon fils, rejoins ton vieux père dans l'eau, raconte-moi ta journée.

Artiom Fiodorovitch Sergueïev était un jeune garçon qui s'éveillait à l'adolescence en ce début des années 1930. Son père avait été Fiodor Sergueïev, l'un des bolcheviks les plus renversants qu'ait connus la révolution, ami intime de Staline depuis ces journées d'agitation sauvage, puis compagnon d'armes pendant la guerre civile. Bien plus qu'un frère. L'intrépide Fiodor mourut, hélas, de la façon la plus bête et la moins honorable qui soit pour un guerrier de sa trempe : il s'écrasa lors des tests de l'aérowagon, une invention soviétique visant à créer des trains à grande vitesse en les équipant de moteurs d'avion. Bien entendu, aussitôt lancé, l'aérowagon dérailla, tuant la totalité des passagers à bord.

Le jeune Artiom avait tout juste trois ans lorsqu'il se retrouva orphelin, et ce fut Lénine lui-même qui poussa Staline à adopter l'enfant. Staline allait ainsi devenir le seul père qu'il connaîtrait réellement, et de fait, celui-ci l'aimait autant que ses enfants biologiques. Voire plus, car, à mesure qu'Artiom grandissait, sur son visage commençaient à poindre les traits passionnés de Fiodor, l'ami qu'il regrettait tant.

— Artiom, mon fils, laisse tomber ce que tu fais et rejoins ton vieux père dans l'eau.

De l'autre côté de la barrière, le *Vojd* ôtait son ample chemise et son pantalon clair d'été jusqu'à se montrer nu de la tête aux pieds. Il ne nous est parvenu aucun témoignage de ce qu'Artiom voyait alors : ce que son père adoptif portait gravé sur sa peau. S'il n'en parla point, c'est que cela ne le frappa jamais. Le corps de nos parents n'est que murmure et paysage familiers. C'est à peine si nous le voyons. Il n'y a rien dans ses rides, ses rugosités et ses rotondités qui pourrait nous surprendre ou nous intriguer. Aux yeux d'Artiom, Staline dans la piscine n'était pas un secret d'État soviétique exposé au grand jour.

Il en était un autre qui jouissait d'un accès sans restriction à la piscine particulière : Sergueï Kirov, l'oncle Sergueï pour Artiom, lui aussi camarade des vieux jours. Staline, Sergueïev et Kirov formaient un trio d'inséparables, incarnant le bolchevisme le plus aventureux et le moins intellectuel. Toujours prompts au combat, ils avaient traversé ensemble les épreuves dans les heures les plus fatidiques de la révolution et de la guerre civile. Artiom aurait pu se faire adopter aussi bien par Kirov que par Staline, puisque l'un comme l'autre étaient les plus proches amis de son père, ceux en qui il avait toute confiance, mais Staline en devint le père, chargé de canaliser et dompter l'esprit fougueux du garçonnet, et Kirov l'oncle complaisant qui cédait à ses caprices. Tous les étés, dès que ses obligations à Moscou lui accordaient une trêve, Sergueï Kirov sautait dans un train et débarquait à Sotchi à bord de la Rolls-Royce officielle qui le conduisait depuis la gare.

Son apparition plongeait la *datcha* dans un état d'excitation fébrile. "Kirov est là, mettez le champagne au frais et la viande à griller, faites venir les enfants !" Kirov le stakhanoviste, lequel venait de programmer une série de grands travaux publics et de superviser des plans quinquennaux à Leningrad, chérissait comme personne les journées de Sotchi et les promenades en forêt à moitié nu. Il se roulait dans l'herbe avec les enfants, s'enfonçait dans les fourrées avec les chiens, et buvait et chantait jusqu'au petit matin comme seuls les vieux bolcheviks savaient encore le faire. Tout le monde aimait Kirov. L'URSS tout entière aimait le beau et charismatique Kirov. Les mères soviétiques s'imaginaient en faire leur gendre et les jeunes militantes du Komsomol, leur mari. Mieux encore, leur amant. Qui ne rêvait de l'héroïque Kirov se glissant dans sa chambre une rose coincée entre ses dents si blanches ?

Kirov était la coqueluche de tout un pays, et Staline, qui l'aimait plus que quiconque, commençait à sombrer dans la jalousie de cet amour patriotique débordant.

— Kirov, laisse ça, allons nous baigner dans ma piscine, nous ferons un brin de causette.

Le bon Kirov le priait alors d'attendre la fin de sa partie de gorodki, qu'il remporterait, puisqu'il était imbattable à ce sport traditionnel russe. Personne, hormis lui, ne pouvait dire à Staline d'attendre un peu quand Staline commandait de le rejoindre. Le reste du pays comparaissait toutes affaires cessantes. Mais Kirov continuait de jouer comme si Staline n'existait pas, et Staline patientait tout sourire dans son fauteuil en osier, feignant l'indifférence.

“Laisse, se disait-il alors, c'est Kirov, notre bon Kirov.”

Les deux camarades passaient une bonne partie de l'après-midi à la piscine, fumant et discutant au bord de l'eau. Kirov était la seule personne extérieure à la famille qui voyait Staline ainsi nu, raison pour laquelle ses tiédeurs lui causaient tant de peine.

— Qu'as-tu, cher ami ? Que dirais-tu de quitter Leningrad et de rentrer à Moscou ? J'ai besoin de toi à Moscou, je ne peux pas gouverner ce pays tout seul.

Kirov se raclait la gorge et détournait le regard. Il tirait sur sa cigarette, faisait tomber la cendre hors du bassin et s'excusait.

— Lorsque j'aurai bouclé le plan quinquennal, Joseph Vissarionovitch. Il y a beaucoup à faire à Leningrad.

— Qu'un autre le fasse, rétorquait alors le *Vojd*, viens à Moscou, je te le demande du fond du cœur.

La popularité de Kirov ne tarissait pas. À Leningrad, berceau de la révolution, c'était un héros et une sorte de vice-roi un peu trop indépendant d'esprit. Lors de leurs conversations de piscine, il avait déjà suggéré de desserrer la bride aux paysans, on ne pouvait pas soumettre les campagnes à une répression aussi brutale. Staline ne s'opposait pas à ce qu'il lui en parle dans le bain, mais Kirov s'était mis à dire certaines choses devant le Politburo et au sein du parti de Leningrad. Il allait jusqu'à les insinuer dans la presse.

Bien entendu, il n'était jamais question de politique lorsqu'ils prenaient le bain avec Artiom, dont le corps dessinait, été après été, un galbe de plus en plus musclé et solide.

— Tu feras un bolchevik splendide, comme ton père. Le moment venu, tu serviras l'idéal soviétique avec la même droiture, lui disaient les deux camarades, admiratifs face à ce prodige de l'adolescence qui barbotait dans la piscine à faible tirant d'eau.

Le suicide de Nadia, deuxième femme de Staline et mère de Svetlana, marqua une trêve entre les deux. En novembre 1932, Nadia Allilouïeva se tira une balle, dans sa chambre, ce que Staline n'apprit que le lendemain.

Kirov consola son camarade, le soutint et lui prodigua toute l'affection virile qu'un bolchevik furieux et sentimental est capable de manifester à un autre bolchevik furieux et sentimental, ce qui n'est jamais très profus, bien que fracassant. À l'été 1933, il ne dérogea pas à son rendez-vous de Sotchi, et tenta, lors de ses interminables bains privés, de redonner du baume au cœur à son ami, que la rumeur moscovite rendait coupable de la décision de Nadia.

— Mais toi, tu n'en crois rien, n'est-ce pas, Kirov ?

— Comment peux-tu insinuer une chose pareille, Joseph Vissarionovitch ?

— Lève ton verre à Nadia, mon cher, lève-le et prononce quelques-unes de ces belles paroles dont toi seul as le secret.

L'automne arriva et avec lui le retour à Moscou, où la conduite du parti et de l'État absorba toute l'énergie du *Vojd*, lequel oublia bientôt Nadia et la tendre consolation de son ami, qu'il percevait de plus en plus comme un intrigant et une menace, là-bas dans son vice-royaume de Leningrad. Parfois, Kirov l'entretenait de l'Ukraine, de la nécessité de mettre fin à quoi que ce fût que l'URSS y tramât, de la nécessité de ne plus laisser les paysans mourir de faim.

— Mon bon Kirov, tu serais prêt à tout pour arracher une ovation à ce peuple qui t'acclame et t'idolâtre. À tout. Y compris à m'empoisonner, à accrocher ma tête du haut du Kremlin.

L'été 1934 ne fut pas aussi radieux. Le soleil de Sotchi n'en continuait pas moins de réchauffer les fauteuils en osier avec la douceur de toujours, les parties de gorodki de réjouir tout un chacun et Artiom et Kirov de l'accompagner dans ses bains éternels agrémentés de vin et de tabac. Cependant plus rien n'avait le goût d'avant. Au souvenir de Sergueïev se mêlait celui d'autres disparitions, dont celle de Nadia. Il accumulait les absences, et un homme ne peut s'accommoder que de quelques fantômes à la fois.

Désormais, le bras de fer entre Kirov et Staline ne pouvait plus être occulté et se donnait à voir lors des réunions du Politburo. Le second savait que l'on avait tenté le premier avec les miroitements de la trahison, mais Kirov s'était refusé à franchir le pas. Toutefois, l'éloignement des deux amis était insoutenable. À la tombée du soir, accoudés sur le rebord de la piscine, ils sentaient l'eau entre eux se refroidir de plus en plus vite.

— Il est l'heure de sortir, mon cher Joseph Vissarionovitch, la nuit va bientôt tomber.

— Vas-y toi, je vais rester fumer encore un peu.

— Seul ?

— Je suis toujours seul, Sergueï.

Un nouvel automne gagna la mer Noire et Staline retourna au Kremlin et Kirov à son fief de Leningrad, et l'URSS et le parti renouèrent avec leur fonctionnement hystérique imperturbable, jusqu'à cette date du 1er décembre.

Ce matin-là, un homme pénétra dans l'Institut Smolny, le temple du bolchevisme à Leningrad, là où Vladimir Ilitch avait organisé les pleins pouvoirs pour les soviets et Trokski mis sur pied l'Armée rouge. Kirov, en sa qualité de chef local de la ville, y avait son bureau et se déplaçait à travers les couloirs et les escaliers des tsars comme chez lui. En 1934, les bolcheviks étaient persuadés d'avoir anéanti tous leurs ennemis et ne s'encombraient pas d'escortes ou de mesures de sécurité, raison pour laquelle l'individu en question parvint à entrer sans difficulté, à se glisser derrière Kirov lorsque celui-ci emprunta un couloir, et à lui tirer une funeste balle avec le pistolet qu'il cachait sous son manteau.

Que de larmes versa Staline dans son bureau du Kremlin en apprenant la nouvelle. Que d'empressement à se rendre à Leningrad et à lancer des imprécations au pied de cette tache rouge que son sang avait laissée sur la moquette du Smolny. Staline rugissait sur le corps sans vie de son frère, et quand Staline rugissait, c'était toute l'URSS qui rugissait. L'État au complet se tordit de douleur et de rage et cria vengeance. Que nul coupable n'échappe. Que sa tête soit accrochée à la vue de tout le peuple soviétique et que cela serve de leçon aux ennemis et aux assassins du prolétariat universel. Que l'on fabrique des preuves, que l'on torture les suspects jusqu'à ce qu'ils ne puissent plus rien confesser n'ayant plus ni dents ni langue pour avouer leurs crimes.

Évidemment, il y eut des gens pour croire que Staline avait tout manigancé dans le but d'écarter un rival, mais ils n'étaient pas aussi nombreux que par la suite. En 1934, rares étaient ceux qui avaient ôté leurs œillères, et que l'on traitait le plus souvent de fous, ou pire, de bourgeois réactionnaires. Des années plus tard, il n'y aurait plus aucun mérite à désigner Staline comme l'assassin de son ami ; la mort de Kirov passant alors pour une anecdote presque charitable à côté de la boucherie industrielle qu'il avait organisée entretemps. Mais en ce mois de décembre ils ne furent pas nombreux à le soupçonner. C'est pourquoi, lorsque Staline accusa les trotskistes et les ennemis du peuple de l'avoir poignardé au cœur, il n'y eut presque personne pour douter de la sincérité de ses larmes et de son droit légitime à la vengeance.

La mort de Sergueï n'était que le premier volet de son plan. Le second consistait à mettre à jour le complot. Le parti, disait-il, était corrompu à tous les niveaux par des agents provocateurs. Des trotskistes à la solde de l'Occident, ces ennemis du peuple qui rongeaient tels des termites le triomphe du prolétariat. Cela appelait un grand nettoyage, et les obsèques de Kirov, auxquelles assista la moitié du pays et lors desquelles Staline se laissa photographier avec le visage décomposé par la rage, étaient le moment propice pour en faire l'annonce. Les perfides trotskistes avaient frappé l'URSS en plein cœur, dans le sacro-saint Institut Smolny, arrachant au peuple l'un de ses héros. La dépouille encore chaude du camarade Kirov réclamait vengeance : nous devons épurer le pays en profondeur, sans quoi nous finirons dévorés par les rats et la vermine.

Durant les années qui suivirent, on estime que des millions de personnes furent envoyées au goulag ou à la mort dans une salle de la Tchéka aménagée à cet effet (avec une dalle en ciment légèrement inclinée afin d'évacuer le sang et un système d'arrosage facilitant le nettoyage en quelques minutes avant la prochaine exécution). Bien que Staline ne manquât pas un seul été à Sotchi, les documents sur sa table ronde étaient de moins en moins en rapport avec la production d'acier et le développement du réseau routier. Il n'y avait pratiquement que des listes de noms. Le soir, avant de passer à table, profitant du vent de la mer Noire qui ne lui caressait pourtant pas la peau, puisque dans son fauteuil en osier il portait toujours chemise et pantalon longs, Staline validait les exécutions du lendemain. Sa fille Svetlana venant lui souhaiter bonne nuit, il lui répondait par des chatouilles ou une blague en géorgien, puis Svetlana se mettait au lit, tandis que lui, tout en se grattant le psoriasis d'une main, procédait de l'autre au calcul du quota d'arrestations et de morts. Il s'agaçait lorsque les listes étaient courtes mais se réjouissait et plaisantait en tirant sur sa pipe lorsqu'elles l'étaient moins, c'était là la preuve que l'État atteignait ses objectifs.

Le soir du 25 août 1936, plus d'un an et demi après la mort de Kirov, Staline se trouvait à Sotchi, profitant, dit-on, du dernier soleil d'été, affable et brasillant. À 20 h 48, tandis qu'il dînait dehors, il reçut un télégramme de Moscou : "Le Politburo a rejeté les recours et la sentence sera mise à exécution cette nuit même." Le *Vojd* ne répondit pas, il se contenta d'en accuser bonne réception et de finir son repas, tandis qu'à l'horizon le soleil plongeait dans la mer Noire. Quel pays merveilleux. Il ne pouvait concevoir de plus beaux crépuscules que ceux de cette côte bénie. Contrairement à son habitude, ce soir-là il se retira de bonne heure. Sans doute lut-il dans sa chambre, car il était incapable de s'endormir avant l'aube ; toujours est-il qu'il ne traita plus les affaires de l'État et qu'il donna congé aux fonctionnaires. Le camarade Staline semblait serein. Il irradiait une joie étonnamment calme, en réalité bien plus inquiétante que sa joie naturelle et orgiaque. Étrange soirée, qui ne vit pas le vin couler à flots, le gramophone cracher des airs à la mode, ni les camarades plaisanter à qui mieux mieux. Ceux qui étaient le plus au fait de la situation à Moscou se montraient davantage inquiets. Ce télégramme annonçait l'exécution dans les heures à venir de Kamenev et de Zinoviev d'une balle chacun.

Kamenev et Zinoviev étaient des bolcheviks de la vieille garde, camarades de Lénine, compagnons de route de la révolution d'Octobre. Jamais auparavant la répression ne s'en était prise à des figures aussi éminentes. En laissant le télégramme sans réponse, le *Vojd* approuvait une exécution qui signifiait à toute la sphère soviétique que nul n'était à l'abri ; chacun pouvant désormais être désigné comme ennemi du peuple.

Entre le 1er décembre 1934, lorsque Kirov fut abattu d'une balle dans le dos, et ce 25 août 1936, l'entourage de Staline s'était élargi à deux individus : Nikolaï Iejov et Andreï Vychinski. Le premier, petit et colérique, dirigea l'enquête sur le meurtre de Kirov (laquelle accusa ni plus ni moins Trotski d'en être le commanditaire) et se vit gratifié de la direction de la police politique. Le second, procureur, prépara l'accusation lors des procès, selon le principe que tout détenu est coupable jusqu'à preuve du contraire. D'un naturel cynique et cruel, il avait les nerfs à fleur de peau et ne supportait pas les scènes de violence, aussi se cantonnait-il à agir dans les tribunaux, où il pouvait susciter une terreur plus intellectuelle à travers son regard et son sarcasme. Je crois en l'opportunité de maintenir le peuple aux abois, disait-il.

Iejov et Vychinski partageaient, outre le serment d'en finir avec les ennemis de l'URSS, un point commun avec Staline : une santé déplorable. Vychinski portait des costumes impeccables, un peu par dandysme, mais surtout pour dissimuler les taches sur sa peau, qu'il grattait à la dérobée. Il lui fallait parfois endurer des éruptions sur certaines parties visibles de son corps, comme les mains et le visage. Quant à Iejov, son camouflage était autrement plus délicat, puisqu'il semblait évident – on l'appelait "le nain" – que son corps était une calamité aggravée par un alcoolisme nuiteux et lubrique et un stress au travail qui déclenchait chez lui des crises de nerfs. Tous deux, d'après les témoignages de l'époque, souffraient du même psoriasis que le *Vojd*.

Aussi répandues que soient les affections cutanées, quelle probabilité y a-t-il qu'un dictateur atteint de psoriasis recrute deux nervis avec la même maladie afin d'exécuter son plan d'extermination le plus ambitieux ? Un plan qui, par ailleurs, se voulait une revanche sur la mort du seul ami qui avait eu le droit de voir le tyran nu.

Iejov, le nain, était marié à un beau brin de femme dont il partageait l'insatiable frénésie sexuelle. Evguénia Feigenberg était l'une de ces jeunes juives très cultivées qui gravitaient autour des bolcheviks. L'attrait que ces femmes éprouvaient pour une telle escouade de dépravés est un mystère qui pour moi reste entier. Le bolchevisme était un puritanisme, comme tout mouvement qui s'en remet à une cause supérieure. Les révolutionnaires avaient épousé la révolution, mais les nuits de cette coterie étaient peuplées de jeunes filles plus semblables à celles des romans de Scott Fitzgerald qu'à ceux de Gorki. Rien de plus éloigné de la mère courage dévouée ou de la nonne au service d'un idéal : lettrées, artistes, juives pour beaucoup, et élevées dans des familles anticonformistes qui croyaient en l'amour libre, entre autres idéaux du genre, elles enveloppaient Staline, le veuf en or, de leur gaieté éhontée. Du reste s'accordait-on à dire que le *Vojd*, avec ses chemises boutonnées jusqu'au col et sa voix de chantre géorgien, était irrésistible pour ses "stalinettes". Lors de ces repas sans fin de

Sotchi et du Kremlin, il badinait naïvement avec elles et leur permettait de badiner vaguement avec lui, tout en gardant les distances. Pas même ces jeunes femmes libérées ne parvenaient à briser sa pudeur. S'il arrivait, en pleine bataille de mies de pain ou pris dans le désordre rieur d'une énième bouteille de vin, qu'elles se relâchent et viennent s'asseoir sur ses genoux, ou qu'elles approchent leur visage au point de mêler leurs haleines, le *Vojd* se redressait alors et amorçait quelques pas, troublé. Aussi, fuyait-il les danses à pas glissés, leur préférant les chastes rondes paysannes et l'espace qu'elles prévoyaient entre les corps. Contrairement à nombre de ses camarades bolcheviks, Staline demeura tout au long de sa vie un Géorgien de la vieille école. Conventionnel jusque dans ses choix de femmes : il les aimait blondes, campagnardes et girondes, innocentes et sans génie, pouvant être, outre des amantes, mères pour moitié et pour moitié bonniches.

Evguénia Feigenberg était tout le contraire de la paysanne qui charrie ses pots de lait après la traite. Mondaine, spirituelle, élégante et extrêmement cultivée, elle éclipsait par son unique présence le fait que toutes les nuits, dans Moscou, disparaissaient plusieurs camarades que des types en costume venaient chercher dans des Packard noires et qu'on ne revoyait plus jamais. Tant qu'il y avait Evguénia pour animer les soirées, personne ne semblait songer aux absents. Son mariage avec Iejov était libre et il se peut qu'elle n'eût pas été totalement informée des activités concrètes de son époux à la tête de la police politique. Chacun délimite l'étendue de sa propre connaissance, et Evguénia ne voulait pas savoir ce qu'elle souhaitait ignorer. Il travaillait beaucoup, ce pauvre Nikolaï, beaucoup trop pour ses vieux os usés et sa constitution chétive. Ses horaires étaient nocturnes, il appréciait de pouvoir dormir le matin, et à la fin de sa journée de travail, à l'aube pour ainsi dire, il se défoulait en accueillant dans son appartement des bacchanales dont Evguénia ne tenait pas à en savoir beaucoup plus.

Le nain Iejov concevait son office comme un engagement personnel et artistique. Bien que le camarade Staline l'eût posé en des termes bureaucratiques, exigeant le respect de quotas dans chaque district, et qu'il eût lui-même mis au point une méthodologie d'abattoir industriel, Iejov ne renonçait pas à l'art et à l'instinct car il était de cette engeance de monstres, essentiels au bon déroulement de purges réussies, qui se plaisaient à se salir les mains.

Les avortons à la peau malade veulent transmettre leurs macules, leurs éruptions et leurs lésions à tous les autres. Et puisque les démangeaisons et la honte ne s'effacent pas, même dans les meilleures stations thermales, ils se consolent en infectant l'écorce du monde des mêmes dolences et ravages qui sont les leurs. S'ils parviennent à amasser un pouvoir suffisant, ils porteront la sécheresse, le prurit, le saignement du grattage et la laideur des squames jusqu'au dernier recoin de la terre. Staline, Vychinski et Iejov se complétaient à merveille. Le dernier, le plus atteint, le seul pour qui il n'y avait de manches assez longues, s'occupait du menu fretin, tel un contremaître à pied d'œuvre. Vychinski réalisait les labeurs préalables : il perpétuait la lignée des détenus dans son tribunal et les apprêtait pour l'abattoir de Iejov, mais se gardait d'assister aux séances de torture ou de mettre les pieds dans les sous-sols de la Loubianka. Toujours tiré à quatre épingles, il accaparait toute la lumière et mettait en scène l'humiliation publique des camarades tombés en disgrâce, en leur faisant signer des aveux de culpabilité. C'était un excellent conteur d'histoires, même s'il lui arrivait parfois d'en faire un peu trop. Pour le procès de Kamenev et de Zinoviev, il imagina que l'assassinat de Kirov avait été manigancé par les conspirateurs, dont le fils de Trotski, dans l'hôtel Bristol de Copenhague, ce qu'il fit avouer aux prisonniers. Or, il s'avéra que l'hôtel Bristol avait été détruit en 1917 (sans doute la dernière année où Vychinski s'y était rendu), mettant sérieusement à mal la crédibilité de l'aveu. Staline piqua une colère noire en l'apprenant.

— Imbéciles, vous n'auriez pas pu les faire conspirer dans un hall de gare ? Il y en a partout.

Pauvre Vychinski, auteur de romans à suspense attrapé dans le corps d'un procureur soviétique.

Il m'arrive de penser que tous ces millions de morts, toutes ces humiliations, toute cette peur et tout ce froid ont vu le jour au cours d'un bain, le 25 août 1936, lorsque Kamenev et Zinoviev imploraient clémence à Moscou et que la seule personne susceptible de la leur accorder fumait dans le silence et la solitude de sa piscine peu profonde de Sotchi. Les historiens parleront de pouvoir et d'idéologie, de forces énormes qui entrent en collision tels des phénomènes cosmiques et radioactifs, de la trame terriblement complexe de causes et de conséquences, et de bibliographies que personne ne pourra jamais lire, quand bien même eussions-nous dix vies à y consacrer. N'étant pas historien, je peux dire, sans passer pour hérétique, que ce furent les démangeaisons, les douleurs rhumatismales, la honte, mais surtout, la jalousie du bronzage et de la peau lisse, sans autre imperfection qu'une pluie de taches de rousseur au creux du cou, qui déclenchèrent la catastrophe. Sans Kirov ni Artiom, qui, comme tout adolescent, se trouva bientôt trop grand pour passer l'après-midi nu en compagnie de son père – pouvant désormais partager sa nudité avec pratiquement n'importe quelle jeune communiste sur terre –, le psoriasis de Staline devint à nouveau un secret d'État, confiné derrière une palissade qu'aucun fonctionnaire n'était autorisé à franchir. C'est là que, immergé jusqu'au nombril dans les eaux thermales de Sotchi, les lèvres collées à son indéfectible pipe, sans aucun papier à signer ni aucun Politburo à invectiver, le *Vojd* devenait le méchant de l'histoire, accompli et suprême.

L'eau froide empourpre les squames, lesquelles, lorsqu'elles sont au sec, blanchissent et peuvent, exposées au soleil d'un jour d'été, se fondre dans le paysage de la peau. Il faudrait y regarder de très près pour y déceler la décoloration à sec, alors que l'eau embrase les taches, trahissant cette affection à des kilomètres. Un bref éclair qui en réalité annonce une rémission. Un simulacre de guérison que nous autres, malades de psoriasis, connaissons comme la trêve estivale. Car le rayonnement du soleil, l'iode, le salpêtre et les minéraux présents dans l'eau fraîche attaquent et réduisent les plaques, lesquelles n'affleurent qu'au moment de la baignade, entre les rides d'une peau fripée après avoir longuement trempé. Le bien-être de la peau exposée au soleil se diluant alors dans l'eau. Et soudain, nous redécouvrons cette malédiction un instant oubliée. Dans la piscine, le monstre se souvient qu'il en est un.

Et c'est bien cette iridescence violacée, cette façon qu'a la peau du malade de palpiter et d'incommoder, qui induit à la vengeance. Seuls d'autres malades comme Vychinski et Iejov étaient capables de comprendre cet instinct irrépressible d'extermination de tous les peaux-douces, de tous ceux qui s'exhibent dans des piscines bondées et prennent des bains de soleil sans se soucier du regard d'autrui, de tous ceux qui se caressent de la tête aux pieds sans craindre le frôlement des doigts sur une région interdite, ces petits goulags où s'entasse la plus misérable pudeur. Depuis la piscine de Sotchi, la pulsation rouge des taches humides diffusait un code paranoïaque, semblable aux voix intérieures de la schizophrénie, et qui ordonnait de les liquider tous, jusqu'au dernier, jusqu'à ce que le monde entier se comprime dans l'eau désormais refroidie de ce bassin très peu profond, faisant face à un ciel par où s'en allaient les volutes de fumée de son indéfectible pipe.

Sergio del Molino

Je ne voudrais pas que tu comprennes, mon fils, et c'est pourquoi je n'ose pas te le dire, que ce monstre luisant et rouge de la piscine de Sotchi, c'est également moi.

LE MONT MAGIQUE

L'histoire de Staline dans sa piscine dément la croyance en la bonté des monstres. Dans son obstination civilisatrice, l'humanité a fini par intégrer les difformes. Les monstres, autrefois démoniaques, sont désormais des créatures auxquelles il convient de manifester plus que de la tendresse. Ils réclament notre admiration, car ce sont des héros, les Achilles de ce siècle à faible teneur en glucides et graisses saturées. Pauvre créature de Frankenstein, pauvre Quasimodo, pauvre Fantôme de l'Opéra, et même, pauvre Freddy Krueger ! Incompris, marginalisés et mortifiés, ils nous révèlent la méchanceté de la société, alors qu'eux ne font que se défendre, poussés au crime comme le fauve dans le zoo se retourne contre les enfants qui le raillent de l'autre côté des barreaux. Si on les avait laissés tranquilles, ils ne se seraient pas vus dans l'obligation de nous tuer.

Tous ces monstres ne manquent pas d'admirateurs. L'un de mes films préférés raconte une histoire d'amour entre une infirmière et un lycanthrope. Dans *Le Loup-garou de Londres*, David et Jack, deux routards américains, se font attaquer par l'une de ces créatures dans les landes du Yorkshire. Jack meurt, mais David parvient à survivre, contractant à son tour la malédiction. La première pleine lune venue, il se transforme en bête et se met à dévorer les passants dans les rues de Londres. Entre-temps, il est tombé amoureux d'une infirmière nommée

Price (l'inoubliable Jenny Agutter, de qui j'avoue être tout aussi dingue), laquelle doit bien se rendre à l'évidence que son copain est un lycanthrope et non un gamin un peu traumatisé par la mort de son ami. La modernité ici, ce qui définit le rapport de mon monde avec les monstres, est donnée à voir dans la séquence finale. Ayant raté son suicide, David trouve refuge dans un cinéma porno de Piccadilly Circus où il se transforme à nouveau. Au terme d'un modeste massacre, la police parvient à le coincer dans un cul-de-sac, mais avant qu'il se fasse cribler de balles, l'infirmière Price tente de le sauver. Elle franchit le cordon de police, s'interposant alors entre les tireurs et la bête, et fixe celle-ci droit dans les yeux. Pendant un bref instant, le loup semble la reconnaître et commencer à douter. Il se pourrait bien que l'infirmière soit parvenue à percer la croûte de bestialité jusqu'à atteindre le noyau d'humanité de David. Fort heureusement, John Landis, qui a réalisé cette merveille de film, est suffisamment intelligent pour ne pas nous livrer la clef du mystère. La bête meurt au fond de l'impasse sans que nous sachions si elle aurait pu se rédimer grâce à l'amour.

Landis, comme moi, est un esprit antique et pense que les monstres doivent mourir du simple fait que ce sont des monstres, et non comme l'étape ultime du parcours du héros, avec un ciel qui s'illumine et une humanité absoute de ses péchés. La passion qui anime l'infirmière Price n'est ni consciente ni virginale, mais perverse – comme toutes les passions véritables –, et David n'est qu'un lâche égoïste conscient que la seule façon d'éluder ses pulsions meurtrières serait de se trancher les veines, mais qui n'en a pas le courage, car il est incapable de se sacrifier pour le bien commun. Il n'y a rien d'admirable chez lui : le loup meurt et c'est tant mieux. Et pourtant, le spectateur ne peut s'empêcher de penser que la bête est la seule véritable victime dans l'histoire. Tous ceux qui ont succombé à ses crocs et à ses griffes l'ont mérité, d'une façon ou d'une autre. Ce sont des êtres pathétiques fauchés à un moment peu favorable de leur existence. Le lycanthrope, dirait-on presque, leur rend un fier service en les rayant d'un cadre qui ne leur sied pas, et il y a dans leurs assassinats quelque chose du numéro comique. Cela dit, la mort du loup n'en est pas moins tragique. Sans doute est-ce le seul événement tragique de tout le film. Et il l'est parce que Landis a compris que nous ne pouvons vivre sans ces bestioles. Nous ne pouvons les tuer sans sentir que nous tuons notre propre espèce et que tout ce mal est le nôtre.

C'est pourquoi l'histoire de Staline est si lumineuse, car c'est un monstre sans possibilité de rédemption. Nulle infirmière Price à son chevet pour repêcher, les yeux en larmes, la part la plus tendre de son humanité. Staline nous rappelle qu'il est de ces monstres mauvais dont le mal individuel n'est pas la conséquence du mal social. La tératologie (la discipline qui étudie les malformations) s'est appliquée pendant des siècles à distinguer laideur physique et morale, ce qui a fini par déteindre sur la littérature : petit à petit, on relégua les mauvais monstres au *pulp* et à l'horreur extrême, les faisant disparaître des films que les amoureux vont voir au cinéma. Batman continue de combattre des méchants contrefaits, mais qui le sont d'une façon tellement stylisée et métaphorique qu'on ne les associe plus aux véritables difformes. Gageons que chaque fois qu'un nain, un géant, un bossu, un lycanthrope ou un homme-éléphant apparaîtront dans un récit, ils auront toujours le beau rôle, voire celui de héros.

Soit, nous autres malades de la peau ne représentons qu'un chapitre mineur dans l'histoire de la tératologie, et nous pouvons faire en sorte de camoufler notre monstruosité, mais nous sommes aussi l'une des formes les plus courantes de la monstruosité ; d'ailleurs, rares sont les conteurs d'histoires ayant résisté à la tentation de parer leurs méchants d'une marque cutanée, ne serait-ce qu'une cicatrice, un cache-œil ou une dépigmentation. Dark Vador est sans doute le dernier grand méchant à la peau ravagée, contraint de la dissimuler sous un casque et une cape noire. Du reste, lui aussi parvient à se racheter en sauvant son fils, Luke Skywalker. Mais pas Staline. Staline, lui, extermine des millions de gens tout en prenant des bains dans sa piscine privée.

Non seulement je ne parviens pas à faire de distinguo entre la peau malade de Staline et sa méchanceté amorale, mais qui plus est, son histoire m'oblige à interroger ma propre condition de monstre. Se pourrait-il qu'il y ait une corrélation entre mes taches de psoriasis et ma façon d'être au monde et d'agir ? Dès lors que j'attribue à Staline le massacre des bien-portants comme une conséquence de la perte du seul d'entre eux à qui il pouvait se montrer dans la peau du monstre, autrement dit son cher Kirov, pourrais-je alors, moi aussi, devenir ce même être revanchard ? Évidemment, je ne suis pas un assassin, mais il existe des formes de méchanceté moins grossières, subtiles et douloureuses, qui n'impliquent pas de se mettre à dos la police. Nous, les malades de psoriasis, avons perfectionné l'art du camouflage afin d'attirer les regards loin des plaques. Je ne le fais pas tant par honte que pour épargner la gêne aux autres et les forcer à me regarder dans les yeux. Dit comme ça, on croirait presque à un acte de bonté, mais ce que je recherche à travers le confort d'autrui, c'est de le tenir à distance. Il n'y a que très peu de gens capables de percer la carapace du monstre et de me regarder avec les mêmes yeux que l'infirmière Price à la fin du film. La courtoisie se mue rarement en confiance et, passé un temps, je me surprends à flotter dans une misanthropie douce qui pourrait déboucher sur une forme de cruauté. Au fur et à mesure que j'empile des couches de coton et autres textiles sur ma peau pour la masquer, ma sensibilité envers le monde se ouate et les problèmes des autres me paraissent d'autant plus ridicules, fantasques et minuscules. Tout nombriliste est un génocidaire en puissance : dès lors que tu te désintéresses du sort du monde, tu peux signer son arrêt de mort sans peine ni regret.

Mais il est une chose plus dérangeante encore dans cette image de Staline dans sa piscine de Sotchi. La feuille d'eau brisée, clapotant sur les bords à chaque mouvement. Cette irrésistible attraction amniotique. La torsion des minutes qui se réfractent par immersion. Pris dans notre bain, nous sommes tous innocents. Tout ce que nous pourrions être hors de l'eau reste en suspens, à côté du T-shirt, de la serviette, de la crème solaire et du roman en cours. Aussi Artiom ne voyait-il pas un tyran. Non pas parce que Staline était son père – d'ailleurs, les pères sont tous des tyrans pour leurs enfants –, mais parce que l'eau ramollit et scintille et qu'il se produit une sorte de fusion des corps à travers le liquide.

Je le sais comme on sait d'ordinaire ces choses-là, parce que je les ai vécues. Quand je pense à Staline à Sotchi, en réalité c'est à moi que je pense, barbotant dans une autre station thermale où nous séjournons quelques jours en été. Alhama de Aragón est l'un de ces villages qui au XIXe siècle se sont embourgeoisés, lorsque la fine fleur de Madrid lança la mode d'aller prendre les eaux. Une fièvre thermale qui donna naissance à un magnifique ensemble d'immeubles disséminés au milieu d'un parc et qu'on laissa se dégrader tout au long du siècle suivant, jusqu'à ce que les gouvernements socialistes successifs y envoient l'ensemble des retraités que comptait l'Espagne pour une somme si dérisoire qu'il leur était plus avantageux de s'y rendre que de rester à la maison. Au XXIe siècle, ces vieilles ruines furent retapées et l'on rouvrit les dancings, les restaurants avec sommeliers et les suites du dernier étage, mais la malédiction du thermalisme social stagna dans l'air comme le formaldéhyde imprègne les salles d'autopsie.

Il existe trois hôtels à la station thermale : celui des pauvres, celui des classes moyennes et celui des riches. Bien que nous ayons déjà été tentés de descendre à l'hôtel des riches, nous nous satisfaisons invariablement de rester avec les classes moyennes. Par pure pingrerie. L'hôtel des pauvres, passage obligé pour y remplir les papiers médicaux et réserver les soins, respire l'attente et les couches sales. À travers ses couloirs déambulent encore aujourd'hui les bénéficiaires des coupons de l'aide au troisième âge, alignant des petits pas invraisemblables au bout de jambes ayant perdu presque toute force de locomotion. L'hôtel des pauvres, il faut y entrer et en sortir sans traîner, avant qu'un vieux ne vous claque sous le nez et vous sape le week-end, vous obligeant à aller témoigner au commissariat.

Je fais tout pour oublier l'existence de l'hôtel des pauvres et de ses pensionnaires : je me sens déjà bien assez proche de la maladie et de la mort dans ma vie de tous les jours. Lorsque je prends des vacances, je veux me sentir vivant. Je pénètre pour cela dans les thermes, sous ces voûtes de faux style romain, avec leur circuit de petits jets, de piscines d'eau glacée et de saunas. Je m'enivre aussi un tantinet après le dîner, installé à la terrasse où se produisent parfois de petits groupes de jazz, mais surtout, je m'applique à flâner en peignoir dans le parc et à faire trempette dans le lac d'eaux thermales, qui se déploie autour d'une île au gazon bien entretenu abritant les vestiaires, les toilettes et un bar qui devait tourner au temps d'Alphonse XII et qui sert aujourd'hui de local à chaises. Arriver de bonne heure, réserver deux transats au bord du bassin en y laissant les serviettes et me plonger dans l'eau thérapeutique qui jaillit de la montagne par près de trente degrés, voilà qui est possiblement l'une des meilleures choses qui me soient arrivées dans ma vie.

Avant de prendre l'habitude de séjourner à Alhama, j'ai enduré quelques années sans mettre les pieds dans l'eau. Je refusais toute excursion à la plage et déclinais le moindre rendez-vous impliquant des piscines, des lacs ou des rivières. Alhama m'a libéré de la honte qui me condamnait à observer les autres du rivage, en pantalon et chemise à manches longues. Sans doute parce que personne n'est beau à Alhama et que je ne m'y sens intimidé par aucun torse herculéen d'adolescent. Alhama, en bonne station thermale du XIXe siècle, est un théâtre asexué où les monstres se fondent dans le décor. Et malgré tout, j'ai eu le plus grand mal à ôter ma chemise la première fois que je suis entré dans l'eau.

— Allez, viens, fais pas ta mijaurée, m'a pressé Cristina, qui m'a toujours poussé, forcé même, à me libérer de cette peur de moi-même qu'elle trouve excessive et infondée.

— Je préfère bouquiner, je me baignerai plus tard, ai-je dit.

Mais elle n'a rien voulu savoir.

Elle m'a jeté à l'eau, ou plutôt, elle s'est jetée sur moi, et moi j'ai retiré ma chemise et j'ai plongé, plus pour éviter une scène – les vieux de l'hôtel des pauvres commençaient à nous fixer tels des tournesols arthritiques – que par conviction.

Au moment d'entrer dans l'eau, je suis devenu la madeleine de Proust. Non pas Proust en train de manger sa madeleine, mais la madeleine elle-même, trempant dans le thé et se déployant comme un origami aux mille pages et aux subordonnées longues comme des paragraphes. Et moi, petite mie de pain à la dérive, je me suis transformé en mon propre temps perdu et, avant même que je ne sois parvenu à asseoir cette épiphanie, des dizaines de petites bouches se sont empressées de m'engloutir. Telle une madeleine, mon psoriasis est parti en une infinité de miettes que dévoraient les poissons, se disputant le moindre morceau, comme le font d'ordinaire ces animaux.

Au début, le chatouillis est assez plaisant, mais les animaux sont des chasseurs, et non une attraction pour curistes, et leurs assauts sont de plus en plus violents. Les plus grands spécimens, qui tardent à venir depuis le milieu du lac, font mal. Je me lasse bientôt de les laisser faire et je me mets à nager pour m'en débarrasser. Ce sont des êtres audacieux que des battements de jambes n'effraient pas : ils ont côtoyé toute leur vie des humains décrépits et inoffensifs, et n'ont rien à voir avec ces poissons de mer ou de rivière qui ont vu leurs amis se faire hameçonner et finir sur le gril le jour même. Les poissons du lac d'Alhama se savent intouchables, c'est pourquoi ils me prennent en chasse. Dès que je m'immobilise, ils redoublent leurs assauts. Je dois brasser et battre des jambes sans m'arrêter si je veux les tenir à distance.

Ce harcèlement complique l'épiphanie, mais ne l'empêche pas. Elle progresse, lourdement, sans la fluidité psychédélique propre aux révélations, mais non sans rythme et allant. Ma conversion en madeleine s'achève par une brève histoire illustrée de mes bains, défilant dans mon esprit comme le film qu'on se projette lorsqu'on est sur le point de mourir. Mon enfance à la mer, avant et après l'apparition du point rouge sur la voûte plantaire. L'océan câlin de Biarritz, pas mal de Méditerranée, une ou deux touches de Nord avec ses marées basses et hautes, quelques rivières dont j'ai oublié la localisation précise et autant de cénotes mexicains, sombres et exotiques, aux effluves de crevette.

Tous les bains sont un même bain. Chaque fois que l'on pique une tête, on retrouve son plaisir là où on l'avait laissé. Peu importe les décennies et les kilomètres qui séparent un plongeon d'un autre. Héraclite le Grec devait être un esprit particulièrement sec pour ne pas s'en rendre compte. Comment le sujet et le fleuve pourraient changer la fois d'après ? Au contraire : rien ne prouve aussi fermement notre immutabilité que la liste personnelle de nos bains. Il y a des messieurs à Saint-Sébastien qui tous les matins vont se baigner sur la plage de la Concha, par grand soleil ou sous la pluie. C'est leur façon de se moquer du temps qui passe, de leur propre vieillesse, et même de leur mortalité. Chaque fois qu'ils entrent dans l'eau, ils retournent à leur première immersion. Le passé, le présent et le futur sont des fictions pour gens secs et habillés. Tout comme les distances. Un bain en Patagonie et un autre en Norvège sont un même bain dans une même eau. C'est pourquoi les explorateurs étaient à la poursuite de la fontaine de Jouvence : ils ne pouvaient la concevoir autrement que comme un bain.

Cette évidence, sans doute connue de tant de baigneurs habitués à se laisser bercer par les vagues, ne m'est apparue qu'en ce matin d'Alhama de Aragón, quand je tentais d'échapper aux morsures des poissons, que je laissais faire par moments, un peu par fatigue et un peu aussi parce que je croyais qu'ils finiraient vraiment par engloutir mon psoriasis et qu'alors je sortirais de l'eau propre et guéri.

Mais je ne me mets pas tant que ça le doigt dans l'œil. Les minéraux contenus dans cette eau, associés au soleil d'été qui s'égoutte à travers le branchage haut et tamisé des arbres que l'on a plantés il y a un siècle et demi, parviennent à résorber la maladie en un seul jour. Ma rémission est à ce point miraculeuse que je m'étonne de ne pas voir un afflux d'estropiés se bousculant aux portes pour se procurer des petits flacons de cette eau médicinale comme ils le feraient à Lourdes. Il n'y a ici ni saintes ni apparitions mariales, ni basiliques pour les pèlerins, quoiqu'il y ait des constructions du XIXe siècle aussi naïves que n'importe quelle cathédrale – bâties avec la foi de qui croyait vivre dans un monde civilisé – et que la partie sacrée et historique soit remplie d'inscriptions laissées par les Romains qui venaient déjà faire soigner leurs douleurs osseuses au temps du Christ. D'ailleurs, le village est bien plus joli que Lourdes, et sa gastronomie passablement meilleure. J'ignore d'où vient cette catholique indifférence envers les vertus miraculeuses d'Alhama de Aragón, mais en ce qui me concerne, Lourdes ne m'a jamais fait de bien, alors que je sors du lac d'Alhama fortifié, lisse et avec l'envie de baiser, ce qui n'est pas peu violent dans un lieu si proche de Thanatos et si éloigné d'Éros.

— Et si on prenait une douche avant d'aller manger, histoire de nous ôter cette odeur de marécage ? dis-je à Cristina, qui a remarqué mon érection malgré mes efforts pour la camoufler sous la serviette.

Nous traversons le parc en peignoir, faisant mine de ne pas voir ces morts-vivants qui viennent de se faire poser des cataplasmes ou des sangsues dans l'hôtel des pauvres, et ayant à peine fermé la porte de la chambre – dans l'hôtel des classes moyennes, dénué de zombis et rempli de couples de Majadahonda et de Torrelodones sans le moindre appétit érotique – nous nous adonnons à un accouplement brut et bruyant, comme nous ne le faisons jamais à la maison. Sa peau, soyeuse en temps normal, se pare ici d'un éclat quasi surnaturel, et moi je me sens pris d'une ardeur qui m'effraie et qui naît du fait que j'ai laissé mon psoriasis au fond du lac, comme si avec lui avaient coulé également toutes les attentions du gentil collégien qui a bien intégré ses leçons d'éducation sexuelle. Cro-Magnon déchaîné, je pourrais passer la soirée dans la peau d'un super-héros hardeur. Même mon squelette me donne du répit.

Qu'est-ce qu'on baise bien à Alhama, et je m'endors en toute quiétude tandis que Cristina file sous la douche avant de descendre au restaurant. Quant à moi, je grapille quelques minutes supplémentaires, sale, imprégné de ses fluides, des miens, des dépôts limoneux, les cheveux collés sur l'oreiller, et je m'arrête sur ces panneaux isolés qui recouvrent le mont que l'on distingue à travers la fenêtre et qui recèlent le secret de la vallée, les pouvoirs de cette eau qui me rend mon humanité pendant quelques heures. Quelques jours, tout au plus. Je m'assoupis et je refuse d'aller sous la douche, pour ne pas rompre l'enchantement, que je sais être aussi volatile qu'une eau de toilette. Ah, si seulement je pouvais vivre à Alhama, comme le Hans Castorp de Thomas Mann dans *La Montagne magique*, y mourir sans un bruit par une nuit d'hiver. Mais, comme tout bon sortilège, l'illusion de la guérison n'opère que dans l'enceinte sacrée. À peine serons-nous montés dans la voiture qu'il commencera à s'estomper. Avant même d'atteindre l'autoroute, je sentirai un premier picotement, et à hauteur de Calatayud, je ne pourrai m'empêcher de me gratter. En moins de cinquante kilomètres, ma nature de monstre aura rejailli et les jours d'Alhama ne seront plus qu'une parenthèse que je ne distinguerai plus du rêve, comme les bons souvenirs.

Toutes ces choses n'arrivent que lorsque nous partons tous les deux. D'autres années, c'est en famille que nous voyageons, en compagnie de notre fils, et Alhama se dévoile alors comme un horizon de désir brisé engloutissant la moindre équivoque érotique. Nous nous délectons de cette autre sensualité, asexuelle quoique nettement plus perverse et complexe, qui s'installe entre parents et enfants. Le sexe, quand bien même nous l'enrobons de mystère, n'est rien qu'une mise en scène simple, prévisible et mécanique. Et c'est bien cela qui pousse les gens au divorce, persuadés d'en avoir marre de baiser avec la même personne, alors que c'est de baiser dont ils ont assez. Pire encore : ils n'en peuvent plus de devoir baiser, cette corvée suprême que nous nous assignons, franchement plus difficile à surmonter que la faim ou la soif, tous deux des plaisirs riches et variés qui évoluent au fil des ans.

Un mélomane peut affiner ses goûts jusqu'à des niveaux, sinon infinis, du moins cosmiques. De même qu'un fin gourmet, pour qui il y aura toujours de nouvelles associations et textures capables de mettre au défi ses papilles. La plupart des plaisirs sensoriels tolèrent un développement très élastique qui les rend, de fait, inépuisables. Faire le tour des possibles sexuels, en revanche, se trouve à la portée de tout le monde. Pas même les plus forcenés, comme le marquis de Sade, ne peuvent tenir plus de cent pages sans radoter, et il n'y a pas d'aficionado qui ne sache que rien n'est plus monotone que la pornographie. En l'espace de quelques semaines seulement, pour peu qu'il s'en donne les moyens, un adulte en bonne santé peut expérimenter tous – absolument tous – les plaisirs sexuels qui existent. Il suffit d'observer l'évolution de l'adolescent en rut, passant de la gaucherie immaculée de la première fois à la virtuosité du voltigeur acrobatique en moins d'un an. On peut tout à fait monter au pinacle de la baise avant d'atteindre la vingtaine, puis passer le restant de ses jours à refaire et à se remémorer ses prouesses sans rien y ajouter de conséquent et sans que le nombre et la diversité des partenaires n'apportent quelque nouveauté substantielle (c'est d'ailleurs plutôt l'inverse). Un mélomane, en revanche, même en consacrant quatre-vingt-dix ans à l'exploration de la musique avec une application maniaque, aurait encore bien des surprises à découvrir. Ainsi en est-il du bec fin éclairé. Il y a, entre un hamburger de chez McDo et un menu de l'Osteria Francescana, une distance conceptuelle, esthétique et anthropologique beaucoup plus grande qu'entre un petit coup rapide et une orgie rococo avec ses androgynes, son chœur d'esclaves nubiens et ses massages tantriques. Chaque culture et chaque contrée raconte son histoire à travers sa cuisine, faisant de chaque village une boîte à trésors, mais, d'après ce que j'en sais, dans toutes les cultures et dans toutes les contrées, on baise plus ou moins de la même façon – certes, l'estime publique et morale du sexe varie : certaines sociétés sont plus répressives et d'autres plus ouvertes, mais, s'agissant de baise, la mécanique demeure la même –, et le tourisme sexuel, contrairement au tourisme gastronomique, cherche plus à enfreindre les lois et les coutumes du pays d'origine qu'à se confronter à des saveurs exotiques.

S'il y a nettement moins de mélomanes et de fins gourmets que d'érotomanes, c'est tout simplement à cause des hormones, lesquelles, comme tout ce qui ne va pas dans la vie, se corrigent avec l'âge. Si le sexe était un plaisir de l'intellect, nous cesserions de le pratiquer à dix-huit ans, complètement repus.

La proximité entre parents et enfants, lorsqu'ils sont petits, est beaucoup plus complexe et poétique que n'importe quel récit mythologique impliquant rapts et coïts célestes entre dieux grecs, mais je ne sais quelle incompréhensible pudeur interdit nombre de parents d'en profiter avec fureur et débordement. Qui plus est, elle est si courte qu'elle s'évapore aussi rapidement que l'enfance même.

Notre fils a légèrement peur de l'eau. Il ne sait pas nager et il vit loin des piscines et des mers. Plonger est une attraction terrifiante qu'il ne consent que dans les bras de ses parents. Le lac thermal est profond pour lui, et moi je n'ai pied qu'en bordure, aussi optons-nous pour une frite en mousse afin de le maintenir à flot. Au début, il a toute confiance en nos bras et pas tant que ça dans la frite, mais il se détend petit à petit. L'eau est bonne, il n'y a pas de vagues et les poissons lui font des chatouilles. Une fois passé le temps d'acclimatation, le bain commence à prendre forme, rythme et hauteur, comme une symphonie de Mahler qui démarrerait tout bas, tâtonnante presque, et qui, mesure après mesure, mettrait l'orchestre en branle. Tout ce que la terre compte de dur, de lugubre et de marron se fait harmonieux et limpide dans l'eau. Les parents et les enfants sommes raccord dans le bain comme nulle part ailleurs.

— Allons plus loin, n'aie pas peur, je reste à tes côtés, accroche-toi à la frite, je suis là, je ne pars pas, tout va bien. Tu veux voir où est le fond ? Attends, je plonge. Tu as vu ? J'ai levé les bras et mes mains n'ont pas fait surface, il y a plus de trois mètres ici. Ce n'est pas énorme pour un lac, mais c'est parfait pour nager. Tu veux qu'on fasse couler maman ? Monte sur mon dos, on fonce.

Il n'y a pas d'intimité plus prononcée ni plus nette. Dans l'eau, avec mon fils, être se conjugue à la première personne. Dans l'eau, nous sommes, toujours nous serons. Lui, le fils, et nous, les parents, rien à y ajouter. Aucune identité à défendre, aucun récit à construire, ou comme dirait un politique, aucun rôle à tenir ni aucune hiérarchie ou organisation à laquelle adhérer. Nous sommes, tout simplement. De tout notre être, en toute simplicité, sans tragique. Nous sommes ce que Staline, à Sotchi, avec Artiom, voulait être.

Une métaphysique que l'on comprendra mieux grâce au conte qui suit. Un conte sur ce que font les parents lorsque les enfants ne regardent pas.

LA PLUS JOLIE FILLE DE SANDY GROUND

Il était une fois un écrivain qui tenait absolument à ce que ses costumes soient parfaitement repassés. Un jour, à la sortie de son avion, la compagnie aérienne égara l'une de ses valises, le contraignant à faire sa tournée européenne dans le même costume en lin froissé, ce qui resta l'une des plus grandes hontes de sa vie. Un journaliste le fit remarquer dans un article. Il épingla non sans malice les plis sur son complet-veston, et l'écrivain, qui était très célèbre et coutumier des formules impérieuses qui se retrouvaient en exergue de ses entretiens, voulut étrangler l'auteur du papier en même temps qu'il s'égosillait à soutenir que ce n'était pas de sa faute, que la société d'aviation avait perdu ses bagages, et qu'il n'était que la victime de l'insouciante corruption des grandes corporations.

Je ne souhaite pas le tourner en ridicule, c'est un écrivain que je prends très au sérieux, mais il faut bien dire que l'aspect physique le préoccupait autant que l'emploi des adjectifs ou les critiques de ses livres. Je peux dès lors ajouter, sans que cela ne doive prêter à sourire, que s'il conserva le même costume en lin fripé lors de chacune de ses conférences, c'est parce qu'il n'eut pas le loisir de dénicher un tailleur digne de sa confiance, car il n'était pas du genre à débouler dans n'importe quel magasin pour y acheter un frac qui aurait bien pu servir à habiller la dépouille princière d'un Austro-Hongrois. Car en Europe, nous ne sommes pas sans le savoir, il n'y a rien qui ne se revende ou ne se recycle, et les portiers de Vienne sont tous des archiducs détrônés. L'écrivain provenait d'une famille démunie et tout ce qu'il possédait, à savoir beaucoup, il l'avait gagné à la sueur de son front, et c'est pourquoi il détestait cette Europe pleine de pauvres nés dans des familles riches et qu'il avait hâte de rentrer à New York, là où l'argent s'affichait sans complexes et où il restait encore des juifs sachant en gagner.

Une fois, en se remémorant son enfance, il convint qu'elle avait sans doute été moins misérable que ce qu'on lui avait dit, car elle ne ressemblait pas à celle qu'il lisait chez Dickens : il était allé à l'école, il avait possédé des gants de baseball, il avait mangé à sa faim, il lui était même arrivé d'acheter des petits pains ou des bonbons chez les commerçants du quartier, et il s'installait au soleil avec sa mère dans la cour arrière d'une maison, qui, si elle n'avait rien d'un manoir, était tout de même assez mignonnette et s'intégrait parfaitement dans ce village du New Jersey des années de guerre. Heureusement que son père l'avait détrompé : non, mon fils, ton enfance n'a pas été une partie de plaisir, car nous étions pauvres. Nous avons tout fait pour vous offrir un semblant de joie et de normalité, mais en vérité nous travaillions comme des forcenés et nous manquions de tout.

Enfin rassuré, puisqu'il aimait l'idée d'avoir vaincu la pauvreté, il se reposa sur ses rêveries de *self-made man* et savoura, tels des petits toasts de caviar, le souvenir de ses notes d'école, grâce auxquelles il avait arraché une bourse et une place à Harvard, son diplôme et son arrivée à New York avec une copie conforme sous le bras, et ce sourire timide qu'il affichait en passant la porte du *New Yorker* tendant à l'éditeur une rame de feuillets dactylographiés qui, pourquoi pas, sait-on jamais, pourraient l'intéresser.

La suite est un mélange d'histoire et de légende. Des articles grassement rémunérés et qui suscitent l'intérêt d'éditeurs ventripotents derrière leurs bureaux poussiéreux surplombant Downtown. Des livres qui sont salués comme, possiblement, le nouveau grand roman américain (comme ils font mal, ces *possiblement*, pleins de condescendance : pourquoi ne pas s'en passer et dire simplement qu'ils sont le nouveau grand roman américain ?). Des traductions en langues européennes, quelques prix littéraires et des présidentes de clubs de lecture de l'Iowa qui envoient de longues lettres enflammées dont la calligraphie affûtée exhale, comme jadis le parfum qui imprégnait les missives amoureuses, une excitation sexuelle que le destinataire agrée comme on accepte un compliment. Puis, que sais-je encore, l'argent qui se met à tomber comme un crachin serré sur la famille de l'écrivain et que l'on transforme en appartements à Manhattan, lesquels sont vendus quelques années plus tard pour acheter une maison à la plage, loin des cercles littéraires de New York, mais pas au point de renoncer à un dîner en ville ou à recevoir des amis.

L'écrivain incarnait ce fantasme de l'Écrivain qui poussait tant de jeunes de tant de villages du Midwest à envoyer leurs articles à la presse locale ou à s'enfuir la nuit à bord d'un autocar qui les déposait à la gare de Port Authority avec trois dollars en poche, l'adresse d'une auberge et une machine à écrire portable dont la touche "p" restait enfoncée. L'on comprend alors que les costumes relevaient de la plus haute importance puisque l'écrivain se devait d'être cet Écrivain aux yeux des écrivains en devenir. Tel un relayeur, il portait le flambeau olympique qu'un costume en lin froissé pouvait éteindre. Dans ces années 1960, l'élégance n'était plus seulement un choix désabusé d'être au monde sinon un plaidoyer politique.

Ce maintien bourgeois, si peu "engagé", si rangé et si monogame, ne se reflétait pourtant pas dans ses livres. L'écrivain tendait vers le grotesque. Plus précisément, vers le salace, sans détour. Il aimait se vautrer dans les détails les plus visqueux de la sexualité et exaltait les odeurs corporelles, ses difformités, et ses flétrissures. Le personnage qui habitait ses romans et qui lui valut tous les prix auxquels un écrivain new-yorkais pouvait prétendre, hormis le Nobel, était ce type qui partait acheter des cigarettes et ne rentrait jamais. L'homme en veston gris qui un beau jour n'en pouvait plus de son boulot parfait, de sa maison parfaite et de ses costumes parfaitement repassés, et partait vivre la vraie vie, ayant compris – épiphanie oblige – que sa vie jusque-là n'avait été qu'illusion, malgré la tangibilité et la véracité de tout ce qui la composait, comme son boulot ou sa famille.

L'écrivain imagina un certain Rabbit, héros d'une bonne demi-douzaine de livres, primés et célébrés. Rabbit était un obsédé, parfaitement obnubilé par le cul et le corps d'autrui. Un pauvre gars, un maraudeur, un pleutre qui préférait l'ombre des impasses mal éclairées à la lumière des grandes avenues. L'écrivain qui lui donna vie, en revanche, était un hôte délicieux, vénéré de toute l'intelligentsia new-yorkaise, laquelle jugeait ses dîners immanquablement réussis et particulièrement inventifs ; un époux exemplaire et fidèle ; un lève-tôt méthodique qui remettait ses articles en temps et en heure, et sans fautes ; un fils qui faisait la fierté de ses vieux parents et un père aimant adoré de ses enfants. À la tombée du soir, debout sous le porche de sa maison de Long Island, il contemplait les dunes des plages atlantiques, sirotait son whisky sans glace (bien mérité, après une longue journée de labeur monacale consacrée à l'écriture du dernier Rabbit) en se gaussant de ce destin, déjoué à grand-peine, de laveur de vitres, de concierge d'immeuble pour ses amis de Manhattan ou de Tom Joad piégé dans un *Dust Bowl* quelconque, et qui l'attendait toujours au tournant, n'eût été Harvard.

— Attends encore un peu, Rabbit, murmurait-il avant de regagner l'intérieur, parce qu'il avait froid et que le repas était servi.

C'était un dîner d'adieu. Le lendemain, il prendrait deux avions, mais cette fois peu lui importait qu'on lui perde ses valises, n'emmenant avec lui qu'un maillot de bain et des sandales. Comme les cigognes, il effectuait sa migration annuelle vers des contrées plus chaudes, et l'hiver il y allait seul, afin de ne pas perturber le rythme scolaire de ses enfants, désormais habitués aux absences saisonnières de leur père.

— Ça te démange beaucoup, n'est-ce pas ? demanda sa femme, qui lui frottait le dos en un va-et-vient délicat, privilégiant la caresse au soulagement physique.

— Plus qu'une nuit, lui répondait-il alors. À compter de demain, ce sera oublié.

— Tu as déjà remporté la guerre, John.

— Si seulement c'était vrai ! Je crains que ce ne soit que partie remise à l'issue de cette nouvelle bataille. Une manœuvre de diversion avant la grande offensive de l'été.

Malade depuis l'âge de six ans, l'écrivain avait testé tous les onguents et produits miracles du marché. Il apprit à méditer afin de prévenir ce stress censément catastrophique pour la peau, mais il s'en lassa, il rouvrit les yeux et se mit au travail. Il arrêta le chocolat et les sucreries, tout comme les repas trop riches, et en conclut que les interdits alimentaires étaient aussi efficaces qu'un rite de purification navajo. C'est pourquoi, ce soir-là, il ne manquait rien sur la table : chaudrée de palourdes de la Nouvelle-Angleterre, ragoût de bœuf et gâteau au chocolat, avec un petit champagne au frais pour accompagner les hors-d'œuvre et un bordeaux pour les plats de résistance ; l'occasion le valait bien.

On parla du psoriasis comme d'un ennemi pratiquement vaincu. La nappe était la carte des opérations d'une campagne qui devait écraser les dernières poches de résistance.

— Lorsque papa rentrera, expliquait sa femme, il aura retrouvé une peau parfaite.

L'écrivain trinquait et souriait sous les hourras de ses jeunes enfants. Comme tout bon général, ces nuits-là le remplissaient d'un sentiment confus, mélange d'euphorie et de nostalgie. La victoire, tant recherchée, se fait indésirable le soir avant la bataille, et il comprenait le sentiment de Wellington à Waterloo, devenu orphelin après sa victoire sur Napoléon. Nous connaissons notre ennemi plus intimement que nos amants ou que nos amis. Nous l'observons davantage, nous nous sentons plus proches de lui. D'une certaine façon, la nuit avant d'éteindre, lorsque nous nous déshabillons en jetant un dernier regard dans la glace, nous le devenons. John Updike savait que le psoriasis, cet ennemi rouge et blanc, c'était aussi lui. La victoire suppose toujours d'éradiquer une part de soi-même. À n'en pas douter, le duc de Wellington avait passé le restant de ses jours à regretter Napoléon.

Les critiques et les lecteurs s'imaginaient que ses romans parlaient de la médiocrité bourgeoise et que ses costumes, sorte de cuirasse contre une enfance démunie, faisaient partie du numéro, mais personne ou presque ne se doutait, puisqu'il ne l'avait pas écrit et ne l'avait pour ainsi dire pas évoqué avec sa femme, que Rabbit était moins la sublimation d'un désir libertaire, que la liberté même de son ennemi le psoriasis.

Des années de vengeance et de stratégies de dissimulation sous des manches longues, des foulards, des cravates et des vestes l'avaient persuadé que le psoriasis était sa muse et qu'il y avait quelque chose d'irréfléchi et de selvatique dans sa prose qui lui venait de la maladie. Rabbit se démène sans destination, aussi imprévisible que les squames qui éclaboussent sa peau d'un bout à l'autre de l'hiver. Il peut faire irruption n'importe où et faire n'importe quoi. Les gens assumaient – et lui-même l'envisagea dans un premier temps, laissant dire, sans rien rectifier ni nuancer – que Rabbit incarnait ce qu'il aurait été s'il avait eu le cran de s'excuser au milieu du repas, de sortir la voiture du garage et de rouler vers l'intérieur du pays. Mais Rabbit était cette chose bien plus profonde et monstrueuse : ce qu'il aurait été s'il s'était soumis à la maladie. Sans plan de guerre, sans discipline, sans culte au dieu Soleil, John Updike serait cette bête qui traverse la route dans la nuit, prise dans les feux de la voiture que conduirait John Updike lui-même.

Dans ses mémoires, il en parlerait avec davantage de tendresse. Si le psoriasis était une tare génétique qui poussait son corps à produire beaucoup plus de cellules de peau qu'il ne pouvait en contenir – d'où les amas de squames et les plaques –, alors la maladie devait être comprise comme une sublimation de l'être même. Il y avait plus de lui que lui ne pouvait en contenir. Tel un super-pouvoir, le psoriasis lui conféra le don de la génialité. "Chaque fois que, dans mon existence sans audace, j'ai fait preuve d'un certain courage et d'une certaine originalité – écrivit-il –, c'était à cause de ma peau."

D'où le silence, le sourire et le regard plissé lors de ce dîner d'adieu.

Histoire de ma peau

Il fallait, pour rejoindre Anguilla, prendre un avion jusqu'à San Juan de Porto Rico, et de là un deuxième engin à hélices qui atterrirait à l'aérodrome de cette relique antillaise de l'Empire britannique, tenue à l'écart des migrations touristiques, sans hôtels ni restaurants, ni bars à cocktails, peuplée d'une poignée de Noirs descendants d'esclaves et d'une demi-douzaine de Blancs descendants de pirates, lesquels s'imaginaient encore, dix générations plus tard, en éclaireurs de la civilisation britannique parmi les sauvages. À ce point insignifiante que même les mafias n'y avaient pas décelé ses vertus de paradis fiscal et de lessiveuse pour grandes fortunes, vu que l'administration coloniale n'y prélevait pas le moindre impôt. Et c'étaient précisément cet abandon et cette décadence qui poussaient John Updike à revenir chaque année pendant quelques semaines, dès que le soleil d'hiver fléchissait à Long Island et qu'il cherchait désespérément une plage brûlante et solitaire.

Faute de pouvoir lui vendre son âme, l'écrivain offrait au dieu Soleil son ADN, son équivalent séculier. Le bombardement de photons sans crème, ni ombre, et sans autre protection que le port d'un maillot de bain ajusté, détruisait la structure cellulaire de son épiderme, provoquant une explosion de mélanine, impuissante face aux attaques ultraviolettes. Updike savait qu'il risquait un cancer de la peau, des brûlures sévères et une infinité de maux que les dermatologues énuméraient avec affolement et raclements de gorge, mais toutes ces calamités n'avaient pas la moindre importance du moment que les plaques s'éclaircissaient, se résorbaient et disparaissaient. Après quelques jours seulement d'une exposition brutale au soleil des Caraïbes, sa peau malade semblait presque normale. Rouge, craquante, texturée comme la peau d'un pêcheur de baleines, certes, mais sans psoriasis.

Il logeait dans une petite et très modeste maison d'hôtes appelée la Maison du Capitaine, d'où il sortait chaque matin avec serviette, maillot et sandales, et partait s'enfoncer sur la plage de Sandy Ground, par-delà les dernières habitations, où il ne trouverait plus ni vieux, ni enfants, ni pêcheurs pour l'importuner. Seul, enveloppé dans une solitude qu'il accueillait joyeusement le premier jour, s'allongeant longuement sur le dos, puis se tournant sur le ventre, jusqu'à se sentir tout entier comme une brûlure palpitante. Il grillait avec la plus grande application. Puis il regagnait le village par la route, affichant une frime de béate stupidité, saluant les habitants sous leurs porches, lesquels lui renvoyaient ce sourire rayonnant que l'on réserve aux esprits fêlés inoffensifs et sympathiques. “Là, se disaient-ils entre eux, revoilà le petit Blanc rougeaud, c'est qu'il n'a pas l'air mécontent, le bougre.”

Le soir, sous le porche, il entretenait sa flânerie en lisant des romans de Ian Fleming empruntés à la bibliothèque de Sandy Ground, une grande bâtisse délabrée et déserte, qui ne comptait pas un seul de ses ouvrages dans son catalogue, rien que des romans et des traités d'histoire d'auteurs britanniques, puisque la bibliothécaire, une vieille Européenne au chignon argenté et au nez retroussé, ne croyait pas qu'il pût exister rien de méritant dans la production étrangère. Et comme la vieillarde était vraiment très âgée et qu'elle préférait bien souvent prolonger la sieste chez elle l'après-midi, elle s'était attaché les services d'une assistante chargée de dépoussiérer les volumes de l'*Encyclopædia Britannica*.

La première fois que John Updike l'aperçut derrière le comptoir, il lui demanda hagard où se trouvait la bibliothécaire attitrée, car elle lui avait mis de côté deux petits romans. La jeune fille était au courant et les lui remit avec une amabilité et une douceur qui l'ébranlèrent. Il fut tenté de se sauver au pas de course, sans même y toucher. L'intellectuel mondain, l'illustre créateur de Rabbit, se sentait tout à coup imberbe et bafouilleur. Il s'était présenté en chemisette et bermuda très court, laissant apparaître de vastes portions de peau qu'il n'aurait jamais laissé entrevoir à New York. Cela ne faisait que deux jours qu'il était arrivé à Anguilla et il n'était pas encore guéri : de larges étendues de psoriasis tatouaient ses bras et ses jambes. Peu lui importait de les montrer à la bibliothécaire blanche, parfaitement asexuée, mais il perdit toute contenance face à cette jouvencelle à la peau noire qui lui tendait des livres d'espionnage peu dignes d'un intellectuel respectable. Il aurait mieux fait de demander un traité de Nietzsche ou un roman russe, si toutefois il s'en trouvait dans cette bibliothèque. Quelle honte : un Blanc malade et ridicule ne pouvant pas même racheter sa répugnante apparence physique par un esprit riche et profond. Il se vit dans les yeux de la jeune fille et anticipa le rire moqueur avec lequel elle le décrirait à ses amies à la fin de la journée.

Avant ces vieux Caribéens, John Updike n'avait pratiquement jamais côtoyé de Noirs. Et bien qu'ayant grandi dans le New Jersey, épargné par la ségrégation raciale, il avait vécu *de facto* dans un ghetto d'Anglos et de juifs où les Noirs ne constituaient même pas une minorité. Tout au plus, un stéréotype qui s'invitait ponctuellement dans le quartier, sous les traits d'un balayeur d'arrière-boutiques ou bien d'un vendeur de barbes à papa les jours de foire. Il avait aperçu à Harvard quelques étudiants noirs, mais qui ne fréquentaient pas tellement la majorité blanche, et dans le cénacle littéraire de New York, ils étaient aussi rares que chez les Esquimaux. Il avait la trentaine passée et son rapport à la négritude avait été, au mieux, sporadique. C'est sans doute pourquoi il avait été pris de court par la beauté inquiétante et surpuissante de cette demoiselle qui lui tendait les romans d'espionnage dans la bibliothèque.

Le créateur de Rabbit savait que l'attention prêtée à la peau était bien plus qu'une simple coquetterie. S'il était à ce point gêné par sa maladie, c'est parce qu'elle faisait de lui un mâle inapte à l'accouplement, bien que, sans qu'il ne sache ni comment ni pourquoi, les femmes n'avaient jamais manifesté la moindre objection à l'égard de son apparence, comme en témoignaient sa femme et ses enfants, ainsi que toutes ces étudiantes avec lesquelles il avait fricoté dans les bars de New York. Son historique sentimental était aussi impressionnant que le littéraire, sans une lettre de rejet ou un échec, mais ne suffisait pas à consoler son orgueil de coq galant pour qui il est indispensable de coqueriquer à l'envi, la crête au vent. Les costumes étaient un grossier succédané de la véritable démonstration de pouvoir viril : le plaisir de se promener nu sur une plage ou de lézarder au soleil dans une piscine de Los Angeles comme le faisaient ses amis du cinéma. Anguilla ne comptait pas. Anguilla était un banc de sable chaste où la nudité était exclusivement thérapeutique.

En vain se consola-t-il en pensant que le psoriasis avait peut-être échappé à la jeune fille. Car, si lui n'était pas familier des subtilités de la peau noire, se dit-il, il devait en être de même pour elle et la peau blanche. Il se pouvait bien qu'elle prît ces taches pour une décoloration normale chez un Blanc. Ou alors, qu'elle ne les perçût tout simplement pas, comme ces racistes qui ont le plus grand mal à distinguer un Noir d'un autre. Il se pourrait qu'elle le vît comme un Blanc de plus, indiscernable au milieu des autres Blancs de l'île, ce qui était à la fois un soulagement et une affliction, puisque cela voulait dire qu'il ne parviendrait jamais à éveiller son désir, son corps se fondant dans le paysage laiteux de la blanchité.

Ô combien était grande l'ignorance de l'écrivain, heureusement. Quel soulagement que de mener une vie de costumes et de joutes littéraires et de ne jamais se sentir concerné par les luttes des Noirs. S'il avait entendu parler de Marcus Garvey, par exemple, lequel prônait le retour de tous les Noirs américains en Afrique, il ne serait jamais allé rendre le roman et n'aurait pas trouvé la force de souhaiter une bonne soirée à la jeune bibliothécaire. Et s'il avait su que certains adeptes de Garvey avaient la conviction que les Blancs étaient les descendants de Caïn et que leur blancheur était une maladie, la punition pour avoir tué Abel, il ne serait même jamais retourné à Anguilla. La peau blanche comme une gale biblique. Tous les Blancs, des lépreux qui se vengent du châtiment divin en exploitant les fils d'Abel, lesquels seront libérés par un messie noir qui non seulement conduira son peuple jusqu'en terre promise, mais qui appliquera aux Blancs le traitement que l'on réserve aux lépreux : il les entassera dans une barque au milieu de serpents à sonnette qu'il abandonnera au gré du fleuve. Heureusement que de telles idées n'étaient pas parvenues jusqu'à l'île ni aux oreilles de John Updike. Il en avait déjà bien assez sur sa conscience de galeux pour apprendre pardessus le marché qu'il n'était pas de bain de soleil ou de remède dans le monde capable de faire de lui un individu sain aux yeux de la jeune fille de la bibliothèque.

Le soir, installé dans la chaise longue de la Maison du Capitaine, il fut incapable de se concentrer sur les intrigues d'espionnage. Il n'aurait su dire qui espionnait qui, ni dans quelle ville d'Europe le héros commandait ses Martinis. Il lâcha le livre et se laissa bercer par les bruits émanant de l'île, les pêcheurs rentrant à bicyclette, les conversations animées des voisins, les oiseaux aux noms impossibles et toutes ces choses que l'on fourre dans les romans pour y créer une ambiance.

Il faisait déjà nuit lorsqu'il se réveilla affamé. Il s'habilla et se dirigea vers une sorte de restaurant qui servait des hamburgers et de la bière et où avaient pris leurs habitudes trois ou quatre Américains blancs qui traînaient sur l'île et qui le saluaient d'un geste lointain, se demandant mutuellement ce qu'ils pouvaient bien fabriquer dans cet atoll. Rien de bon, soupçonnait l'écrivain. Prospecter des diamants. Battre des esclaves dans des plantations de canne à sucre. Enterrer des doublons en argent du Pérou. Fomenter un coup d'État contre Sa Gracieuse Majesté. Sait-on encore. À l'occasion, il s'appliquait à spéculer sur leurs existences et à trouver une façon d'en faire des personnages dans un livre de Rabbit qu'il situerait dans les Caraïbes, mais ce soir-là, alors qu'il avalait goulûment son hamburger et commandait une deuxième pinte, son esprit tout entier s'abandonnait à la forme des lèvres de l'assistante bibliothécaire. Si arquées et si pleines à la fois, si éclatantes, des puits pour s'y précipiter la tête la première.

Les premières nuits étaient toujours une épreuve, à cause des brûlures au dos et à la poitrine qui transformaient les draps en supplice, mais ce qui lui ôtait le sommeil à présent, c'étaient les mains, les yeux, le sourire de la jeune fille. Comment était-ce possible ? À peine s'était-il retrouvé deux minutes en sa présence échangeant guère plus de phrases. Il ne savait même pas à quoi elle ressemblait debout. Il entreprit de se masturber, aussi bien pour chasser la vision que pour s'endormir, mais à la deuxième branlée il eut le sentiment de commettre une profanation et s'arrêta. Quelle sensation si adolescente et si romantique, si éloignée de Rabbit.

Sous ce climat poisseux, le port du pantalon et de chemises était un impair plus terrible encore que se promener tout nu. Néanmoins, il était résolu à ne pas montrer sa peau dans la bibliothèque tant qu'elle ne serait pas acceptablement guérie. Il s'y rendit presque tous les après-midis, arguant qu'il lisait très vite et qu'il lui fallait se réapprovisionner en lectures. Les nuits tropicales étaient longues et insomnieuses.

— À ce rythme, tu auras bientôt lu tous les livres de la bibliothèque. Comment peux-tu garder la lumière allumée jusqu'à si tard ? Tu ne te fais pas dévorer par les moustiques ? lui demanda-t-elle, mais il ne put lui répondre que les moustiques étaient comme les adeptes de Marcus Garvey, pour qui la peau blanche était fille de Caïn, et que jamais de son vivant il n'avait connu créatures plus condescendantes et tyranniques que les moustiques, toujours à l'affût du sang du meilleur pedigree, plantant leur aiguillon dans les peaux les plus fertiles, faisant fi des galeux, des teigneux et des lépreux comme lui.

— J'ai une bonne moustiquaire et je ne lésine pas sur le répulsif, dit-il.

Alors, elle se leva, s'inclina au-dessus du comptoir et sembla clore les paupières comme pour l'embrasser, mais elle se limita à inspirer un grand coup.

— Tu ne sens pas l'anti-moustique, déclara-t-elle.

— Et toi, comment fais-tu pour échapper aux piqûres ?

— Je me couche tôt et je suis sage, lui répondit-elle.

Était-ce là une invitation au flirt ? À New York, il aurait fait signe au barman et aurait commandé un whisky double, sec, et ce que mademoiselle voudrait, mais dans la bibliothèque publique de Sa Majesté à Anguilla il ne savait que dire ni que faire.

Elle avait l'air d'apprécier les visites de cet homme blanc. Après tout, la bibliothèque n'était pas le lieu le plus fréquenté de Sandy Ground et les après-midis lui semblaient aussi longues que les nuits sans sommeil pour Updike. Elle avait dix-sept ans et avait obtenu son certificat d'études au collège britannique de l'île. Son intention était de postuler à l'une des bourses du gouvernement pour partir à Londres ou à Liverpool, ou qui sait dans quelle ville anglaise, afin d'y faire ses humanités. La vieille bibliothécaire, qui avait été enseignante au collège, lui donnait un coup de main avec les papiers et lui avait rédigé une lettre de recommandation. Oui, elle aimait la littérature, c'était une option, mais les bourses étaient si rares qu'elle prendrait ce qu'on lui proposerait, si toutefois la chance lui souriait. Non, John Updike ne lui disait rien. Désolée, elle ne lisait pas de livres américains. Mark Twain ? *La Case de l'oncle Tom* ? Jamais entendu parler, mais elle aimait beaucoup le conte de Noël.

— Regarde, nous l'avons ici, tu veux le lire ?

— Noël à Anguilla, avec la chaleur et la plage ?

— Voyons, nous sommes chrétiens, ici Noël c'est sacré.

— À New York, il neige et il fait très froid.

— Comme dans le conte de Noël ! La première chose que je veux voir en Angleterre, c'est la neige.

La jeune fille n'avait jamais quitté Anguilla. Bien que ne connaissant aucun autre coin du monde, elle avait l'intime conviction que l'île était, de loin, le lieu le plus répugnant, arriéré, vulgaire et infâme qui soit sur Terre.

— Crois-moi, lui disait-il, il y a bien pire. Dans ma ville, beaucoup sont persuadés que les îles telles qu'Anguilla sont le paradis.

— Pourquoi ne viennent-ils pas vivre ici alors, si ça leur plaît autant ? Parce que toi, tu es le seul bon Blanc que l'on trouve à Sandy Ground.

— Qu'entends-tu par bon Blanc ?

— Tu es le seul à mettre les pieds dans la bibliothèque.

— Cela ne fait pas de moi quelqu'un de bon.

— Tu ne penses pas être une bonne personne ?

— Je ne suis pas le plus affreux des hommes, certainement, mais de là à me considérer comme bon… Non, vraiment, tu vas beaucoup regretter cette île lorsque tu seras en Angleterre, un endroit horrible et sale où il pleut toute la journée, la nourriture est infecte et les gens se suicident après le thé de cinq heures.

— Si cette île était le paradis que tu décris, John Updike, nous les Noirs n'aurions pas le droit d'y vivre.

L'écrivain rallongeait de plus en plus ses visites à la bibliothèque. Parfois, il lui arrivait de rester jusqu'à l'heure de la fermeture. Il aidait la jeune fille à ranger les derniers livres et l'attendait pendant que celle-ci tournait deux fois la clef dans la serrure et sortait sa bicyclette de l'abri. Ils se disaient au revoir sous le porche et il la voyait disparaître sur la route, en direction du village, tandis que lui se gorgeait des derniers rayons de soleil, tenant fermement à la main un roman de Somerset Maugham sur un capitaine de navire pris de ballonnements s'adonnant à la contrebande à Singapour. Il le rendrait le lendemain, n'ayant lu que quelques pages du début, du milieu et de la fin, afin de pouvoir raconter à la fille de quoi il retournait et combien il avait apprécié le livre, lui demandant ensuite de lui trouver d'autres titres du même auteur.

La nuit, après avoir dîné là où les Blancs commençaient à s'enivrer – et à le regarder de travers parce qu'il ne s'enivrait pas avec eux, étant donné que pour un ivrogne toute forme de sobriété est suspecte –, il rentrait s'allonger dans sa chambre, pris de ballonnements semblables à ceux du capitaine dans le roman de Somerset Maugham, et se masturbait, sans plus aucune réserve, imaginant toutes sortes de délectations et de positions. Dans ses délires onanistes, tantôt la peau de la jeune fille sentait fort la transpiration, tantôt l'eau de toilette fraîche, comme celle que l'on met dans les cheveux des bébés. Certaines nuits, il la découvrait lascive et facile, s'exécutant comme une femme experte en matière de sexe, capable de coincer un homme adulte contre un comptoir et de le chevaucher comme un jeune ânon apeuré. D'autres, c'est lui qui la guidait, innocent Petit Chaperon rouge, jusqu'à son repaire de loup, et devait vaincre son opposition timide et religieuse moyennant cajoleries et susurrements, jusqu'à ce qu'elle écarte les jambes, encore réticente, non pleinement offerte, mais pas forcée non plus, seulement partiellement convaincue. Alors, de son vagin humide et velu lui parvenait un arôme d'orchidées fanées, légèrement douceâtre et légèrement mort. C'est le plus loin qu'il était disposé à se fantasmer en satyre. Lui n'était pas Rabbit : ses délires de plumard étaient une production tous publics.

Il ne saurait dire dans quel rôle la jeune fille l'excitait le plus. Mante religieuse ou simplement religieuse ? Intimidante et sensuelle ou timide et gardienne de sa vertu ? Toutes lui procuraient des orgasmes sensationnels qui n'étaient pas sans l'effrayer et qu'il attribuait à l'insolation et au mode de vie sur l'île, si différente de son quotidien à la maison. Après quoi, il sombrait dans un sommeil profond d'où il émergeait la bouche sèche et traînant un sentiment de culpabilité enfouie et insaisissable qui lui collait à la peau même après la douche, même après le petit-déjeuner anglais avec ses œufs, ses haricots, son bacon et ses deux tasses de café noir, et qui l'accompagnait sur le chemin de la plage. Bien qu'il ne lui accordât pas trop d'importance, elle campait en lui, lui labourant le ventre comme les pires remords, jusqu'à ce que, l'après-midi venu, il s'engageât à nouveau sous le porche de la bibliothèque.

En attendant, le soleil avait honoré sa part du marché et, en échange du noyau de ses cellules épidermiques, il lui avait accordé une peau lisse, uniforme et hâlée, quoique toujours aussi ivoirine eu égard aux standards de la population locale. Il ne se présentait plus à son rendez-vous lecteur de l'après-midi en chemise et pantalon droit, mais dans un polo Lacoste quelque peu cintré et déboutonné, un pantalon court, comme un caleçon, et une paire de sandales au bout de deux jambes poilues et plutôt musclées, à force de se rendre à l'autre bout de la plage de Sandy Ground. Au moment de s'habiller dans sa chambre, il découvrait dans le miroir un bel exemplaire du mâle blanc trentenaire, ni trop gros ni trop maigre, plutôt attrayant. Sans doute n'était-il pas le paon à la roue la plus fleurie, mais il n'avait pas à la cacher lors de ses pavanements de basse-cour. Et pourtant, en pénétrant dans la bibliothèque et en posant le roman sur le comptoir, d'un coup sec afin d'attirer l'attention de la jeune assistante, toujours occupée ailleurs, il se sentait plus gauche et adolescent que lorsqu'il voulait proposer à une camarade d'école d'aller au ciné et que les mots ne lui venaient pas.

Elle ne semblait pas s'alarmer de son assiduité ni des périodes de plus en plus longues qu'ils passaient ensemble. Elle ne se méfiait pas de lui, pas plus qu'elle ne lui donnait l'occasion de la toucher ou de l'approcher autrement qu'avec chasteté. Aussi déconcertants que fussent pour lui les codes de cette relation, il n'y avait chez elle, de toute évidence, pas l'ombre d'une attente sexuelle. Même si elle pressentait son désir – elle devait bien pressentir quelque chose, pour aussi rurale qu'elle fût, perdue dans un coin de la Caraïbe méconnu des mappemondes, puisque ces choses-là se devinent sans qu'on ait à les apprendre –, elle ne s'en souciait guère et ne craignait rien. Il pouvait bien rappliquer chaque après-midi un peu plus dévêtu, on ne verrait jamais poindre ses cornes de satyre.

Et c'est sans doute mieux ainsi, se disait-il. Si jamais la jeune fille prévenait ses parents ou son frère de la menace que représentait ce petit Blanc, il lui faudrait non seulement renoncer à son plan de retraite et de cure, mais il aurait quelques comptes à rendre à la maison lorsque les enfants apprendraient qu'ils n'iraient plus à Anguilla pour les grandes vacances, un voyage qu'ils aimaient par-dessus tout. Ses incartades bibliophiles étaient déjà bien assez irréfléchies comme cela, même si elles débouchaient sur un platonisme pur et irréprochable. Il ne voulut pas, néanmoins, renoncer au plaisir de ces après-midis, passés à écouter les projets d'avenir de sa bien-aimée ou ses leçons d'histoire de l'île, qu'il connaissait très bien malgré – ou précisément du fait – qu'il la haïssait du fond du cœur. Au fil des jours, et à mesure qu'il devenait le lecteur qui avait emprunté le plus de livres à la bibliothèque publique de Sandy Ground depuis sa fondation, il alla jusqu'à goûter au paradoxe dans lequel il s'était enfermé : sa peau avait atteint son paroxysme sexuel, mais il ne s'était jamais trouvé aussi loin d'en profiter, avec son obscur objet du désir si proche, si souriant et si aimable, mais si intouchable.

Maintenant que sa peau était guérie, il n'avait aucune raison de prolonger sa villégiature. Il grappilla trois ou quatre jours de plus que prévu, prétextant un soleil qui avait tardé à faire effet, mais les lecteurs de Rabbit réclamaient ses conférences dans qui sait combien de patelins infâmes sans plage ni bibliothèque publique de Sa Majesté, et tant son éditeur que son agent n'avaient manqué de lui envoyer respectivement des télégrammes s'enquérant de sa date de retour. Les costumes, parqués dans l'armoire de sa maison de Long Island, demandaient à cor et à cri de rentrer dans une valise et de partir en soute.

Il n'eut pas le courage de faire ses adieux à l'assistante. Il pensa d'abord lui offrir quelque chose, sans toutefois savoir quoi et il conclut que la moindre attention serait perçue comme un témoignage d'amour courtois. Il s'imaginait toujours que la fille le raillait dans son dos, qu'elle abreuvait ses amies avec des anecdotes du petit Blanc lourdingue qui tous les jours venait emprunter des livres qu'il ne lisait pas et se promenait à moitié nu dans la salle de lecture. Un petit Blanc qui a débarqué tout plein de taches rouges et qui repart presque aussi noir que moi, un type louche qui se dit écrivain et qui est venu tout seul, on ne sait dans quel but.

Non, il valait mieux ne rien offrir, ni même aller lui dire au revoir.

La veille de son vol retour pour New York via Porto Rico, il alla rendre un livre et, afin de ne pas soulever de suspicion, il en emprunta un autre, sachant qu'il ne pourrait pas le retourner, seule véritable faute commise pendant son séjour. Un recueil d'essais de Stevenson, puisque *L'Île au trésor* lui semblait trop évident. Il se présenta en pantalon et chemise, pour donner à la soirée une tournure solennelle qui échappa complètement à l'assistante, laquelle ne sembla remarquer aucun écart vestimentaire. Updike se montra légèrement plus loquace et lui parla de quelques auteurs américains qu'il lui conseillait de lire si elle souhaitait s'extraire un jour du ghetto de la littérature anglaise. Il lui demanda également si elle connaissait Martin Luther King et les luttes des Noirs américains.

— Rien de rien, dit-elle, ici on ne reçoit que le *Times*, avec quatre jours de retard, et je le trouve terriblement ennuyeux.

À vrai dire, John Updike n'était pas plus au fait de ces questions et se demandait ce qui avait pu le pousser à en parler.

Il lui demanda des nouvelles de la bourse d'études : la vieille bibliothécaire lui avait donné de l'espoir. Apparemment, un secrétaire du gouverneur d'Anguilla avait un cousin à Londres qui travaillait au ministère de l'Éducation, et d'après lui il y aurait davantage de bourses allouées aux gens des colonies.

— C'est une bonne chose, lui dit-il, tous mes vœux de réussite.

— Je prie nuit après nuit, lui confia-t-elle, pour qu'on me sorte de ce banc de sable. Je t'envie, John Updike, sans cesse dans les airs, sans cesse dans les grandes villes partout dans le monde. Quand est-ce que tu rentres ?

— Bientôt, répondit-il, le regard fuyant.

— Si seulement je pouvais partir avec toi à New York. Il doit faire très froid à New York, non ?

— Je le crains, oui, on annonce des tempêtes de neige.

— Des tempêtes de neige, soupira-t-elle, quelle merveille, John Updike.

Le lendemain, lors de son escale à Porto Rico, il s'installa au comptoir d'un faux bar à cocktails à l'aéroport de San Juan. Avec son costume froissé, il se fondait parmi les cadres américains qui se soûlaient au Jack Daniel's et cherchaient à faire la conversation avec les inconnus alentour, promenant un regard vitreux et ovin qui implorait désespérément d'échanger quelques phrases sur le baseball ou sur ce fils de pute de Fidel Castro. Son bronzage, fort heureusement, le rendait peu éligible à la conversation amicale, le signalant comme un oisif trop occupé à se dorer la pilule. Il n'était pas ce bon Américain productif soucieux de partager son temps entre repas d'affaires et boîtes de nuit. Tout comme le livre qu'il tenait dans les mains, les essais de Robert Louis Stevenson avec sa cote de bibliothèque sur le dos, le cataloguait comme un type peu recommandable, un communiste probablement.

Cet individu obèse qui dissimulait sa calvitie sous une mèche retournée était, hélas, suffisamment marginal et suffisamment éméché pour ne pas se sentir intimidé, ou même percevoir les airs d'élitisme intellectuel que déversait John Updike, et c'est pourquoi il s'arrima au comptoir et souleva son verre en un geste convivial :

— On rentre, n'est-ce pas ?

— Voilà, on rentre.

— New York ?

— Oui, New York.

— Moi aussi, ou presque : New Jersey.

— Je suis né et j'ai grandi dans le New Jersey.

— Aha, j'en étais sûr ! On aura beau se pomponner (et vous, l'ami, vous êtes un type distingué, ça saute aux yeux), on se reconnaît entre natifs de Jersey. Une sorte de muflerie indécrottable, pas vrai ? Comme une tache de naissance.

— Si vous le dites.

— Trinquons au retour à la maison. Une semaine que je suis sur cette île, j'ai eu ma dose de latinos et de basanés. J'ai une envie dingue de cheesecake et d'enfiler un manteau, j'en ai plein le cul de cette chaleur. Allez, l'ami, trinquons : à la maison.

— Bon, allez, pourquoi pas. À la maison.

TRÈS BRÈVE HISTOIRE DU RACISME

On ne peut pas dire que Felix von Luschan ait raté sa vie. Il explora différents continents, fit la découverte de ruines hittites en Anatolie (le prodigieux royaume de Sam'al), étudia les cultures aborigènes d'Australie et de Nouvelle-Zélande, sillonna l'Afrique du Sud, donna des conférences aux quatre coins des États-Unis et remplit un musée à Berlin avec les pièces rapportées de ses voyages. Pourtant, aux yeux de l'histoire, il n'est que l'auteur de la méthode qui porte son nom, constituée de trente-six carreaux de verre opaque ordonnés suivant une échelle chromatique représentant l'ensemble des carnations possibles de la peau humaine.

Il eut l'immense chance de mourir à Berlin pendant l'hiver 1924, lorsque pratiquement plus personne dans cette ville ne se souvenait de lui ni de ce qu'il avait réalisé. S'il était resté en vie une décennie de plus – ce qui aurait très bien pu se produire, vu la soudaineté de sa maladie et la brusquerie de son décès : à sa mort, il venait tout juste de rentrer d'une expédition en Égypte, et personne ne part conduire une expédition en Égypte s'il s'imagine qu'il va mourir en rentrant –, il aurait vu comment ses travaux servaient à justifier l'eugénisme, et sans doute aurait-il été appelé comme expert pour cautionner les stérilisations de masse et les lois raciales des nazis, ce qui lui aurait causé bien plus que de la gêne. Car Felix von Luschan, malgré ce que ses carreaux de couleur porteraient à croire, était sans doute le seul anthropologue non raciste de tout Berlin. Ou du moins, était-il aussi antiraciste que pouvait l'être un anthropologue berlinois en 1924.

Trente-six carreaux : un pantonier pour la peau, l'instrument idéal du raciste professionnel. Un outil pour classer les êtres humains en trente-six catégories distinctes pouvant être ségréguées et hiérarchisées. Grâce à ces carreaux, chaque être humain sait quelle est sa place dans la société et peut s'enfermer de son propre chef dans la cage qui lui correspond.

Von Luschan conçut sa méthode après avoir voyagé de par le monde et examiné toutes sortes de peaux, systématisant au passage le savoir que les racistes avaient accumulé depuis le XVe siècle, point de départ de l'histoire du racisme. Avant qu'il ne fût possible de traverser les océans, les Européens ne se faisaient pas une idée très précise de la variété de carnations qui existe dans le monde, non pas qu'ils n'avaient pas connaissance de ce monde – les Romains implantèrent des ambassades jusqu'aux portes de la Chine et nombreux s'étaient déjà aventurés au cœur de l'Afrique –, mais parce qu'ils voyageaient très lentement. À pied ou à dos de chameau, les contrastes entre les cultures se diluent. Il existe même une théorie selon laquelle un pèlerin se rendant de Roumanie jusqu'à Saint-Jacques de Compostelle au bas Moyen Âge (autrement dit, d'un bout à l'autre de l'Empire romain où l'on parlait latin) ne remarquerait pas les changements de langue, étant donné que les langues romanes sont si proches et que les dialectes divergent si peu d'une vallée à l'autre – dans le village d'à côté, le mot pour dire "porte" varie, alors que tout le reste demeure à l'identique ; dans le village qui suit, c'est un article qui change ou une conjugaison qui se décline un tant soit peu différemment – qu'il serait incapable de distinguer le galicien du roumain. Il faut se déplacer d'un coup pour être capable de saisir les contrastes : aujourd'hui, le Roumain qui prend un avion pour Saint-Jacques de Compostelle ne comprend pas ce qu'on lui dit à l'arrivée, n'ayant pas eu l'occasion de s'acclimater à tous les parlers intermédiaires.

Il se produit le même phénomène avec la peau. La gradation que traduisent les carreaux de Von Luschan ne s'apprécie qu'entre deux tonalités extrêmes, et puisque la mélanine est associée à la géographie, dès lors que l'on voyage lentement il n'est pas évident de remarquer que la peau des populations fonce à mesure que l'on se dirige vers le sud. Lorsque les Européens ont commencé à voyager d'une seule traite n'importe où dans le monde, ils ont pris conscience subitement et catastrophiquement de ces contrastes chromatiques. Les textes romains regorgent de rois dont nous savons aujourd'hui qu'ils étaient noirs, bien que les chroniqueurs de l'époque n'aient pas cru nécessaire de le signaler.

Von Luschan, j'insiste, n'était pas raciste. Dans ses écrits, il déclara qu'il n'y avait pas de peuple sauvage ou inférieur et que, dans le cas du Congo, les seuls sauvages étaient les Belges. Il n'alla pas jusqu'à remettre en question la colonisation, bien qu'il déplorât les agissements des empires coloniaux. Ses trente-six tons chromatiques n'avaient pas vocation à faire valoir les différences entre les êtres humains, mais à mettre en lumière leurs ressemblances.

Quoiqu'il ne parvînt pas à le prouver, puisqu'à son époque la dermatologie ne possédait pas les outils pour y parvenir, il formula l'hypothèse suivant laquelle les différences raciales entre personnes n'étaient le fait que de facteurs environnementaux, climatiques pour la plupart, qui se transposaient sur les gènes à travers la sélection naturelle. Il avait aussi d'autres idées plus confuses, bien que plaisantes et inoffensives – voire révolutionnaires dans cette Allemagne obsédée par la pureté –, sur les vertus du mélange et du commerce. Il n'y a pas de race pure, disait-il, car toutes se croisent et se contaminent ; c'est pourquoi la palette est si large et qu'il y a plus de couleurs métisses que de couleurs authentiques. Il réfuta l'existence des Aryens tout comme celle des Juifs. Pour quelqu'un portant un *von* dans son nom de famille et descendant de l'une des familles les plus anciennes d'Autriche, ce n'était pas un mauvais bougre.

Ce fut un Italien, Renato Biasutti, qui tira le plus profit des carreaux de couleur de Von Luschan. Lorsque celui-ci mourut en 1924, Biasutti était un professeur de Florence qui arpentait le nord de l'Italie pour y étudier les types d'habitats que l'industrialisation était en train de reléguer au dépotoir de la mythologie. Obsédé par cette Italie qui disparaissait dans son sillage, il était aussi un homme du monde, connaisseur de l'Afrique aussi bien italienne (Libye, Érythrée, Somalie...) que non italienne. À l'instar de Von Luschan, lui aussi parcourut les États-Unis et explora l'Égypte ; et c'est sans doute à cause de cette manie qu'ont les professeurs de s'emboîter le pas les uns aux autres en marmonnant leurs propres pensées, qu'il se saisit de ce témoin sous forme de carreaux abandonnés au pied des pyramides, là où l'Autrichien les avait laissés avant de mourir.

L'Italie fasciste ne se passionnait pas pour les races autant que son alliée germanique, mais désirait s'affirmer en empire comme son prédécesseur romain et faire défiler à nouveau sur les forums, sous le regard satisfait du *Duce* et euphorique de la plèbe, les esclaves nubiens. C'est pourquoi, le travail de Biasutti était patriotique : toute cartographie, sous quelque forme que ce fût, produite en Italie, manifestait le pouvoir du *fascio*. Des années durant, le professeur florentin voyagea et glana des tonnes de photographies et de carnets de campagne, réalisés par une infinité de collaborateurs, qui donnèrent en 1941, en pleine guerre totale, *Le razze e i popoli della Terra* : quatre volumes reliés cuir (ça ne s'invente pas), offrant une profusion de cartes et d'illustrations, imprimés à Turin sans aucun sens de l'austérité.

Cet ouvrage est la transposition sur planisphère des carreaux de Von Luschan : un atlas représentant la répartition de la peau humaine en fonction de sa couleur, à travers les cinq continents. L'encyclopédie définitive du racisme.

Pour autant, on ne cessa pas de rééditer *Le razze e i popoli della Terra* à la fin de la guerre. Et son auteur n'en fut pas moins admiré et respecté – si ce n'est plus – dans l'Italie de la démocratie. Durant les années 1960, l'ouvrage s'imposa comme une référence de plus en plus citée dans les universités du monde entier, même si c'était davantage pour des raisons médicales qu'anthropologiques. Ce sont les dermatologues qui se sont le plus intéressés à lui, et même si aujourd'hui l'échelle de Von Luschan ou l'atlas de Biasutti ne sont guère plus que des antiquailles de brocanteurs, comparables en valeur à des traités d'alchimie, ils servirent néanmoins pendant longtemps comme guides essentiels pouvant expliquer l'un des mystères les plus douloureux de la peau : sa capacité à susciter la division.

Ces travaux faisaient le constat de la diversité humaine et de sa distribution géographique, et furent instrumentalisés pour prouver que la ségrégation raciale était un phénomène naturel qu'il convenait de préserver, ce qui n'était pas pour déplaire aux suprémacistes blancs américains et aux idéologues de l'apartheid, sans oublier les eugénistes allemands de tout poil. Chacun chez soi et pas de mélanges à même de pervertir un plan qui pourrait tout aussi bien se trouver dans la Genèse que dans l'esprit du démiurge qui pensa le monde, ou encore, pour les plus sceptiques, dans les mécanismes de la sélection naturelle. La moindre entorse à cet ordre-là étant perçue comme perverse et décadente. Et pourtant, Von Luschan et Biasutti avaient voulu prouver le contraire. Le premier eut la bonne fortune de mourir assez vite, mais le second connut Auschwitz et le docteur Josef Mengele, et vécut suffisamment longtemps pour observer les échos des discours de Martin Luther King dans ces États-Unis dont il put observer la ségrégation raciale de ses propres yeux lorsqu'il en fit le tour avec un set de carreaux de couleur dans la malle, les comparant aux tonalités de peaux qu'il rencontrait.

Depuis les années 1970, la dermatologie a démontré le fonctionnement de ce qui pour ces professeurs n'était encore qu'une hypothèse. La peau sécrète de la mélanine afin de se protéger des radiations ultraviolettes, responsables de lésions cellulaires profondes. Le bronzage est un mécanisme de défense qui, à un moment donné, peut se transmettre des parents aux enfants. La sélection naturelle veut que les individus disposant de plus de mélanine soient majoritaires dans les zones proches de l'équateur et que ceux qui en ont le moins se concentrent à proximité des pôles, là où la radiation est moindre. Il faut néanmoins attendre plusieurs générations pour que cette sélection naturelle parvienne à modifier la couleur de la population, c'est pourquoi les Noirs qui vivent en Norvège n'ont pas d'enfants blancs. Mais c'est aussi la façon dont les êtres humains apprennent à se protéger du soleil qui a son influence : les Blancs qui vivent en Afrique équatoriale ne s'exposent pas aux rigueurs du climat, c'est pourquoi la peau de leur progéniture verra défiler beaucoup plus de générations avant de foncer, et il se peut même que, vivant dans des logements adaptés et voyageant dans des voitures climatisées, ils ne deviennent jamais noirs. Ceci pourrait expliquer le fait que les Indiens d'Amazonie ne le soient pas : il ne s'est pas encore succédé suffisamment de générations depuis l'arrivée de leurs ancêtres en provenance d'Asie, sans compter qu'ils ont appris à mieux se protéger du soleil que les Africains. La dermatologie actuelle préfère parler de phototypes plutôt que de races ou de couleurs de peau, car elle associe ainsi la pigmentation au rayonnement solaire, et rien qu'au rayonnement solaire.

La carte de Biasutti peut se lire comme le premier plaidoyer scientifique pour l'égalité entre les êtres humains, mais son caractère dépassionné ou sa contribution à une vision œcuménique ne veut pas dire qu'elle ne saurait être lue par ailleurs comme une justification du racisme, comme ce fut le cas. De même que le docteur Victor Frankenstein n'avait pas souhaité créer un monstre qu'il finirait par poursuivre jusqu'en Arctique. Tout au long de ses quatre volumes, *Le razze e i popoli della Terra* faisait la part belle aux observations ethnographiques expliquant les différences culturelles. Bien que Von Luschan ne crût pas en l'existence de peuples sauvages, ce livre propose néanmoins une classification dont on peut déduire une hiérarchie, à l'image de ces jeux de cartes représentant des familles de petits Chinois, de petit Noirs, de petits Maures et de petits Blancs.

Le racisme est une pulsion tellement puissante qu'il opère à partir de la seule taxonomie. Une simple énumération de races parvient à teinter de racisme tout un discours et suffit amplement pour que les éleveurs de tous les pays se mettent à établer les gens et à les parquer dans des fermes séparées. La peau est la première bannière tribale justifiant le tracé de frontières entre nous et les autres. Suivront alors les drapeaux en toile et leurs couleurs criardes, les étendards et les hampes, les armoiries et les clairons, mais la peau demeure le degré zéro de la discrimination, car tout ce qui pourrait ressembler à un bestiaire sert à fabriquer un zoo. On se consolera de savoir que ces travaux, qui ont ouvert la voie à penser les races comme de simples péripéties environnementales, ont vu le jour au milieu de la sublimation féroce du racisme du XIXe siècle, dans l'Allemagne qui allait donner Hitler et dans l'Italie fasciste. Tout n'était donc pas perdu, même au plus noir de la nuit.

Il se peut qu'il y ait sur terre davantage de formes de racisme que de races ou que de nuances entre les carreaux de Von Luschan, mais, n'en déplaise à tous les autres racismes, celui des Blancs envers les Noirs, à commencer par sa simplification chromatique même (il n'y a ni blanc ni noir sur l'échelle de Von Luschan, la peau ne revêt pas ces couleurs extrêmes), contient tous les autres et les surpasse dans le temps et l'espace. Du premier navire négrier à rallier l'Amérique jusqu'à l'élection de Nelson Mandela à la tête du pays qui l'avait jeté en prison durant la moitié de sa vie, les Africains – du continent ou de sa diaspora – ont été les victimes de l'épisode le plus long et cruel de l'histoire universelle de l'infamie, épisode que je n'aborderai, lors de cette très brève relation, qu'à travers certains de ses reflets.

Je me circonscrirai à Banyoles, un petit village situé aux pieds des Pyrénées catalanes, au milieu d'un plateau fertile au centre duquel se trouve un étang, ou *estany*, réputé pour ses carpes et ses petits vieux hexagonaux qui en font le tour sur des bateaux auxquels il arrive parfois de couler, engraissant ainsi les carpes avec de la viande de Français décrépit. Car malgré tous les efforts des autorités, lorsqu'une grosse embarcation chavire, il est impossible de récupérer l'intégralité des corps, et certains ne remontent jamais à la surface, pour le plus grand plaisir de la faune aquatique. Plus tard, ces poissons seront pêchés et servis dans les restaurants locaux à d'autres petits vieux hexagonaux qui ignorent que, entre deux gorgées de rouge du Penedès, ce sont des petits vieux hexagonaux qu'ils engloutissent, se livrant à l'une des formes de cannibalisme les plus adorables et efficientes qui soient.

Abstraction faite de ces noyades tragiques auxquelles nul étang, lagune ou lac ne saurait échapper, Banyoles est une localité coquette et charmante où rien ne laisse entrevoir qu'elle a été le champ de bataille de la dernière grande offensive du racisme colonialiste européen en Afrique. Comme dans toutes les localités coquettes au pied des Pyrénées, ses habitants préfèrent parler d'autre chose et n'apprécient guère qu'on leur rappelle l'histoire de El Negro, ou qu'on laisse entendre que les carpes de leur *estany* doivent leur succulence à un régime riche en petits vieux hexagonaux.

Telle a été ma première impression de Banyoles lorsque j'y ai séjourné avec des amis dans un camping au bord du lac : ses habitants étaient des gens sérieux, qui prenaient tout très au sérieux, et qui dissuadaient les étrangers comme moi, par des regards très sérieux, de nous livrer à des plaisanteries douteuses sur la taxidermie et l'histoire naturelle, ou sur ma préférence pour la viande plutôt que le poisson sur la carte.

On venait très récemment de déloger celui que certains journalistes nommaient, non sans malice, “le plus illustre résident” du village. On l'avait embarqué au beau milieu de la nuit, pour éviter tout risque d'émeute, à bord d'une fourgonnette blanche sans insignes ministériels ni rien qui puisse trahir sa mission. El Negro de Banyoles, célèbre dans le monde entier, était parti pour Madrid où il fut démembré et délesté de tous les ajouts que son taxidermiste lui avait accolés cent soixante-dix ans plus tôt, puis il fut envoyé dans un cercueil pour enfant jusqu'au Botswana, où il fut enterré après avoir eu droit à des obsèques d'État en présence de représentants du pays et d'Espagne, dans un acte de réparation des veines ouvertes de la colonisation.

El Negro n'était plus à Banyoles lorsque j'y étais, et bientôt il n'y aurait plus de musée Darder, l'institution qui depuis 1916 l'avait exposé comme partie intégrante d'une collection d'histoire naturelle parmi ses centaines d'espèces empaillées. Les musées d'histoire naturelle, qu'ils aient ou non des Noirs, sont devenus des antiquités en voie de disparition ou sont transformés en centres de réflexion sur la nature et l'environnement, mais n'ont plus vocation à être ces halls abritant des animaux morts exposés dans des postures audacieuses.

El Negro avait passé pratiquement tout le XXe siècle dans une vitrine de la Galerie de l'Homme du musée Darder de Banyoles sans qu'aucun des très rares visiteurs qui s'aventuraient jusque-là ne manifestât la moindre indignation ou gêne. D'ailleurs, dans un ouvrage célébrant les quatre-vingts ans de l'institution, ne figuraient que quelques rares réserves, émises dans les années 1960 par un poète local chichiteux pour qui l'exposition d'un Africain disséqué pourrait encourager les Africains à faire de même avec des Européens ; et quand bien même on pouvait comprendre que l'on empaillât des cadavres africains, si ornementaux et exotiques, avec leur lance et leur bouclier, et leur colliers et leurs perles si gracieuses, il serait en revanche fort déplaisant de se rendre dans une ravissante localité du style de Banyoles, mais située au pied du Kilimandjaro, et d'y trouver, sous verre, un berger catalan avec sa *barretina* et sa houlette, immortalisé en train de rameuter ses brebis. Si toutefois il ne leur venait pas à l'idée de disséquer un autre représentant de la société, comme par exemple un bourgeois de Barcelone, propriétaire d'une usine textile, en redingote et chapeau melon, jetant un regard sévère sur une montre de beaucoup de carats qu'il sortirait de sa poche.

Hormis cette remarque formulée par une âme horrifiée à l'idée de voir son grand-père se faire empailler, il n'y avait eu personne pour condamner la présence de El Negro dans sa petite salle, parmi les crocodiles, les autruches et autres merveilles du règne animal. Jusqu'à ce qu'Alphonse Arcelín, un médecin né en Haïti, résident de la voisine Cambrils et membre du Parti des socialistes de Catalogne, le découvre, porte ses deux mains à sa tête et se mette à interpeler les instances de son parti, à Barcelone et à Madrid, pour que soit retiré cet homme et qu'on lui octroie la sépulture que tout être humain mérite.

Pour toute réponse, le maire de Banyoles convia le médecin à découvrir sa belle commune, où il pourrait, après s'être délassé dans les eaux cristallines de l'*estany* et avoir goûté aux délices de la gastronomie locale, constater *de visu* qu'il n'y avait rien de dégradant ou de raciste dans la magnifique collection du musée Darder. Arcelín accepta l'invitation, mais il se présenta à Banyoles accompagné d'un groupe de citoyens noirs, militants antiracistes, armés de quelques gerbes qu'ils avaient l'intention de déposer au pied de El Negro. Le personnel du musée leur interdit d'entrer avec des fleurs, et les gens de Banyoles, à commencer par le maire, se dirent profondément outrés par la réaction outrée du médecin haïtien, qu'ils jugeaient susceptible et pinailleur, mais, plus que tout, étranger au village, et donc, sans légitimité pour s'exprimer sur les affaires locales. Qui plus est, la campagne d'Arcelín rencontrait un franc succès dans les journaux espagnols et étrangers, et même si cela profitait au musée Darder, qui passa de n'avoir aucun visiteur à en recevoir beaucoup, les acteurs de l'industrie touristique de Banyoles préféraient que l'on s'intéressât au village pour les eaux cristallines de l'*estany*, les vues spectaculaires sur les Pyrénées, la pureté de l'air ou la délicatesse de son poisson, plutôt que pour ce Noir dont pratiquement personne ne connaissait l'existence et qui du jour au lendemain scandalisait tout le monde. Autrement dit : ils n'étaient pas convaincus que, sur le long terme, l'image de village raciste que l'opinion publique internationale se faisait de Banyoles leur soit bénéfique, quand bien même cela attirait des visiteurs dans l'immédiat.

La querelle ne fit qu'enfler, parce qu'Arcelín était têtu, et que les gens de Banyoles l'étaient plus encore. Le premier saisit l'opportunité que lui offrait la tenue des Jeux olympiques à Barcelone en 1992 (dont certaines épreuves d'aviron se dérouleraient sur l'*estany*) pour interpeller les pays africains. Le Nigéria et d'autres encore menacèrent de boycotter les jeux si El Negro n'était pas retiré et enterré dignement. Seulement, plus la pression des ambassades, et même du gouvernement espagnol, s'intensifiait, plus les gens de Banyoles s'entêtaient à maintenir El Negro en place. On imprima des T-shirts à son effigie, on manifesta sur la place centrale et on fit de ce feuilleton une question d'honneur. “El Negro ne bougera pas”, criait-on.

Pendant ce temps, Nelson Mandela, Jesse Jackson, Kofi Annan – et toutes les autres figures noires intellectuelles et médiatiques internationales ayant reçu des lettres de la part d'Arcelín –, actèrent l'existence d'un scandale et exprimèrent leur condamnation sans réserve. Les habitants de Banyoles avaient beau crier et scander leur refus, le fait est que les prétentions d'un petit village au pied des Pyrénées ne faisaient pas le poids contre l'indignation conjointe de trois continents, et c'est ainsi que, non sans moult ronchonnements et bras d'honneur, en 1997, El Negro fut emballé et envoyé à la réserve. On ne toucha pas, ça non, à la vitrine désormais vide. Trois ans plus tard, il fut transféré à Madrid, puis au Botswana, où il repose apparemment en paix, dans une tombe qui l'identifie comme EL NEGRO, tel quel, en espagnol. Le choix du Botswana comme éternelle demeure s'avéra un tant soit peu arbitraire, mais nous y reviendrons.

La plaie n'est pas complétement refermée à Banyoles, où beaucoup voient dans cette affaire une nouvelle attaque de l'État espagnol contre les Catalans, privés de leur droit de décider du destin de El Negro. L'Espagne nous a volé El Negro, déclaraient ceux-là mêmes qui aujourd'hui déclarent plus simplement, l'Espagne nous vole.

Au-delà de cette aventure, archi-connue et relatée dans ses moindres détails par les principaux journaux, il y a l'histoire personnelle de El Negro. Qui était cet homme au nom de qui tant de gens se sont exprimés, et comment a-t-il atterri dans une vitrine du musée Darder de Banyoles ? Alors que deux journalistes, Jacinto Antón et Miquel Molina, menèrent l'enquête, ni l'un ni l'autre ne parvint à retracer son itinéraire jusqu'à Paris, ne trouvant aucune piste en Afrique. Ce fut un Néerlandais du nom de Frank Westerman, hanté par la figure de El Negro, qu'il avait découvert en 1983 lors d'un voyage en sac à dos à travers l'Espagne, qui s'approcha le plus de la vérité. On ignore qui il avait été, mais on a une idée assez probable de qui il pouvait être.

Westerman exposa ses trouvailles dans un livre intitulé *El Negro et moi*. Pris à rebours, le périple qu'il raconte se déroula comme suit : El Negro arriva à Banyoles en 1916, inclus dans la collection léguée par Francesc Darder, un amoureux de la localité – et de son *estany* et de sa fête à la pêche – depuis qu'en 1910 il y alla prendre les eaux pour soigner un mal de goutte tenace. Darder avait été une figure du gratin barcelonais, mais en 1910, c'était un vieux ringard qui se sentait snobé par ces mêmes gens qui autrefois l'adulaient. C'est pourquoi, submergé par le ressentiment, il retira sa magnifique collection d'exemplaires empaillés de cette ingrate Barcelone et en fit don aux nobles et chaleureux habitants de Banyoles. Il était souffrant et craignait, à juste titre sans doute, qu'après sa mort tout cet héritage ne soit bradé dans des marchés aux puces ou dans des salles de vente de province, ou racheté au poids par un brocanteur. En le cédant au village qui lui procurait du réconfort contre ses douleurs, il en assurait la postérité, et il avait vu juste. Il vécut suffisamment longtemps pour inaugurer le musée que la municipalité nomma en son honneur en 1916 et s'éteignit en paix avec le monde et avec lui-même – pas tant avec les Barcelonais – en 1918.

Francesc Darder était un mélange de scientifique fou et de camelot vendeur de potions miracles, devenu célèbre en servant de relais aux grandes découvertes et merveilles de l'histoire naturelle. Il consacra toute son énergie à faire venir jusqu'à Barcelone quantité d'animaux exotiques en provenance de tous les continents, et d'Afrique notamment : des girafes, des lions, des éléphants... et il se faisait fort de constituer des cabinets de curiosités et d'exhiber des exemplaires empaillés qu'il achetait à Paris.

Profitant de l'Exposition universelle de Barcelone de 1888, il réussit à convaincre la municipalité de montrer tous ces animaux, hors-cages et en plein air, dans l'enceinte du parc de la Ciutadella. Il allait ainsi devenir le fondateur du zoo qui encore aujourd'hui se dresse à cet endroit.

Toute la durée de cette exposition qui transforma la ville, Darder organisa quantité de manifestations parallèles, dont la présentation d'un exemplaire de Bochiman au premier étage du café de Novedades. Celle-ci constitue la première mention de la présence de El Negro en Espagne. D'après Westerman, Darder se le serait procuré, ou acheté, à Paris deux ans auparavant, en 1886, lors d'une vente en liquidation. Il est possible – bien qu'on ne soit jamais parvenu à le démontrer – qu'il ait été exposé jusqu'à la fin des années 1860 dans une vitrine de la place des Vosges, comme réclame publicitaire pour le cabinet de taxidermie de la Maison Verreaux.

L'enseigne ayant mis la clé sous la porte en 1875, son inventaire avait été bradé à des firmes parisiennes, attirées par son potentiel spéculatif. C'est ainsi que El Negro avait atterri dans les mains de Darder, acquéreur d'un lot qui comprenait aussi quelques animaux. Bien qu'en 1886 la Maison Verreaux eût disparu du paysage, sa notoriété demeurait inchangée parmi les collectionneurs d'histoire naturelle : pendant presque tout le XIXe siècle ils furent les taxidermistes les plus appréciés d'Europe, comptant parmi leur clientèle des musées et des universités de plusieurs pays, ainsi qu'une pléiade de nobles excentriques avides de se montrer auprès de leurs invités sous les traits de grands chasseurs, achetant pour cela des lions et des panthères, entre autres fauves du même genre.

Westerman ne trouva toutefois aucune preuve de qui détenait El Negro à Paris. La croyance veut qu'il aurait orné la vitrine de l'enseigne familiale, mais sur cette même place des Vosges vivait alors un certain Victor Hugo, que l'on imaginerait vraisemblablement intrigué par la vue quotidienne de ce guerrier armé d'une lance et d'un bouclier. Or, il n'en laissa aucune trace dans ses écrits et il n'existe aucune mention littéraire ou journalistique à ce sujet. Peut-être se trouvait-il dans le salon d'un client des Verreaux, à l'abri des cancans et des gazetiers. Tout ce que l'on sait de source sûre, c'est qu'il débarqua à Paris en 1831, en provenance d'Afrique du Sud.

La piste qu'explora Westerman remonte à la ville du Cap, et non pas au Botswana. C'est de cette ville portuaire qu'appareilla El Negro, dûment emballé, en direction de la France. Westerman identifia même le lieu de sa dissection – au moyen d'une technique particulièrement sophistiquée encensée par les experts du musée national d'Anthropologie de Madrid, lesquels l'ont démembré cent soixante-neuf ans plus tard en vue de son enterrement en Afrique –, la South African Institution, aujourd'hui le musée Sud-africain du Cap. Dans une lettre de mai 1831, Jules Verreaux informait son maître et confrère Georges Cuvier de l'envoi d'un chargement comprenant notamment "un Bochiman embaumé très bien préservé". Verreaux assurait avoir assisté à ses funérailles avant de le déterrer cette même nuit et de l'emmener à la capitale sans en avertir ses proches en deuil (qui n'auraient pas manqué de punir la profanation en lui donnant la mort).

Le chercheur néerlandais se rendit en Afrique du Sud et, remontant le chemin dit des "missionnaires", prit contact avec l'archéologue David Morris, lequel, se fondant sur l'examen des armes, identifia trois possibles tribus d'appartenance de El Negro, ainsi que le territoire sur lequel, à coup sûr, il avait vécu. S'il fut enterré au Botswana, c'est parce que le pays est aujourd'hui considéré comme l'héritier politique de la culture bochimane, et que El Negro avait été identifié comme tel, une aberration qu'il conviendrait de rectifier.

Ici s'achève le très captivant fil d'Ariane que dévida Frank Westerman. Mais le livre qui recueille son témoignage s'intitule *El Negro et moi*, autrement dit, son récit ne porte pas tant sur l'histoire de El Negro que sur l'histoire de son enquête autour de celle-ci, et la façon dont cette enquête interroge sa propre identité et sa condition d'homme blanc et de citoyen d'une ancienne puissance coloniale.

Westerman alterne les chapitres centrés sur son enquête et les renvois autobiographiques sur son passé de coopérant en Haïti et au Pérou, son désenchantement consécutif et son travail de journaliste en Sierra Leone. Des histoires qui n'ont rien à voir avec El Negro de Banyoles et que j'ai attribuées, par cynisme – ou ignorance fate, il m'est difficile de les distinguer –, à l'impératif fallacieux de noircir des pages, puisque l'histoire de El Negro, comprenant quelques données et autant de documents sujets à caution, ne donnait pas matière à un livre. Il m'a fallu en venir à bout pour comprendre qu'en réalité c'était bien cette histoire qu'il avait voulu raconter, sa propre histoire prise dans le reflet du miroir du racisme. Ce que l'on appelle, en termes chrétiens, un examen de conscience. Comme tout bon texte chrétien, *El Negro et moi* fait l'examen d'une conscience exempte de péché, mais qui endosse la faute de ceux commis par un proche en des temps reculés.

Au bout du compte, Westerman s'envole pour l'Afrique du Sud à la recherche de El Negro grâce au concours d'une écrivaine et universitaire afrikaner, Antjie Krog, qui l'invite à donner une conférence devant ses étudiants. Il découvre alors que la démocratie postapartheid exerce une nouvelle forme de ségrégation raciale, dans le but de rendre visibles les inégalités, et que la race demeure source de conflits. Raison pour laquelle il y a des universités pour Blancs et d'autres pour Noirs, ce qui ne veut pas dire pour autant que les Blancs sont interdits d'études dans les universités pour Noirs, et vice versa, mais qu'il existe, dans toute institution, un biais culturel inéluctable qui régente toute cohabitation. L'université où officie Krog (une femme blanche descendante de la minorité qui organisa l'apartheid) est une université pour Noirs et défend donc les points de vue des Noirs. De fait, ce qui intrigue le plus les étudiants qui assistent à la présentation qu'y donne Westerman, c'est qu'un Blanc européen ce soit emparé d'une problématique noire qui ne le concerne pas. Cette incompréhension sous-entend que ses opinions, parce qu'énoncées par une subjectivité blanche, sont irrecevables. Nous les Blancs – lui dit Krog –, sommes à court d'arguments.

Tous ces récits tangentiels, toute cette bourre textuelle constituent en réalité une question que se pose implicitement l'auteur à lui-même : pourquoi diable cette histoire m'intéresse-t-elle ? Qu'est-ce que j'espère y trouver et qu'ai-je à dire ? La réponse est désolante : rien. Il ne peut rien dire sans paraître paternaliste, condescendant, pieux ou gnangnan. Il peut toujours donner son avis, bien entendu, et il ira même jusqu'à rallier l'idée du maire de Banyoles de transformer le musée en un centre d'études sur le racisme, en situant El Negro dans son contexte, revenant sur son histoire et expliquant aux nouvelles générations ce que fut la colonisation, mais le fait est qu'il regrette tout ce qu'il dit. Raison pour laquelle il nous raconte comment il perdit la foi en la coopération internationale et pourquoi il décida de se réinventer en journaliste : parce qu'aujourd'hui un Blanc ne peut sinon hausser les épaules et, éventuellement, prendre note de ce qu'il voit, mais il ne saurait rien argumenter sans se prendre les pieds dans ses propres arguments. Il est bien plus digne d'observer en silence que de vouloir sauver la vie de ceux qui ne t'ont rien demandé.

Une prise de position qui était déjà celle du village de Banyoles face aux accusations d'Alphonse Arcelín : tu n'as pas à donner ton avis, cela ne te regarde pas, ce n'est pas ton histoire, ce n'est pas ton village.

Étonnamment, Westerman entend le reproche et s'enlise dans ses circonlocutions. Il s'emmêle dans le fil d'Ariane qu'il avait démêlé en enquêtant sur l'origine de El Negro, et finit par succomber à la paralysie argumentative contractée par la morsure de la vipère chauviniste : ferme-la, parle de ce qui te regarde, lui dit-on. Alors, il essaye d'en réchapper en ajoutant ce *moi* dans le titre et en gonflant ses pages de doutes et de claques à la figure. Certes, nous dit Westerman, je n'ai pas le droit, mais j'aimerais. J'ai été un jeune idéaliste qui voulait changer le monde – dit-il, même s'il ne l'exprime pas aussi clairement –, ce qui m'a poussé à devenir ingénieur agronome, afin d'aider les pays pauvres à construire les infrastructures capables de les sortir de l'ornière. Puis je me suis rendu dans ces pays, en Haïti et au Pérou, et j'ai découvert que le monde et la pauvreté sont plus compliqués qu'il n'y paraît et que c'était particulièrement arrogant – et colonialiste, et sans doute raciste – de ma part de prétendre qu'une poignée de puits et quelques techniques de culture pouvaient épargner la faim à qui que ce soit, parce que la faim, mais cela personne ne vous le dit, n'était pas, là encore, le vrai problème. Désenchanté et coupable, je suis devenu journaliste et j'ai essayé de raconter des histoires d'Afrique, mais plus j'en racontais, moins je comprenais. Vue de l'extérieur il paraît simple de raconter une guerre. De l'intérieur, les bons ne se distinguent presque jamais des méchants et il y a toujours quelque chose qui vous échappe, peu importe que l'on s'informe et que l'on voyage. Au terme de chaque reportage, il n'y a que ces regards compatissants qui vous observent avec pitié et vous disent en silence que vous feriez mieux de laisser tomber, que ce n'est ni votre guerre, ni votre histoire, que vous ne pourrez jamais comprendre et que le mieux serait de rentrer à la maison et de laisser les uns les autres s'entretuer comme bon leur semble.

Le pauvre Westerman parvient à la même vérité que nous tous qui racontons des histoires : on ne peut donner son avis qu'en ignorance de cause. Plus nous connaissons, étudions, ou évoluons dans un environnement, plus notre point de vue devient confus ou vain. Nous nous formons une opinion très tranchée sur notre voisin, auquel nous n'adressons jamais la parole, mais sommes incapables de juger nos enfants. Nous rédigeons des articles de presse (cassants, catégoriques, salomoniques) sur ce qui ne revêt aucune importance pour nous, et nous écrivons des livres (tâtonnants, décousus, pétris de divagations) sur ce à quoi nous accordons la plus grande importance.

Il me semble que Westerman capitule trop tôt. Il ne comprend pas que la perplexité est en soi un puissant argument et un point de vue débordant d'honnêteté. De la même façon que l'impertinence est salutaire et que la discussion apporte autant de bienfaits à la société que les fruits ou l'air libre à un individu. Lorsqu'une personne concernée par ce que l'on raconte nous reproche de nous mêler de ce qui ne nous regarde pas, elle ne fait que se draper dans le confort de ses préjugés, se mettant à l'abri de toute contamination et de tout vent nouveau à même de faire vibrer (ou du moins, rafraîchir) ses convictions.

Le doute nous assaille dès que nous nous interrogeons sur la spécificité de El Negro de Banyoles.

Le monde ne compte plus les corps profanés que l'on expose derrière une vitrine floquée d'un cartel dans les musées. Voire dans des mausolées. Comment se fait-il qu'il n'y ait personne pour s'indigner des centaines de momies égyptiennes présentées au British Museum ? Je garde le souvenir ému de la momie Juanita, exposée dans une vitrine réfrigérée, avec ses stalactites de givre, dans le centre-ville d'Arequipa. Il s'agit d'une petite fille retrouvée dans son linceul et en parfait état de conservation dans un gisement archéologique situé au cœur d'un volcan. On devine sans mal sa mine endormie et ses petites mains d'enfant, comme dans l'attente d'une caresse. Est-ce que son exhumation et son exhibition publique ne constituent pas un crime envers la famille qui prépara le corps avec tant d'amour et l'y déposa dans l'espoir qu'elle trouve le bonheur dans l'au-delà ? Le musée de l'Évolution de Burgos expose une réplique du crâne de Miguelón, un individu ayant vécu à Atapuerca il y a environ cinq cent mille ans. Si seule la réplique est exposée, ce n'est pas tant par respect pour le défunt, mais parce que l'original est remisé dans un laboratoire où il est étudié. Les paléontologues pensent y avoir décelé la preuve la plus ancienne d'attentions entre humains, lesquels prodiguaient des soins médicaux il y a un demi-million d'années déjà. Miguelón était, à n'en pas douter, un être aimé dont la souffrance fut prise en compte et la mort déplorée.

Certains diront qu'il n'y a aucune comparaison possible, que tout cela n'est que préhistoire ou de l'histoire ancienne et que les sarcophages des pyramides égyptiennes, pas plus que les gouffres où gisent les crânes néandertaliens, ne sauraient être des tombes parce que ce monde a disparu il y a des milliers d'années.

Vraiment ?

Les concessions funéraires ont bien souvent une durée limitée, et lorsque la famille ne s'acquitte pas de la redevance correspondante, les services municipaux procèdent à en exhumer les restes osseux et à les jeter dans la fosse commune afin de récupérer le caveau, sans que personne n'y voie une quelconque profanation. Ainsi, il existe bien un délai au-delà duquel les défunts cessent de l'être et peuvent devenir des pièces de musée ou de simples déchets organiques. Dès lors, pourquoi avoir monté un tel scandale autour de El Negro de Banyoles ? N'est-il pas, tout compte fait, le vestige d'une époque passée et archi-révolue, le fruit d'une sensibilité aussi étrangère aux Européens d'aujourd'hui que l'est celle des pharaons ? Que, ou qui, répare-t-on avec ses funérailles ? Les responsables de sa dissection sont morts depuis un siècle et demi et il ne reste plus personne en vie pouvant assumer l'affront et répondre du délit de profanation.

La différence n'est pas d'ordre historique mais conceptuel. El Negro de Banyoles logeait parmi les bêtes et avait connu le même empaillement que les exemplaires de la faune africaine qui défilaient entre les mains des frères Verreaux. Un affront originel indéniable et qui en fait l'antithèse d'une momie égyptienne ou inca. La momie Juanita est le fruit d'un acte d'amour, l'hommage d'une famille et de toute une culture à un proche dont la disparition est dévastatrice et pour laquelle on cherche une consolation en arrachant son corps à la putréfaction. L'exhiber est aussi une marque de déférence envers un monde étrange et mystérieux sur lequel Juanita ouvre une fenêtre d'entendement en disant : Regardez-moi, mes parents m'ont aimée de la même façon que vous aimez vos enfants ou que vous êtes aimés de vos parents. En m'enveloppant dans un linceul et en me déposant dans le volcan, ils témoignèrent de l'importance qu'ils accordaient à mon existence et combien il leur était insupportable de continuer à vivre sans moi. Je ne suis pas un morceau de chair tannée, je suis un plaidoyer furieux, désespéré et poétique contre la mort, je suis la preuve que nous ne sommes ni des bêtes insensibles ni des charognards.

La dissection de El Negro de Banyoles est un crime perpétré à l'encontre de tous les Noirs d'Afrique et du monde et, de fait, un crime contre l'humanité, non pas dans son sens juridique, mais dans son acception philosophique. Un crime qui ne peut que rester impuni et pour lequel ne sont responsables ni Frank Westerman – quand bien même son âme de travailleur humanitaire lui dirait le contraire –, ni les habitants de Banyoles – quand bien même leur opiniâtreté nous pousserait à les condamner –, ni même Francesc Darder lui-même, en l'achetant à Paris. L'histoire humaine regorge de criminels anonymes, mais celui-ci a un nom : Jules Verreaux, qui un soir de printemps de 1831 assista crapuleusement aux obsèques d'un jeune homme dans une zone frontalière entre Boers et autochtones, exprima ses condoléances pour ne pas être expulsé de l'endroit (peut-être manifesta-t-il un intérêt ethnographique pour la cérémonie, obtenant ainsi l'autorisation d'y assister, à condition d'observer les règles d'usage) et revint sur les lieux de l'enterrement à la nuit tombée, fit emmener le corps jusqu'à la ville du Cap et l'empailla comme il l'aurait fait avec un lion ou un zèbre, extirpant ses organes internes, le remplissant de paille, remplaçant sa colonne vertébrale par une barre de fer, et ses yeux par des billes de verre teinté. Dès lors, il procéda à l'exact opposé des embaumeurs égyptiens ou des parents de la momie Juanita. Son acte fut bien plus qu'une profanation. Au risque de passer pour un sophiste, ce fut également un crime dans l'acception la plus large et légaliste du terme : si Jules Verreaux avait agi de la sorte dans un cimetière français en cette même année 1831, un juge l'aurait envoyé en prison.

La négritude, envisagée de ce côté de la vitrine dans laquelle était exhibé ce Noir à qui personne n'a encore réussi à attribuer un nom et une biographie, devient aussi symbole de toutes les autres altérités. Selon qui l'on regarde et qui nous regarde, on peut voir des Noirs ou être perçu à notre tour comme Noir. On est Noir du moment qu'on nous désigne comme tel, aussi nivéenne, comme les cygnes de Ruben Darío, que soit notre peau.

En Argentine, il y a des Noirs qui n'en sont pas. La Negra Sosa, ou le Negro Fontanarrosa, par exemple. Un Noir argentin est un pauvre, qui le restera quand bien même il deviendrait riche ou célèbre. Seulement, sa négrité sera affectueuse et non plus condamnatoire. En 2001, année terrible du *corralito*, et son impact sur les avoirs bancaires, les bourgeois de Recoleta et de Barrio Norte, les quartiers chics de Buenos Aires, contemplaient depuis leurs balcons la *negrada* qui défilait dans leurs rues, s'empressant de donner un tour de clé et de planquer les bijoux dans le coffre-fort. Il y a des Noirs qui sont blancs et qui portent un nom italien, comme Maradona, même s'ils ont bien souvent quelques traits indiens et le cheveu dru des Guaranis, comme Maradona.

Il fut un temps en Argentine où les Indiens étaient Chinois, *chinos*. J'ignore s'ils le sont toujours. C'est ainsi que les nommait Ciro Bayo, un Espagnol fêlé et bohémien, ami de gens fêlés et bohémiens, qui émigra à Buenos Aires en 1889 et se mit en tête de rejoindre Chicago à pied afin d'assister à l'Exposition universelle de 1893, dite "colombienne", commémorant les quatre cents ans de la découverte de l'Amérique. Comme prétexte au voyage, cela paraît assez idiot. Qu'est-ce qu'un vagabond philosophe de son espèce comptait trouver dans une foire ordinaire et ronflante comme on pouvait s'y attendre, voilà un mystère que je ne m'explique pas, et que, j'imagine, lui non plus n'est jamais parvenu à s'expliquer, étant donné qu'il en eut très vite assez de marcher et qu'il décida de s'installer à Cochabamba, en Bolivie, où il vécut de nombreuses années, se consacrant à enseigner la lecture aux enfants et à compiler le parler de la région dans des dictionnaires et des traités d'ethnologie.

Il coucha le récit de ce voyage dans un livre publié à Madrid par les soins de ses amis les Baroja sous le titre de *Voyage en Amérique inconnue*, dont le cinquième chapitre, où nous est rapportée l'histoire de la captive María López, nous intéresse ici tout particulièrement.

Lors de son voyage vers le nord, Ciro Bayo séjourna un temps dans le village d'un certain Catriel, cacique qui avait survécu aux différentes campagnes de conquête de la pampa et entretenait des rapports amicaux avec le gouvernement fédéral, mais qui se méfiait néanmoins de tous ces petits Blancs qui badaudaient dans son domaine. Alors qu'il s'apprêtait à partir, l'une des épouses de Catriel, la *cacica* María López, vint le voir. Elle lui raconta qu'elle était Espagnole, Aragonaise originaire de Saragosse, où elle avait été, dès sa prime jeunesse, comédienne ambulante. Là-bas, elle avait intégré une de ces compagnies qui partaient en tournée dans les Amériques et c'est ainsi qu'elle avait pris le large, destination Buenos Aires, entre autres villes argentines. Lorsque le bateau s'engagea dans le Río de la Plata, une tempête les traîna sur des kilomètres loin du port et finit par les faire échouer sur une côte inféodée au cacique Catriel, lequel en fit son épouse. Ils eurent des enfants et, à un moment donné au cours des premières années, elle perdit tout espoir d'être secourue.

Ciro Bayo, qui bien que bohémien n'en demeurait pas moins galant Espagnol, se porta volontaire pour accomplir le sauvetage et l'emmener à Buenos Aires, ce à quoi María López s'opposa : “J'ai cinquante ans maintenant ; et j'ai, surtout, deux enfants de Catriel, ce qui me retient plus que tout. Ici je suis la *cacica*, la reine ; à Buenos Aires je ne serais qu'une *china* méprisable, on me jetterait à l'asile. Mon destin est de mourir dans ma hutte et que l'on m'enterre dans la pampa."

Les travaux d'historiens ne manquent pas sur la réalité des captives, ce qui laisse entendre que Ciro Bayo n'aurait pas inventé cette histoire. Au milieu du XIXe siècle, il arrivait fréquemment que des navires européens ne parvinssent pas à entrer dans le port de Buenos Aires et fissent naufrage, se retrouvant alors à la merci des tribus côtières. L'équipage masculin était massacré ou remis en liberté moyennant rançon, à l'image de ce que pratiquaient les pirates de la Méditerranée. En revanche, les rares femmes qui tombaient entre leurs mains devenaient des captives. Ainsi que le rapporta María López, le rapt initial se changeait, au fil des ans, en tout autre chose. Non seulement parce que les captives finissaient par s'y résoudre, mais aussi parce qu'en épousant les notables et les chefs, elles devenaient elles-mêmes des figures d'autorité.

J'ai entrepris quelques recherches espérant déceler des preuves de l'existence de María López, mais c'est un nom beaucoup trop répandu – et puis, qui sait si c'était là son nom de baptême ou s'il avait été correctement retranscrit. Ciro Bayo établit vaguement le moment de la capture à quelque trente ans auparavant, c'est-à-dire autour de 1850, en pleine dictature de Rosas, une datation trop floue qui vient s'ajouter à l'absence d'indications claires sur la localisation du village de Catriel. Faute d'un bornage plus serré, il m'a été impossible de trouver trace de son bateau ou de tomber sur un seul document en rapport avec son voyage, son naufrage ou sa vie avant de quitter l'Espagne.

Le clan des Catriel, quant à lui, est bien documenté dans l'histoire argentine. L'homme fort dans cette histoire était Juan Catriel, le Jeune, fils homonyme de Juan Catriel, l'Ancien. Chef des indiens Pampas, installés à l'endroit où s'érige aujourd'hui la ville d'Azul, à quelque trois cents kilomètres de Buenos Aires, il mourut en 1886 auréolé d'une certaine célébrité, puisqu'il fut un collaborationniste assidu de tous les gouvernements et régimes argentins et qu'il n'était pas rare de l'apercevoir dans la capitale, où les présidents et les gouverneurs l'emmenaient au théâtre et en ville.

Ce qui est touchant dans cette histoire, c'est que Bayo ne remarque pas que María López est Espagnole avant qu'elle ne s'adresse à lui en un espagnol d'Espagne. “C'est vrai que tu es Galicien ?”, lui demande-t-elle, avant de se présenter elle-même en tant qu'Aragonaise. C'est alors, et alors seulement (lorsque María López lui parle de Saragosse, de sa jeunesse et de son voyage), que l'auteur constate que cette femme est blanche. S'il ne s'était pas entretenu avec elle, il n'aurait jamais discerné ses traits européens. Jusqu'à cet instant, elle n'était qu'une Indienne Pampa parmi d'autres, indifférenciable du reste des habitants de la bourgade. Mais dès qu'il l'entend s'exprimer dans un espagnol péninsulaire, elle devient incontestablement Européenne, et non plus *China*, à ses yeux.

Ceci nous révèle l'existence d'un daltonisme culturel affectant la coloration de la peau. Nous ne relevons les différences que lorsqu'elles ont été préalablement relevées par le contexte social. Les trente-six carnations sur les carreaux de Von

Luschan – et les phototypes modernes – sont en vérité différentiables : la peau humaine possède bien cette variété de tons. Sauf qu'ils ne sont pas aisés à discerner au premier coup d'œil. Il nous faut une bonne dose d'inférence culturelle pour nous rendre compte qu'un autre est l'Autre. Et inversement.

Je tombe, parmi les milliers d'histoires qui s'invitent sur nos écrans d'ordinateur, sur celle de ce père de famille étatsunien qui raconte la fois où son fils de cinq ans, Jax, lui demanda de le tondre, parce que son meilleur ami et camarade de classe, Reddy, venait de se faire la boule à zéro.

— Comme ça, papa, entre Reddy et moi, la maîtresse ne saura plus qui est qui.

Son père s'exécuta et Jax partit à l'école ravi. C'est alors qu'arriva l'effet de surprise dans un récit jusque-là présenté comme un simple texte.

“Et voilà, pouvait-on lire sur la légende, Jax et son ami Reddy, identiques après leur coupe de cheveux.”

Sur la photo apparaissaient deux enfants souriants et édentés, tondus l'un comme l'autre. L'un blanc (Jax) et l'autre noir (Reddy). Le message réverbéra dans des millions d'ordinateurs parce qu'il prouvait une fois de plus que le racisme n'est pas un instinct primaire, mais un biais culturel fruit d'un apprentissage. Les enfants, encore si purs, ne font pas la différence entre Blancs et Noirs.

Je l'ai moi-même constaté avec mon fils, en lui apprenant que l'un de ses petits camarades était chinois ; une surprise pour lui qui n'avait jamais manifesté le moindre étonnement à l'égard de ses amis africains ou latino-américains.

Malgré les preuves qui s'accumulent sous mes yeux, je doute que le racisme ne soit rien d'autre qu'une contamination culturelle à laquelle les enfants ne seraient pas exposés. Mon fils percevrait-il une égalité aussi limpide envers des enfants d'une autre école ou d'une autre classe sociale ? L'institution scolaire est largement tribale et favorise les liens d'appartenance entre les enfants d'une même classe, d'un même niveau, d'un même établissement. Ils n'auront aucun mal à jeter des pierres sur les élèves d'une autre école, mais n'hésiteront pas à serrer les rangs avec les leurs. Mon fils ne distingue ni Noirs ni Chinois dans sa classe parce que les Noirs et les Chinois se trouvent dans les autres classes, et non parce qu'il concevrait une humanité dénuée de frontières ou de drapeaux.

C'est un *nous* qui s'enracine dès le berceau en opposition à cet *eux* et d'où surgit l'arbre dont les branches déploieront notre vision du monde. Au début, le *nous* est infime et confus : un flux de salives, couvertures, mamelons et transpirations que l'on identifie comme maman, et plus tard, papa. *Eux*, c'est tout ce qui n'entre pas dans ce flux. Petit à petit, le *nous* s'élargit et le *eux* se précise, l'école n'étant qu'une phase de tribalisation, la plus importante. Jax et Reddy se perçoivent comme identiques parce que l'école les en a persuadés. Mais si Jax devait vivre en Afrique du Sud au temps de l'apartheid, il percevrait Reddy comme faisant partie de la masse noire uniforme de l'école pour Noirs, ce lieu terrible qu'il ne convient pas d'approcher.

La couleur de peau n'a de sens que dans un système tribal. Dans une société bigarrée, elle ne permet pas de distinguer entre *eux* et *nous*. Dans le cas de Jax et de Reddy, d'autres facteurs auront une plus grande influence, les revenus ou la façon de s'exprimer. Dans le cas de mon fils, les différentes teintes de peau de ses camarades ne l'interpellent pas, mais sans doute perçoit-il avec étonnement d'autres modes de vie : la façon de cuisiner, le vocabulaire employé par d'autres enfants, ou peut-être leurs attitudes et leurs rituels en classe.

J'ai grandi dans une Espagne où il n'y avait pas de Noirs, autrement dit, dans une Espagne bizarre, puisque l'Espagne, en tant que grand empire esclavagiste, est éternellement redevable aux Noirs. Au XVIIe siècle, plus d'un dixième de la population de Séville était noire. La Barcelone du XIXe siècle fut érigée grâce à l'argent des négriers cubains : toute cette splendeur bourgeoise de l'Eixample, financée par les coups de fouets et les baraquements. L'avant-dernière colonie espagnole, la Guinée équatoriale, obtenait son indépendance en 1968. Mon enfance, cela dit, s'est inscrite dans un rare interlude historique monochrome. Plus tard vinrent les grandes vagues migratoires, mais j'étais alors pratiquement adulte.

Les seuls Noirs que je voyais, outre ceux qui passaient à la télé, dont Francine Gálvez qui présentait le journal, étaient les vendeurs de tapis sur la plage. Une vision tellement absurde que je soupçonne parfois un faux souvenir. Sur cette plage de la Méditerranée, bondée de Madrilènes et de Français qui se boucanaient la couenne dans un mélange de sueur et de crème solaire, cheminaient par quarante degrés et sous le soleil d'août de jeunes gens très minces, en chemise et pantalon, charriant des rouleaux de tapis. Non pas des sodas ou des chips, plus tentants, mais des tapis aux motifs persans pour salons bourgeois.

Un soir, je me suis approché des douches à l'entrée de la plage au moment où l'un de ces jeunes Noirs, après avoir déposé son chargement de tapis enroulés sur le muret de pierres, se rinçait profusément les pieds et les mains pour se débarrasser du sable. Lorsque je me suis retrouvé derrière lui en attendant mon tour, je me suis émerveillé à la vue de ses paumes. Il frottait des mains dont l'intérieur était très blanc pour un dos très foncé. Le jeune homme a surpris mon regard indiscret et m'a adressé un sourire, comme ceux que l'on adresse aux enfants un peu encombrants.

— La voie est libre, m'a-t-il dit en se séchant les mains sur ses jambes de pantalon et en reprenant ses tapis.

Je me souviens de m'être fait doubler, ne pouvant m'empêcher de le regarder s'éloigner, persuadé que ce Noir était badigeonné de cirage, comme le roi Balthazar défilant la veille de l'Épiphanie, et qu'en dessous sa peau était aussi pâle que la mienne.

En regagnant ma place sous le parasol familial, j'ai dit à ma mère que je venais de voir un homme peint en noir, car ses paumes étaient blanches. Elle s'est esclaffée et m'a expliqué que chez les Noirs les paumes et les plantes des pieds sont plus claires que le reste du corps, mais que le garçon en question était un Noir authentique, un vrai.

— Tu sais bien que le cirage fond au soleil, a-telle dégainé comme argument irréfutable.

Je ne saurais dire si j'ai été convaincu.

Je me doute bien que ce qui suit est une réflexion de grande personne, ces sous-titres que l'on accole aux souvenirs d'enfance, lesquels seraient bien peu de chose sans une dose de trucage et de théorie.

Le soir en rentrant, je me suis interrogé sur cette particularité qui déconcertait tant de visiteurs, qui ne comprenaient pas que le village soit séparé de la plage. Notre village se dressait à quelque six kilomètres dans les terres, comme partout ailleurs le long de la côte, laquelle avait vu pousser les quartiers et les lotissements du front de mer à l'usage des estivants, lotissements qui n'existent que depuis que les estivants existent, avec cet air de campement de fortune, comme si les municipalités ne se fiaient pas complètement au tourisme et anticipaient le retour du nourricier : les légumes, les oranges, le riz. Nous n'imaginions pas la plage comme faisant partie du village, à cause d'un réflexe multiséculaire qui consistait à voir la côte comme un lieu exposé, une faille dans les défenses. Géographiquement et mentalement, les gens vivaient dans la vallée, tournant le dos la mer.

La vallée fut occupée par les Maures jusqu'au XIIIe siècle. Et bien au-delà, à vrai dire, puisque les rois de Valence n'expulsèrent pas ses habitants, pas plus qu'ils ne leur imposèrent une langue ou une religion, bien qu'ils leurs insufflassent la peur des autres Maures, ceux qui venaient de loin, de la Barbarie et des avant-postes corses. La plage, aujourd'hui poule aux innombrables œufs d'or, était un débarcadère de pirates impossible à défendre. C'est pourquoi l'arrière-pays était hérissé de châtelets et de tours de guet d'où l'on pouvait repérer un bateau à l'approche et donner l'alerte afin que tout le monde trouve refuge dans le village. Laissés à l'abandon à une époque où la seule terreur venue de la mer sont les méduses, ces fortifications sont devenues des ruines nimbées de légendes. Nombre d'entre elles reçurent le nom de Tour de la Mauresque, ayant servi de prison à une belle et malheureuse princesse arabe forcée de se marier et patati et patata, jusqu'à rompre avec sa malédiction amoureuse en se jetant du plus haut de la plus haute des tours. De ce jour, son fantôme hante les montagnes en sanglotant et s'adonne à toutes ces choses auxquelles se livrent les spectres.

Les tours et les légendes nous rappellent à chaque instant la menace qui vient de la mer, même sur une plage bondée. En tant qu'enfant du village, je n'ignorais pas les histoires et les raisons historiques pour lesquelles les maisons étaient bâties loin de la côte. Mon école avait été nommée d'après l'ancienne dénomination arabe de la vallée, avant d'être rebaptisée chrétiennement, et je n'ignorais donc pas que ses habitants actuels étaient les descendants de ces Maures qui n'avaient jamais quitté les lieux. Les gens des villages étant tout aussi arabes que ceux qui arrivaient par la mer, ils formaient un même *nous*. Malgré tout, l'imaginaire populaire dépeignait d'un teint plus sombre la peau des pirates. Les villageois, blancs et effrayés, mouraient aux mains de peaux basanées. Nul besoin de s'en remettre aux carreaux de Von Luschan pour comprendre que la quantité de mélanine était très semblable entre les attaquants et les attaqués ; pourtant, ces derniers se croyaient moins marron que les premiers.

Un jour à l'école, j'ai dessiné une attaque de pirates. J'avais choisi l'instant où le bateau, avec son pavillon à tête de mort et tibias croisés, atteignait la plage et les pirates sortaient sur le pont brandissant férocement leurs sabres dans le plus grand désordre. Sur la gauche, les villageois épouvantés, tendant les bras au ciel et les yeux désorbités, couraient se mettre à l'abri dans leurs maisonnettes. Si mon dessin dégage un air de *Guernica* c'est parce que je n'ai jamais appris à dessiner, et parce que Picasso a éduqué le monde entier à percevoir la force dramatique à l'œuvre dans les cahiers d'écoliers. Le fait est que j'ai colorié les pirates en marron foncé et les villageois en rose pâle, et je crois avoir bien fait, choisissant les couleurs que l'orthodoxie scolaire attendait en pareille reconstitution historique.

Ne sachant rien des carreaux de Von Luschan ni des cartes de Biasutti, j'ai appris dès le plus jeune âge que plus une peau était pigmentée, plus son propriétaire était sauvage et étranger, ce qui valait également pour les cheveux. Ma mère me dépeint comme blond malgré la noirceur flagrante de mon crin. Et lorsque je me moque de son obsession aryenne – qui s'explique parce que l'espace d'une fraction de vie j'ai été un bébé blond –, elle précise que mon teint est blond cendré, ce qui revient à dire que le ciel est rouge bleuté. Ma mère pâtit du même syndrome que certains publicitaires et certains conjoints : elle surestime à l'excès la capacité des adjectifs à modifier les substantifs. On ne change pas les choses et les gens uniquement parce que l'on souhaite les changer, et un enfant brun ne devient pas blond par une simple invocation, tout comme un mari sinistre ne devient pas sympathique après quelques séances de thérapie conjugale. Toutes choses qui semblent aller de soi sur le papier, mais il existe tellement de gens convaincus de pouvoir changer le monde qu'il n'est pas superflu de le rappeler. Bref, tout cela pour dire que mon imposture en tant que blond en dit long sur le prestige des tons clairs dans lequel j'ai été élevé, au-delà de l'école et de ses pirates marron. La pâleur chromatique est une forme d'anoblissement. On est blond comme on est gentilhomme.

À l'adolescence déjà, à l'heure des bandes et des tribus urbaines, empanachées et armées, le rôle du méchant échoyait immanquablement au plus foncé de la troupe. Les peaux olivâtres, mauresques ou gitanisées étaient suspectes, propres de personnages transigeant avec la moralité. Vicente, un garçon du village très mince et élancé, avait un teint de bronze, plus brillant que mat, que ses cheveux noirs et très drus ne manquaient pas d'accentuer. Il adorait les figurines de guerre, collectionnait les petits soldats et les tanks et rêvait de devenir militaire. Parachutiste, disait-il, parce que le groupement des parachutistes se trouvait à Carthagène, très loin donc, et que quand un gosse de la zone s'engage dans l'armée, il le fait pour oublier la zone. J'ignore s'il a intégré finalement les parachutistes, personne ne croyait véritablement dans les vertus guerrières d'un maigrichon comme Vicente, mais pourquoi pas. Je l'ai perdu de vue avant l'âge de l'appel sous les drapeaux mais, n'importe comment, nous étions condamnés à nous distancer, puisque moi j'étais objecteur de conscience, cette façon lâche de refuser le service militaire à laquelle nous souscrivions pratiquement tous, les jeunes aux cheveux longs. Vicente n'avait pas le crâne rasé, mais il portait néanmoins les cheveux très courts, en brosse, ce qui lui conférait un air, sinon martial, du moins un peu facho.

Tout le monde pouvait comprendre que Vicente, qui parlait à peine, qui redoublait tout ce qu'il y avait à redoubler et qui piquait une colère noire chaque fois que sa sœur lui donnait une claque sur la nuque, pût rêver d'une vie de caserne. La rumeur voulait que sa mère, abandonnée par un mari parti Dieu sait où, devait se prostituer pour parvenir à nourrir ses enfants, et que, malgré cela, il n'y avait rien à manger dans cette maison, et qu'ils devaient s'habiller au Secours catholique. Dans le quartier, on ne pouvait pas distinguer le vrai du faux dans tous ces on-dit, mais l'on doutait franchement que la mère de Vicente, une femme très laide avec des lunettes en culs-de-bouteille et une voix stridente, ait eu un quelconque avenir comme tapin. Qui irait payer pour ça, disions-nous avec la cruauté des gosses de quartier, et nous l'imaginions rentrant chez elle tous les soir sans un sou en poche, sans être parvenue à mettre la main sur un seul client, résignée à reprendre le chemin de l'hospice. Nous ne savions pas encore que, dans tous les quartiers du monde, une femme qui élève seules ses deux enfants est toujours une pute aux yeux de ses voisins.

Un jour que nous traînions dans la rue, j'ai eu l'idée de montrer à Vicente un livre illustré sur la guerre civile que j'avais chez moi.

— Toi qui aimes les blindés, tu vas adorer ce bouquin.

J'ai donc fait monter Vicente et je l'ai laissé un instant seul dans ma chambre, le temps d'aller aux toilettes, puis Vicente s'en est allé avec le livre en me remerciant et je ne suis pas ressorti. Mais au moment de rejoindre ma chambre où je comptais m'enfermer, ma mère m'a barré le passage et m'a réprimandé pour y avoir laissé Vicente sans surveillance.

— Et ton argent de poche ? Dépêche-toi d'aller voir s'il ne te l'a pas volé, ou tes affaires. Est-ce qu'il te manque des disques, quelque chose ?

J'étais furax, je me suis mis à claquer les portes.

— J'hallucine, maman, comment peux-tu croire que..., et ainsi de suite.

N'empêche que lorsque j'ai retrouvé mon calme, j'ai vérifié mes disques, j'ai compté les billets que je gardais dans un petit pot et j'ai fait l'inventaire des livres sur l'étagère. Il n'y avait pas grand-chose à voler dans ma chambre, mais dans le quartier nous savions que les voleurs le sont par pulsion et par habitude, et non par cupidité. Ils prennent ce qui leur passe sous la main et ce n'est que plus tard qu'ils réfléchissent à ce qu'ils feront de leur butin. Vicente ne m'avait rien volé et je m'en suis voulu à mort de m'être laissé influencer par ma mère. Je me suis senti puant, enveloppé dans une odeur infecte de préjugé qui m'a collé à la peau jusqu'au soir.

Vicente était cuivré, mais sa sœur et sa mère avaient le teint laiteux. Comme personne n'avait jamais vu son père, on ignorait s'il avait hérité de lui sa couleur de peau, quoique les mauvaises langues, qui étaient les seules que nous ayons, prétendaient le contraire, que le père – routier, marin marchand, trapéziste, ou un truc dans le genre – était aussi blanc que les enfants de Tchernobyl que l'on voyait pendant l'été, et avec ça, bel homme et bien fait. On disait que sa sœur Rebecca était le portrait craché du père, ce qui n'était pas impossible, parce que Rebecca était aussi belle et séduisante que crâne et grossière. Ce fut Vicente lui-même, à qui l'on avait glissé à maintes reprises l'histoire du vilain petit canard, qui a spéculé sur sa peau lors d'un soir d'été.

— Ma mère a été violée, dit-il. Je le sais, et je sais qu'elle a été violée par un gitan. Mon père n'est pas mon père, mais le gitan qui a violé ma mère, et c'est pourquoi mon père, c'est-à-dire, celui qui aurait dû être mon père mais ne l'est pas, nous a quittés.

C'était sans doute vrai qu'il n'avait pas connu son père, que celui-ci les avait abandonnés alors que sa mère était enceinte, mais il était impossible de savoir si sa mère avait été violée véritablement, ni la façon dont il l'avait su. L'avait-il appris de la bouche de sa propre mère ? Pourquoi une mère irait vider sur son enfant pareilles rouillures et traits acérés ? Pour l'en infecter à son tour, mémoire charnelle de l'abandon du père ? Peut-être n'était-ce qu'une invention de Vicente, dont l'esprit, constamment plongé dans d'épais silences d'où l'on repêchait péniblement quelques rares monosyllabes, avait tout le loisir et le recul nécessaires pour spéculer sur les raisons de sa couleur de peau, sachant qu'une mère violée et un forain itinérant conformaient une intrigue familière dans ce quartier abonné aux mélos et aux feuilletons télévisés.

J'ai compris grâce à lui, plus qu'avec le vendeur de tapis qui se rinçait sous les douches, ou avec les pirates marron que je dessinais à l'école, que la peau n'a pas besoin d'être malade pour se muer en stigmate. Il lui suffit de ressembler aux carreaux foncés de Von Luschan pour faire peser sur son propriétaire le poids du soupçon. Quel qu'il soit. Suspecté de vols qu'il ne commet pas, suspecté de ne pas être l'enfant de sa mère, suspecté de parachutisme dans la base aérienne de Carthagène. Mouton noir, canard boiteux, délinquent autiste.

J'ai également compris, avant de le perdre de vue à jamais, qui sait si parti dans l'armée ou dans l'un des égouts par lesquels le quartier évacue ses eaux usées, que l'histoire du racisme n'est pas seulement écrite par des esclaves haïtiens qui égorgeaient des planteurs français, ni par des pasteurs assassinés à Memphis, ni par des Saint Jacques Matamore, ni par des oncles Tom, ni par des capitaines Dreyfus dégradés sur une place d'armes, ni par des négriers de Barcelone, ni par des rois catholiques et leurs Torquemada ni par des cheminées de crématoriums où le travail vous rendra libres, ni par des Gandhi ou des Mandela. Pas plus que par des Noirs de Banyoles. L'histoire du racisme, comme toutes les véritables histoires, est écrite en toutes petites lettres et ne peut se lire qu'à l'aide d'une loupe, à contre-jour ou à proximité d'une bougie qui en révélera l'écriture au jus de citron. Ses lignes sont pleines de broutilles qui passent inaperçues pour celui qui les commet, de picotements que l'on balaye du revers de la main et de flashs de souvenirs d'enfant que les adultes subliment, car c'est bien cela que font les adultes, sublimer la moindre chose.

J'en veux pour preuve ces pirates marron que j'ai dessinés à l'âge de sept ou huit ans. Un vestige aussi naïf que des carreaux de couleur ou qu'une mappemonde peinturlurée de trente-six couleurs de peau.

LE MOYEN ÂGE DE LA PEAU

Cela vous tombe dessus sans crier gare, comme la vieillesse ou la fin de l'amour. Un beau jour, je réaliserai que je ne fais plus de bisous à mon fils depuis un certain temps. Je chercherai à me remémorer la dernière fois que je l'aurai étreint longuement et chaleureusement, enveloppé dans son odeur et enduit de sa sueur. Cela se fera sans la moindre violence, sans un laisse-moi tranquille, sans bousculade. Pas même une boutade maladroite du genre : Du vent, papa ! L'un comme l'autre, nous comprendrons, sans avoir à nous le dire, que son corps s'est émancipé du mien. Petit à petit, il cessera de venir dormir dans notre lit et de nous donner la main dans la rue, jusqu'au jour où il nous apparaîtra libre et accompli.

J'aurai bien assez de temps pour régler mes comptes avec la tristesse lorsqu'elle sera là. Si je m'y projette ce n'est pas par simple anticipation de la nostalgie, mais parce que cette rupture marque le début du Moyen Âge de la peau, les années obscures qui s'étalent entre le dernier bisou parental et le premier baiser avec la langue. Une période pendant laquelle la peau est livrée à elle-même, privée de toute attention, en proie à l'acné juvénile, à la pilosité, aux odeurs de pieds et aux premiers saignements menstruels.

Et nous ne conservons nul souvenir de cette impasse. Dès l'instant où d'autres mains – empotées, impatientes, plus apeurées que les nôtres – nous effleurent l'épiderme, nous effaçons de notre mémoire cette jachère de caresses. Les autobiographies bondissent de l'enfance au premier baiser sans évoquer ces trois ou quatre années tristes (des onze-douze ans aux quinze-seize ans, plus ou moins), et si elles ne les mentionnent pas ce n'est pas tant que leurs auteurs n'y voient pas d'intérêt, que parce qu'il est impossible de les raconter.

Entre l'amour maternel étouffant et le sexe, le corps se fait invisible et subit un véritable Moyen Âge, grec, qui plus est. Durant le Moyen Âge chrétien, la culture survécut dans les monastères où l'on continua de copier les traités d'Aristote et de Plutarque, mais pendant le Moyen Âge grec, que l'on situe entre le XIIe et le VIIIe siècle av. J.-C., non seulement on abandonna toutes les villes et on abolit tous les gouvernements, mais on négligea l'écriture. Il n'existe aucune trace écrite entre ces deux siècles, comme il n'existe pas de mémoire du corps lors de notre Moyen Âge pubère. Sans baisers, la peau oublie l'écriture.

Les parents donnent des bisous cunéiformes, indéchiffrables pour les archéologues de nous-mêmes que nous deviendrons par la suite. Les amants laissent des écritures beaucoup plus sophistiquées, quoique pas nécessairement alphabétiques. Les premiers baisers et les premières nudités sont des hiéroglyphes et des idéogrammes. Plus tard viendront les mots détachés, les syntagmes non verbaux griffonnés sous une salive mal étalée. Avant d'atteindre la majorité, on nous aura tracé un paragraphe entier plus ou moins sensé et une poignée de poèmes qui nous feront rougir mais que nous ne saurons gommer. À vingt ans, on nous écrira plusieurs histoires, jusqu'à l'arrivée de cet amant au potentiel conjugal, dont les baisers, au typomètre et linotype, composent sur la peau un roman russe avec couverture à l'huile représentant une femme sur le point de se jeter sous une locomotive.

Je ne me rappelle pas mon Moyen Âge pubère, mais le moment où je l'ai quitté, inaugurant alors une Renaissance, à savoir, une période de troubles, sanglante et despotique, peuplée de Borgia ou de guerres médiques, mais également de Phidias et de Léonards. À l'instar de la Renaissance, on idéalise l'âge du désir, avec ses fresques de la chapelle Sixtine, ses églises jésuites et ses sonnets de Garcilaso de la Vega, oubliant au passage que l'Europe tout entière s'adonna à la guerre et que Hernán Cortés emprisonna l'empereur Moctezuma. Nous aussi nous montrons les chapelles Sixtines de nos albums photos et passons sous silence la conquête du Mexique. Nous parlons du premier amour comme la Laure de Pétrarque plutôt que comme une prostituée plantureuse du Caravage.

J'ai le malheur d'habiter à deux pas de la place où j'ai quitté mon Moyen Âge. La place du premier baiser, celui qui réveilla ma peau endormie depuis la dernière fois que ma mère avait badigeonné ma poitrine de Vicks Vaporub. Parce que je foule quotidiennement ces mêmes pavés, je suis incapable de prendre de la distance et d'édulcorer les souvenirs. Aussi, dès que je me remémore l'instant, je suis pris d'une salivation nerveuse qui, immanquablement, me reste en travers de la gorge.

J'étais un gamin de quinze ans bien fait, qui en paraissait dix-sept, sans quoi je n'aurais pas pu flirter avec cette fille de seize ans, qui, si j'avais été un gamin de quinze ans qui en paraissait quinze, n'aurait même pas daigné poser son regard sur moi. Ce n'était pas non plus celle pour qui j'en pinçais, seulement, nous nous sommes retrouvés dans le viseur l'un de l'autre au cours de ces soirées où nous apprenions à boire dans des rades mal éclairés avec babyfoot et billard dans la salle du fond. Les bars nous avaient rapprochés, puisque nous ne fréquentions pas le même établissement et n'habitions pas dans le même quartier, mais que nous nous retrouvions tous les vendredis autour de dix-neuf heures dans une boîte dont la porte évoquait la bouche d'un démon et dont le comptoir matelassé avait connu des jours plus héroïques et hygiéniques. Je collais mieux par rapport à l'endroit, avec mes cheveux longs et mes T-shirts d'Iron Maiden. Elle était punk et portait une veste en jean fourrée et des bas résille, bien trop pouilleuse pour les standards kitsch et vernis des métalleux. Je crois bien l'avoir remarquée parce qu'elle souriait en permanence, et que les punks ne souriaient jamais, eux étaient toujours fâchés. En cette année 1994, ils nous les brisaient avec la révolution au Chiapas. Et comme le clamait La Polla Records, ils se prenaient pour les petits-enfants des ouvriers que les fascistes n'avaient pas réussi à tuer. À savoir, comme le soulignait la chanson : les petits-enfants des vaincus de la guerre civile, précision sans doute peu poétique, mais néanmoins nécessaire pour tous ceux qui n'avaient pas la guerre civile au programme du cours d'Histoire. C'était par ailleurs une revendication osée, car il est de notoriété publique que les survivants, ceux qui ont échappé à la mort, sont les pires, les plus infâmes et les plus lâches. Personnellement, je ne me vanterais pas d'être le descendant de ceux qui ont courbé l'échine alors que leurs amis s'en allaient mourir au combat.

Elle, plutôt que de faire la tronche à longueur de journée, de distribuer des badges contre l'énergie nucléaire et d'assister à des concerts pour financer le sous-commandant Marcos, souriait et buvait des bières avec nous, sans paraître gênée par la musique du lieu, aussi apolitique que prétentieuse, et c'est sans doute pour cela que nous avons commencé à taper la discute, sait-on de quoi, et que nous avons apprécié la compagnie de l'autre sans forcément nous contrôler le pedigree de descendants du camp des perdants ni faire étalage de passe-montagnes zapatistes.

Au terme de quelques soirées, un protocole implicite décrétait qu'il était temps de se taire et de s'adonner à la galoche selon notre âge et condition, mais ni l'un ni l'autre ne savions y faire. Nous disposions de quantité d'indications théoriques, notamment de source audiovisuelle, dont nous déduisions une série de vérités, à savoir :

1) Le premier baiser s'échangeait dans un décor arboré et /ou bucolique, idéalement de nuit,

non pas dans le noir, mais sous le halo d'un projecteur savamment orienté contre la pénombre par un bon directeur de la photo.

2) C'était l'apanage du mâle d'initier les manœuvres de rapprochement, lors desquelles il n'était pas déconsidéré d'employer une certaine brusquerie, du moment qu'on ne faisait pas mal. L'exemple canonique, si l'on optait pour l'approche brutale, était le baiser que John Wayne prodiguait à Maureen O'Hara dans *L'Homme tranquille*, un film qu'en réalité personne n'avait vu dans son intégralité, mais dont la scène en question nous était familière, car elle figurait dans *E.T., l'extra-terrestre*.
3) Le must était d'accompagner le baiser de rafales symphoniques, œuvre de Max Steiner ou, à défaut, d'un interlude instrumental tiré d'un standard de Frank Sinatra, comme par exemple "When I Was Seventeen", dont on ne garderait que les mesures culminantes, puisque la douceur du piano ne se prêtait qu'à la phase d'approche et non au moment du bécotage.
4) Lors d'un baiser roulé, ou galochage, on scelle les bouches sous vide, suivant une technique que les acteurs, qui sont de fins pédagogues, exécutent dans un plan en amorce ou de trois quarts, permettant ainsi aux spectateurs de bien assimiler l'art de la succion. On fermait les yeux par convenance esthétique. Ouverts, le baiser passait alors pour une manœuvre de réanimation cardiopulmonaire. La durée

du galochage cinématographique était déterminée par la longueur du thème musical. Sans orchestre, personne n'aurait su à quel moment décoller les lèvres pour se regarder tendrement dans les yeux, à savoir la deuxième et dernière étape.

5) Une fois le processus complété, on le rangeait au fin fond de la mémoire, dans un tiroir étiqueté "expériences inoubliables", fichier "sexe / amour", document "premier baiser". Le cerveau allait ensuite se charger de transformer tout ce qui avait précédé en une expérience primordiale, incontestablement belle et attachante, qui serait évoquée périodiquement par l'intéressé comme le summum d'un bonheur fou dans lequel se réfugier pour reprendre des forces lors de périodes de tristesse et d'adversité.

Mais cette formation théorique accusait deux lacunes qui, dans la pratique, retardaient le moment du premier baiser :

1) Que se passait-il dans les bouches ainsi unies par le sceau des lèvres ? Aucun réalisateur n'avait placé de caméra à l'intérieur pour nous montrer le protocole dévolu à l'utilisation de la langue. Nous devinions qu'il n'était pas question de la laisser traîner et qu'il fallait la bouger d'une façon ou d'une autre, bien que nous n'eussions pas la moindre idée de ce qui distinguait le galocheur virtuose du médiocre ou du calamiteux.
2) Nous ne savions pas davantage ce que nous devions faire de nos mains, étant donné

qu'une étreinte au niveau de la taille est du plus bel effet et sied très bien à une statue ou à une affiche de film, mais, parce que nous avions une certaine familiarité avec l'excitation sexuelle, nous savions que la lubricité du baiser nous inciterait à pousser le pelotage vers des zones plus moelleuses et juteuses du corps embrassé, et que personne ne nous avait dit si de telles manœuvres étaient validées, ayant par ailleurs vu à l'écran quantité de baffes venir s'écraser sur le visage des capitaines de l'équipe de football américain qui profitaient d'un baiser quelconque pour tripoter les fesses de la pom-pom girl en chef. Personne ne voulait – et moi le premier – se prendre une mandale parce qu'il était allé au-delà de l'acceptable.

La fille habitait près du parc et je lui ai proposé de la raccompagner. Elle a accepté le sous-entendu, mais nous dévalions les pâtés de maisons, nous rapprochant du parc, sans que ni l'un ni l'autre n'esquissât un début de manœuvre (c'est-à-dire, sans que moi, le mâle dont c'était l'apanage, n'esquissât rien). Malgré mes quinze années bien faites, j'ai senti qu'elle se demandait pourquoi diable ce petit con hésitait autant à faire son John Wayne.

Le petit con en question n'attendait pas le moment propice mais un décor convenable, intime et grave, sous une treille ou au pied d'un magnolia, ou ne serait-ce que d'un oranger en fleur, devant une grille en fer forgée, à l'abri des regards. Ne trouvant rien de moyennement semblable dans ces rues bondées, et pressé par la proximité suffocante du parc, je me suis arrêté brusquement au beau milieu de la place, mitoyenne du campus universitaire et on ne peut plus éclairée et fréquentée ce soir-là, avec ses terrasses pleines à craquer de familles venues boire des panachés en mangeant des chips. Ma protocopine punk, comprenant que le moment était enfin venu, s'est arrêtée aussi sec, puis elle s'est approchée jusqu'à coller son visage contre le mien, rendant ainsi le baiser inéluctable.

Le mystère de la langue s'est aussitôt éclairci, constatant que la mienne s'engageait dans une valse frénétique avec la sienne, tournoyant encore et encore, comme dans une centrifugeuse. Elle s'adonnait à un lavage buccal soigné, passant un coup rapide dans chacune de mes cavités. J'essayais pour ma part de remuer ma langue, mais plus lentement, au cas où elle s'emmêlerait avec la sienne et que l'on ne parvienne plus à les séparer. Ce faisant, je respirais normalement par le nez, heureux de savoir qu'on n'étouffait pas et que je pouvais donc prolonger l'instant tout le temps qu'il faudrait. Je peinais un peu pour me caler sur ses mouvements circulaires, mais au bout de quelques secondes, qui m'ont semblé une éternité, nous avons établi une synchronicité acceptable. Sans doute un peu monotone, quoique correcte : elle tournait sa langue dans le sens des aiguilles d'une montre, et moi je remontais les heures dans le sens inverse. Le yin et le yang, j'imagine. Une histoire de complémentarité et d'opposition que je ne pouvais pas trop creuser, absorbé que j'étais par le goût de cigarette et de bière de sa langue. Pourquoi m'en étonnais-je à ce point, alors que nous avions passé la soirée à fumer et à boire ? Tu t'attendais à quoi, gros malin ? Je ne sais pas moi, me suis-je répondu, tâchant de ne pas perdre le rythme de l'essorage : lavande, roses blanches sur la plage, baies noires de mon enfance, savonnette parfumée, fleur d'oranger au minimum. Je ne me suis même pas dit que je devais avoir le même goût qu'elle.

Découvrir que les langues avaient le goût de ce qu'on avait avalé était troublant, sans toutefois me déplaire. Au contraire. Il y avait quelque chose d'irrésistible dans ce mélange qui me réjouissait et m'isolait du monde, et surtout, me faisait bander très dur. Je me contorsionnais légèrement, car, ainsi collés comme nous l'étions, elle devait sans doute remarquer quelque chose et je craignais qu'elle ne s'en offusque. La logique voudrait, j'imaginais, qu'elle considérât mon érection comme un hommage à ses talents centrifuges, mais je ne voulais pas risquer de m'en prendre une et j'optais donc pour une posture forcée très inconfortable qui menaçait l'équilibre général. Je ne savais pas non plus quoi faire de mes mains, que je laissais pudiquement posées sur ses hanches, loin de toute velléité gynécologique. Nous avons ainsi passé plusieurs éternités. En nous séparant, j'étais courbaturé à cause des torsions musculaires, un peu sonné aussi et inquiet surtout de trouver une façon de la remettre en place sans lui montrer que je la remettais en place, une entreprise irréalisable sans rentrer ma main dans mon pantalon (parenthèse du narrateur qui tente de raconter aujourd'hui ce qui s'est produit dans le passé lointain : comme il est pratique, pour nous autres auteurs en langues romanes, l'emploi du pronom pour désigner les parties génitales, qu'elles soient masculines ou féminines. Il nous faudrait un mot à mi-chemin entre la queue et le pénis, entre la chatte et le vagin, pour raconter des épisodes comme celui-ci, où l'irruption d'une queue donnerait un allant pornographique à ce qui n'aspire qu'à faire de l'humour potache, et où pénis donnerait au paragraphe une tournure de manuel d'anatomie et de dépliant parfaitement indésirable. Quel mot employer lorsqu'on n'est ni pornographe ni médecin ? Il n'y en a pas, il faut se la remettre en place et sous-entendre ce que l'on se remet).

Ainsi prit fin le Moyen Âge de ma peau, et s'il m'avait fallu répondre à l'époque à l'une de ces enquêtes de satisfaction commerciales, je me serais senti obligé de dire la vérité et de qualifier l'expérience de très perfectible. On imagine le Moyen Âge comme une page que tout le monde souhaite tourner, mais si l'on demandait à un chevalier de l'ordre de Malte ou à un moine jouissant de privilèges féodaux, sans doute trouveraient-ils la transition vers la Renaissance indésirable. Alors qu'on se trouvait si bien dans son château, nourrissant un amour courtois entre deux vitraux gothiques, sans toute cette statuaire et tous ces jésuites. C'est ce qu'il venait de m'arriver. J'étais conscient d'avoir accompli le rite de passage vers ma propre Renaissance et de laisser derrière moi les innocentes récréations du cloître cistercien pour m'engager dans la cour des Borgia où il faut tuer pour ne pas se faire tuer, mais cette nuit, sur les pavés de cette place de province, je ne sentais que du vertige et une forme de dégoût. Non pas envers elle ou sa bouche, que j'avais sincèrement beaucoup aimée et en qui je languissais de me centrifuger à nouveau, mais envers moi-même. Le plaisir que j'avais éprouvé ne parvenait pas à racheter la culpabilité de ne pas avoir été à la hauteur, d'avoir mis autant de temps à synchroniser ma langue avec la sienne et d'avoir laissé mes mains oisives. J'étais définitivement recalé, toute ressemblance entre ce baiser et ce qui se faisait dans les films, y compris les pires, était purement fortuite.

J'ai tenu ma promesse de la raccompagner chez elle et nous sommes arrivés aux portes d'un lotissement pavillonnaire très cossu, ou qui m'a semblé très cossu sur le coup, n'ayant jamais quitté mon quartier de rues pentues, cordes à linge et cachet de syndicats sur les façades. Aujourd'hui, alors que je continue de me promener sur cette même place du baiser et que j'habite dans un immeuble avec concierge et vue sur le boulevard, je sais que ce n'était pas si impressionnant, que c'est un quartier de médecins, d'avocats et de quelques commerçants à qui les affaires sourient, mais pas trop non plus. Mais à ce moment-là, j'étais persuadé que la plaque de l'entreprise de sécurité qui présidait sur le portail y avait été posée pour me chasser personnellement. Je n'osais pas m'en approcher de peur de voir surgir un gardien armé d'une batte de baseball m'intimant de dégager, vaurien, on n'en veut pas des voyous de ton espèce, ou qu'il m'envoie une décharge électrique, ou qu'une alarme s'active automatiquement et que la police vienne m'arrêter pour le viol de la princesse du château. Car telle était ma désormais copine punk : une princesse fille de médecins ou de je ne sais quels autres gens distingués avec piano et bibliothèque, qui n'allaient pas tolérer mon galochage d'établissement public de banlieue.

— Viens, ne reste pas planté là, m'a-t-elle dit.

Et j'y suis allé, franchissant ce portail qui n'avait ni treille, ni lierre de style victorien comme dans les romans des Brontë, ni les géraniums des patios gitans à la Lorca, ni rayons de lune de Bécquer, mais qui n'en constituait pas moins – et comment ! – une scénographie bien plus appropriée pour un premier baiser. Tapis dans l'ombre du recoin à interphones, nous nous sommes centrifugés à nouveau, bien que plus habilement cette fois, en ce qui me concerne, car elle a réitéré sa syncope mécanique, ce qui m'a fait penser (car moins sonné que sur la place, je pouvais désormais penser) que ce ne devait pas être la première fois qu'elle se centrifugeait avec quelqu'un, renforçant ainsi ma honte, puisqu'elle avait sans doute compris que je ne m'étais jamais centrifugé auparavant.

Je gardais les mains chastes, sachant, grâce aux séries télé, que la parade nuptiale humaine se déploie par étapes, ou rendez-vous, comme les chapitres d'un livre, jusqu'à l'accouplement, qui est la partie que l'on raconte vite fait, souvent par ellipses. Et pourtant, elle, beaucoup plus motivée lors de ce deuxième round, s'est saisie de ma main gauche, l'a otée de sa taille et l'a posée violemment sur ses nichons (là encore, nichon est trop obscène et poitrine trop anatomique : la langue ne sied pas à l'amour adolescent, et l'on serait culotté de me demander de régler maintenant ce qui ne l'a pas été pendant mille et quelques années ; ainsi donc, on reste sur le nichon). Ayant surmonté mon incrédulité initiale, qui m'a fait ouvrir les yeux un instant pour m'assurer qu'effectivement ma main gauche tenait son nichon droit, il m'a fallu réagir avec une vivacité que j'étais loin de posséder et résoudre à l'instant le dilemme que voici : devais-je le serrer, comme pour le traire, ou bien le masser avec délicatesse ? Jamais auparavant je n'avais manipulé un nichon (et j'assume ici pleinement le verbe manipuler, aseptisé et antipathique, car toucher, ce que l'on appelle toucher, avec toutes ses implications affectives et poétiques, je ne touchais rien du tout, et caresser n'en parlons pas), et j'ai donc tracé des mouvements circulaires, en phase avec la centrifugation linguale, ni trop lents ni trop hâtifs, craignant de passer du plaisir à la douleur, tout en essayant de m'en représenter la correspondance sur mon corps : comment aimerais-je que l'on me caresse les testicules ? (je n'insiste pas sur cette indécente lacune expressive de la langue : me voir obligé d'écrire testicules en cet instant précis, avec toutes ces consonnes, ne sachant plus si l'on parle sexualité ou ethnographie). Ainsi donc, je me disais, ni lent ni hâtif. Ma princesse punk m'avait ouvert les portes de son nichon droit et je me devais d'être à la hauteur d'un tel honneur en me comportant comme un hôte reconnaissant et délicat.

Je me suis concentré à ce point sur ma tâche que j'en ai oublié de masquer mon érection, que non seulement elle percevait dans toute sa splendeur, mais qu'elle semblait aussi rechercher, se serrant fort contre moi et s'y frottant dangereusement. Les filles dans les quartiers avaient leur petite réputation, n'empêche que mes camarades d'école étaient des coincées du cul à côté de ma joyeuse princesse punk. Heureusement qu'un voisin a franchi le portail à cet instant, nous obligeant à nous séparer (elle m'a poussé, et je crois même qu'elle a failli me jeter un coup de pied et quelques insultes, pour faire bien voir à tout le voisinage que ce délinquant débarqué de la lugubrissime banlieue n'était pas le bienvenu dans la résidence, aussi punk était-elle et fière d'être la petite-fille des vaincus de la guerre civile), car j'étais à deux doigts de rentrer chez moi, très loin chez moi, ayant souillé mon froc (de sperme, de liqueurs séminales, de pollutions, de foutre, de jute, d'éjac' ? Je renonce à nommer, honnêtement, ce n'est pas possible).

Ce que j'ai préféré ce soir-là – après le départ du voisin, un type ayant l'âge d'être papa qui a salué d'un grognement puis s'en est allé à l'opéra, ou à son club de gentlemen, ou là où vont les riches à la tombée de la nuit – ça a été le baiser d'adieu, baiser véritable, sur les lèvres, sans essorage, suivi d'un "à demain" tendre et souriant, aucunement punk, bourgeois à la limite. Une certitude m'a plongé dans la tristesse et l'abattement, j'étais une demi-portion, un enfant ne sachant se servir de ses mains lorsqu'on y met des nichons, un spécimen boiteux que les Spartiates, plus sages, auraient jeté du haut d'une falaise.

J'ai entrepris le voyage du retour aux confins de la ville, décidé à ne pas en toucher un seul mot à personne. Contrairement aux autres, qui paradaient bière à la main et se complaisaient abondamment dans les détails et les gestes pour narrer leurs premières incursions anatomiques tels des Amundsen se frayant un passage dans la glace, je garderais cette nuit rien que pour moi, sans même tenter de fabriquer un mensonge qui me ferait paraître viril et héroïque. À quoi bon. Qu'il serait doux de la rencontrer en cachette plutôt que de jeter cette idylle en pâture, laquelle ne ressemblait en rien à ce que j'avais lu ou vu jusqu'alors.

Je soupçonnais les autres de ressentir les mêmes choses, d'avoir vécu un premier baiser aussi étourdissant, pataud et pénible que le mien, mais de raconter le contraire dans le seul but d'alimenter une mystification qui se perpétue de génération en génération depuis le premier baiser dans les cavernes. J'avais entre les mains le pouvoir de briser le tabou, de me planter le lendemain devant les potes du bar dont l'entrée imitait la gueule d'un démon et de leur dire : vous mentez, tout le monde ment. Vous avez adoré, mon œil. Non, vous n'avez pas pris votre pied. C'était horrible, n'est-ce pas ? Avouez-le, avouez que vous auriez préféré être partout ailleurs plutôt que de devoir trouver une façon d'appareiller vos langues. Où voyez-vous la grâce, l'héroïsme, la poésie ? Nos parents mentent aussi, comme mentaient leurs missives de jeunes appelés, ou ces baisers de la fin de l'été sur la plage de Torremolinos ou dans les champs de Tarancón ou à la fête de l'ami riche dans le quartier du Retiro. Et nos grands-parents mentaient, et aussi leurs "*ay Carmela*" et leurs "*si me quieres escribir*" et leur "pont des Français avec ses miliciens, si bien défendu". Et nos arrière-grands-parents mentaient aussi et nos arrière-arrière-grands-parents, et les amants de Teruel, et Tristan et Iseut, et Calixte et Mélibée, et Roméo et Juliette, qui sont les plus gros menteurs. Ils mentent, ceux qui s'énamourent de rayons de lune comme mentent tous les don juans du monde et les petites sottes qui dans leurs bras se sont jetées.

Ainsi devrais-je parler, bière à la main, détruisant à jamais ce mythe malheureux qui nous assomme et nous corrompt. Trêve de faux-semblants, soyons francs, conchions l'amour.

Mais puisque je n'en ferai rien, car n'ayant pas la moindre idée de comment m'y prendre, ni en quel honneur quelqu'un m'écouterait vraiment, j'ai décidé de me terrer dans le silence. Je me suis tu, je suis demeuré vierge à leurs yeux, ne quittant pas le Moyen Âge de la peau, comme ces régions reculées restées à l'ombre même du latin et qui n'avaient connu jusqu'à hier encore qu'arriération et ignorance.

L'idylle, où quoi que cela ait été, dura ce que dure un printemps, jusqu'à ce que la veillée de la Saint-Jean nous sépare et dirige notre attention vers d'autres sujets. Le conflit zapatiste au Mexique, par exemple. Nous venions de redécouvrir la peau, mais nous étions fascinés par un type encagoulé qui la dissimulait. Le sous-commandant Marcos, d'après ce qu'on disait. Et moi je me demandais s'il était possible de commander en étant sous-commandant ; non, impossible, il devait forcément y avoir un commandant. Comme si l'école était dirigée par un sous-directeur, ou qu'il y avait à la tête du pays un vice-président. Dans les bars où nous allions nous peloter on trouvait des affiches et des tirelires en soutien à la révolution de l'Armée zapatiste de libération nationale, mais nous avions convenu de leur offrir notre seul soutien moral, parce que nous n'avions déjà pas assez de pièces comme ça, et que nous n'avions pas non plus grand-chose à voir avec ce qui se passait dans cette jungle. Pendant quelques semaines, la princesse punk et moi avons exploré l'autre avec un mélange de timidité et de désir que je n'ai plus connu depuis. Ce sentiment de ne jamais savoir comment se tenir ni quoi dire ou toucher. Contrairement aux zapatistes, qui semblaient très sûrs de tout ce qu'ils disaient et faisaient.

Elle portait sur son bras gauche des marques très étranges sur lesquelles je n'osais pas m'enquérir, jusqu'à ce qu'elle-même, m'ayant surpris en train de les contempler un soir que nous batifolions entre les buissons du campus universitaire, me raconte leur histoire.

Je me suis fait ça au couteau. Si tu regardes de très près, tu peux encore y lire Sid, le reste est plus flou parce que je n'ai pas eu le temps de fignoler.

J'ai tenté de maintenir une contenance d'homme du monde que n'effraient guère les passions humaines, mais je sentais ma gorge sèche et je me disais, doux Jésus, la princesse punk s'était taillé sur le bras le nom de Sid Vicious, le bassiste suicidaire (ou pas loin) des Sex Pistols. Elle avait pris son couteau suisse et avait tracé une à une ces lettres, jusqu'à ce que le sang l'empêche de voir ce qu'elle écrivait et qu'elle en mette partout. J'ai pensé à Carrie, le personnage de Stephen King, couverte de sang lors du bal de promo, sauf que la pauvre Carrie avait été arrosée du sang d'autrui (de truie, à vrai dire), tandis que ma princesse punk s'était fait cela toute seule. J'avais des milliers de questions que je n'osais pas lui poser. À quelle lettre t'es-tu rendu compte que tu faisais une connerie ? Pourquoi Sid Vicious, qui n'était même pas musicien et qui n'avait rien de spécial ? Quelle sorte de héros de merde pouvait-il bien être ? D'après ce que j'ai cru comprendre, cette tentative de *body art* s'est poursuivie aux urgences, puis avec une série de curetages et une boîte d'antibiotiques, et j'imagine également, dans l'angoisse coupable de ces parents médecins, qui devaient se demander ce qu'ils avaient bien pu foirer pour retrouver leur seule fille, fruit de leurs entrailles, dans un état préliminaire à l'admission dans une clinique psychiatrique des Alpes suisses.

Je pensais à ces pauvres parents, malheureux comme tout dans leur quartier pavillonnaire, admirant leur jardin en sirotant leurs Martinis, parfaitement préparés par la bonne philippine, se demandant en silence que faire, car ils lui avaient tout donné : une éducation dans les meilleures écoles, un piano, des livres pour enfant en édition cartonnée, une mini-chaîne Philips, des cours d'anglais à Dublin et des vacances en demi-pension sur des plages de la Méditerranée encore relativement épargnées par la massification. Je voulais leur dire que je les comprenais, que j'étais avec eux, que l'ennemi ce n'était pas moi. Que je n'aimais pas plus que ça le sous-commandant Marcos, je le leur dirais, et cela m'attristait de savoir qu'ils ne me croiraient pas, qu'ils s'imagineraient que j'étais l'un de ceux qui avaient foutu en l'air leur petite princesse et l'avaient transformée en ce monstre punk avec des cicatrices aux bras.

J'avais à ce point fraternisé avec la cause de ce couple que je commençais à voir ma copine à travers leurs yeux, et c'est alors que tout en elle m'a paru déplaisant et condamnable. Qu'elle manquât de féminité, oui, certainement. Et son laconisme : était-elle timide ou antipathique ? Nous n'échangions pas beaucoup et ni elle ni notre relation ne ressemblaient aux relations ou aux petites amies de la télé. Elle n'avait aucune copine avec qui déblatérer sur les garçons en se brossant les cheveux à tour de rôle, elle ne se maquillait pas, elle n'aimait pas les fringues, elle ne démêlait jamais ces boucles noires qui poussaient en boule et, d'après ce que j'avais pu constater – parce que l'exploration de nos peaux était soumise aux bornes imposées par notre jeunesse, et par le froid des jardins municipaux et des halls d'immeuble –, elle ne s'épilait aucune partie du corps, pas même cette fine moustache qui lui assombrissait la lèvre.

C'était sans doute trop demander à un petit con de quinze ans, abruti par le cinéma et la télévision, que d'apprécier la beauté propre du singulier et du sauvage, ce petit triomphe de la volonté, si vicieusement hommasse, affranchie de toute meute et dédaigneuse de tout modèle de conduite ou perspective d'avenir. J'ai tenu entre mes mains une fleur des champs et je l'ai méprisée parce que je préférais un rosier comme on en voyait sur les étals du fleuriste. Et si je m'accroche à cette image botanique, ce n'est pas par facilité, mais parce que je passe tous les jours devant le lieu de ce premier baiser et que je contemple à la volée les roses, les bégonias et les balsamines qui l'agrémentent, pour le plus grand plaisir du voisinage, aussi con que je l'étais, alors que j'avais une excuse (faible, mais excuse tout de même) de n'avoir que quinze ans.

Bien des années après ce baiser et cette petite amie punk, la mairie de Saragosse réaménagea le boulevard et la place pour y faire passer le tram. Les travaux s'étalèrent sur de longs mois et transformèrent la tristesse sans charme des parages en une promenade gaie et festive, moins embouteillée et plus fréquentée. L'urbaniste qui redessina le boulevard conçut de l'embellir par le recours à la flore autochtone. Non sans une finesse certaine, il interpréta le paysage aride et désertique des alentours et créa des jardins d'inspiration très chinoise, avec leurs pierres et leurs arbrisseaux des steppes. Outre la pertinence de faire couler le paysage au cœur de la ville, démêlant la contradiction entre les deux, ses jardins avaient le mérite d'être particulièrement économes en entretien et en eau.

Bien entendu, à peine les riverains eurent-ils vu le résultat, qu'ils se sont levés en armes contre semblable aridité. Était-ce là l'idée qu'on se faisait des jardins ? Où étaient passées les pelouses ? Et les roses ? Et les buis hauts et joliment taillés *à la manière de* Versailles ? Ils grondèrent, râlèrent et graillèrent tant et si bien que la ville se vit contrainte de leur donner raison et de planter des fleurs et des plantes tropicales comme si Saragosse, malgré tous les efforts d'Augustine d'Aragon, eut été française et candidate au label de "ville fleurie", engloutissant des millions de litres d'eau dans une région où il ne pleut guère plus d'une semaine par an.

Je me suis montré à l'égard de ma petite amie punk aussi mufle, violent et ignare que ces riverains du boulevard vis-à-vis des jardins landais. Aveuglé par les scarifications de Sid Vicious, je n'ai pas compris, ni deviné l'immense délicatesse de cette fille solitaire, douloureusement consciente de son individualité, mise à l'écart du groupe comme un gnou boiteux. Le simulacre suicidaire consistant à se graver sur le bras le nom d'un être aussi malheureux qu'elle et qui avait atteint dans la mort la plus sublime forme de singularité. La bravoure de celle qui ne cherche pas à ressembler aux séries télé, pas plus qu'aux petits-enfants des vaincus de la guerre civile, avec lesquels elle partageait sans doute une même esthétique, mais rarement une même éthique, la sienne étant corporelle et silencieuse. Une femme libre à un âge où tout le monde, moi le premier, était prisonnier des productions télévisuelles et des magazines pour ados. J'appréhendais tout autant sa liberté, sa façon de m'inciter à me plonger en elle, sa façon de guider mes mains dans des méandres que je n'osais pas aborder et la délicatesse avec laquelle elle fouillait dans les miens. Ce n'étaient pas les gestes de quelqu'un que complexaient sa coiffure ou les poils sur son visage. Y compris sa façon de me montrer et m'expliquer les cicatrices sur son bras transmettait une assurance en décalage avec qui nous étions et ce que nous faisions. J'ai mis de nombreuses années à commencer à accepter mon corps malade et endolori avec la même allégresse que celle avec laquelle elle assumait le sien à l'époque déjà, par ailleurs parfait et magnifique.

Si je l'évoque à présent c'est parce que je ne peux revenir en arrière et me flanquer une rouste ou me cracher moi-même à la figure. Je raconte ces choses comme des succédanés du fouet, comme un témoignage, au moins, de tout le mépris que j'ai pour ce petit con, la quinzaine bien faite, bon à rien. J'ai eu honte de ma princesse punk, que je n'appelais d'ailleurs plus comme cela (mais simplement la nana avec qui je sors en attendant de trouver mieux), alors que c'était elle qui devait se sentir incroyablement honteuse de moi.

Tout s'acheva le soir où je trouvai le cran – mon dieu, comment ai-je osé le formuler à voix haute – de lui suggérer l'existence de solutions – la cire ou l'épilateur – pour se débarrasser de ce duvet noir qui enlaidissait sa lèvre supérieure, et que Sid Vicious, là-haut dans le paradis des punks, ne verrait aucun inconvénient à ce qu'elle se démêlât les cheveux à l'occasion. Elle m'a regardé sans rage. N'a pas répondu. Il y avait dans ses yeux une tristesse résignée et infinie. Peut-être avait-elle vu en moi quelque chose que moi-même ne voyais pas et cru un instant que je saurais la comprendre. Quelque chose que j'aurais fait ou dit qui lui avait donné l'espoir d'avoir trouvé cette personne qui ne juge pas, qui accompagne, qui ne cherche pas à faire des autres ce qu'ils ne sont pas et qui affectionne de se promener dans des jardins landais de pierre et de cactus sans éprouver aucun complexe de jardin à l'anglaise et sans jamais consentir au sécateur. Sans rien dire, elle m'a observé pendant quelques secondes, suffisamment pour que je réalise l'énormité que je venais de commettre. Je ne le dis pas dans l'intention de me disculper, mais il est vrai que j'ai regretté mes paroles à peine prononcées. Je n'ai même pas eu le courage de supplier son pardon.

On ne saurait faire pire entrée dans la Renaissance de la peau. C'est pourquoi je continue de chérir un Moyen Âge dont je n'ai aucun souvenir. Heureusement que ma condition m'a couvert d'écailles, m'encapsulant hors du monde sous un passe-montagne de zapatiste.

QUAND LA JOURNÉE DE TRAVAIL PREND FIN

Il était une fois, mon fils, une artiste à la voix aiguë qui chantait comme une fillette fantasmagorique, composait comme une illettrée et dansait comme une épileptique. Et pourtant, elle composa, chanta et dansa l'un des morceaux les plus importants qui soient. Bien évidemment, ton père ne sut apprécier l'importance de ladite chanson avant d'entrer dans l'âge adulte, aussi adulte que voici, prêt pour la casse, à cet âge où l'on dit les choses comme à la volée, parce que de toute façon personne ne vous écoute. C'est qu'il faut être très sourd et très offusqué pour ne pas se sentir interpelé par ces paroles et entraîné dans la danse par cette musique, mais le fait est que, alors que le monde dansait et chantait cette très importante chanson, moi je ronchonnais au fond d'un bar, drapé dans une burka cent pour cent coton ornée de dessins de groupes de hard rock, passant totalement à côté de ma propre adolescence, sabordant la Renaissance de ma peau, et méprisant une œuvre d'art sublime qui parlait de moi plus que toute autre chanson que j'ai pu entendre dans ma vie.

C'était alors, au mitan des années 1990, une chanson déjà vieille, quoique non démodée, parce que née classique. À l'époque, on la passait en boucle en toute circonstance, comme on la passe encore aujourd'hui. Elle peut surgir au beau milieu d'un film et rares sont les soirées dignes de ce nom qui en font l'impasse. Réécrite à toutes les sauces, il en existe plus de vingt reprises célèbres. Elle s'est ennoblie au son des violons, de voix mélodieuses, de rythmes de jazz, de guitare acoustique, de riffs de heavy metal, d'arrangements symphoniques, et même de chœurs d'église. Je les aime presque toutes, mais nulle ne pourra jamais détrôner la version d'origine : déglinguée, mirlitonesque et rustique.

Pour le jeune homme que j'étais malencontreusement, la frivolité passait pour un crime de lèse-jeunesse, j'étais ainsi excédé par toutes les chansons du hit-parade. La pop était l'expression la plus banale du consumérisme capitaliste, et nous autres, les petits-enfants des vaincus de la guerre civile, ne pouvions tolérer cette aliénation bourgeoise et cette exaltation idiote de l'ignorance, alors que les zapatistes souffraient dans la forêt Lacandone. Tant et si graves étaient les problèmes du monde qu'une allégresse pareille nous semblait impardonnable. Heureusement, il y avait Kurt Cobain pour balayer d'un coup de fusil toutes ces paillettes et ces confettis, et avec lui des légions de mélancoliques fourrés dans des chemises bûcheron, avec lesquels, même si on ne pouvait pas discuter, car trop laconiques, on se comprenait et on s'apitoyait sur la marche catastrophique du monde. Certains allaient jusqu'à se suicider, mais on se contentait majoritairement de soupirer.

Les filles veulent juste s'amuser, disait la chanson. Et elle ne disait rien d'autre. Tout était dans le refrain. Comment ça, s'amuser ? Les filles voulaient contempler la pluie à travers la fenêtre de leur chambre ou recopier des vers de Neruda sur leur classeur. Assurément, celles de mon quartier ne voulaient jamais s'amuser. Les plus dégourdies, elles voulaient obtenir une assez bonne note pour s'inscrire en médecine. Ma petite amie punk voulait-elle s'amuser ? Est-ce qu'elle s'amusait lorsqu'elle s'était gravé au couteau le nom de Sid Vicious sur l'avant-bras ?

Si "Girls Just Want to Have Fun" transmet une telle vérité, c'est parce qu'elle fut chantée par une fille abonnée aux déconvenues. Cynthia Ann Stephanie Lauper, née dans le Queens en 1953, est la fille d'une mère sicilienne et d'un père parti acheter des cigarettes comme le Rabbit d'Updike. Elle grandit dans un quartier de migrants, plongé dans le bruit et les engueulades, où l'on repéra très tôt son don pour la musique. Sa famille, qui n'était pas insensible au talent, lui offrit une guitare. À force d'abnégation, elle obtint une bourse du conservatoire, qu'elle intégra à l'âge de quinze ans. Et comme elle n'était ni à Salzbourg ni compositrice d'opéra, elle se laissa distraire par le raffut du Queens et ne réussit pas à tenir le rythme calviniste du centre éducatif.

C'était la fin des années hippies et l'usage voulait que l'on fuguât de chez soi. Cyndi se lança dans une vie vagabonde, se produisant dans des bouges avec de la sciure au sol et travaillant comme serveuse dans les patelins où elle atterrissait. Elle ne chantait pas trop mal et enjôlait les gugusses du haut de la scène, parvenant ainsi à se faire une place dans un groupe et à signer un petit contrat d'enregistrement. Tout semblait aller comme sur des roulettes, mais en 1977 (âgée de vingt-quatre ans) elle s'abîma les cordes vocales, plongeant alors dans une aphonie atroce.

Adieu, la scène. Adieu, les contrats de disques. Adieu, l'argent.

Cyndi retourna à la vie qu'elle n'avait pas tout à fait quittée. Offrant ses services dans les bars et les magasins, comptant les dollars et les cents pour parvenir à payer son loyer et renonçant à s'amuser, car cela coûtait trop cher.

Lorsqu'elle recouvra la voix, elle s'associa à deux musiciens et trouva ce que tout artiste trouve quand il ne le cherche plus : un manager. Un type qui, les voyant jouer, leur proposa de couvrir tous les frais et de leur dégoter des scènes et un disque. Ils prirent le nom de Blue Angel et l'album en question fut un succès auprès de la critique. Autrement dit, il enthousiasma les journalistes qui l'avaient reçu gratis et qui en parlèrent dans leurs colonnes, mais personne ne déboursa le moindre centime pour se le procurer. Les copies s'entassèrent intouchées dans les bacs et repartirent à l'entrepôt de la maison de disques dans les mêmes cartons qu'à l'aller. Le manager, jadis si volontaire et si plaisant, les lâcha sans ménagement, mais non sans leur réclamer une somme faramineuse dont Cyndi ne pouvait s'acquitter.

Retour à la case départ. À faire le tour des boutiques de Soho, au cas où l'on aurait besoin d'une vendeuse, d'une serveuse ou d'une caissière.

N'importe quel boulot, il me faut des thunes !

Cyndi approchait la trentaine et le trop-plein d'opportunités ratées. Ce n'était plus la jeune fille sympa à la voix d'ange qui faisait craquer les épiciers italiens de New York, mais bientôt une dame sans emploi ni situation qui commençait à les faire suer un peu trop. Pour ne rien arranger, son aphonie avait eu pour conséquence de modifier sa voix. De l'avis de certains critiques, et du sien propre, elle était devenue plus expressive. De l'avis des gugusses éméchés dans les bars où elle chantait, elle était plus crâneuse et nettement moins sexy.

Si l'on en croit la théorie des contes de fées, l'intrigue est trop avancée pour voir apparaître le chevalier blanc. La princesse s'était flétrie à jamais et son destin serait celui de toutes les princesses mauresques enfermées au plus haut de la plus haute des tours : se laisser dépérir jusqu'à la mort, en comptant ses rides, ou bien précipiter la fin en se jetant dans le vide. Mais ailleurs que dans les contes de fées, les chevaliers héroïques apparaissent quand bon leur semble, et David Wolff croisa le chemin de Cyndi Lauper un soir où il buvait des coups à New York, calé dans le bar où elle arrachait à sa guitare quelques accords blasés et alimentaires. Dire qu'il en tomba amoureux n'est pas une exagération. Il lui proposa tout ce qu'un producteur peut proposer à une jeune fille tenant une guitare dans un club de New York au petit matin, et Cyndi, qui en avait plus qu'assez des producteurs qui lui promettaient monts et merveilles, accepta les verres et partit se coucher parce qu'elle enchaînait le lendemain avec une double journée de boulot au supermarché ou au café, que sais-je.

Sauf que le Wolff en question était un chevalier authentiquement héroïque, à l'ancienne, de ceux qui font irruption dans les bureaux des maisons de disques et n'en ressortent pas avant d'avoir obtenu d'un exécutif cynique et cocaïnomane qu'il écoute jusqu'au bout (attends, ce n'est pas fini !) la maquette de celle qui – tu peux en être sûr, mec – sera ta prochaine star.

— Si tu le dis, lui répondit-on en lui tendant un chèque sans trop de conviction, sachant que la seule façon de s'en débarrasser, c'était de lui donner de l'argent.

Le contrat la liait à la filiale d'une major. Une façon pour la maison de disques de ne pas se mouiller. Ce n'était pas trop mal, ce n'était pas non plus incroyable. Cyndi s'en foutait. Elle enregistrerait un disque, elle mettrait du cœur à l'ouvrage. Avec un peu de chance, elle recevrait un petit pécule qui lui permettrait d'éponger ses dettes. Non, ce n'était pas trop mal.

En septembre 1983 sortait sur le marché *She's So Unusual*, et les radios programmaient le premier single : les filles veulent juste s'amuser. MTV diffusa le clip, une production qu'on aurait dit faite maison et dont le casting comprenait la mère sicilienne de Cyndi ; un célèbre catcheur du Queens qui accepta le rôle du terrible père italien par amitié pour la petite ; et tous les amis et collaborateurs de la chanteuse qui, en échange de quelques bières, consentirent à se dandiner et à s'agglutiner de la façon la plus irréfléchie et la moins professionnelle possible.

Et soudain, le délire.

La chanson s'érigea en hymne en quelques semaines seulement. On s'arrachait les albums tout juste sortis de l'usine. Cyndi Lauper se hissa en tête du hit-parade dans plus de dix pays, et à la deuxième place aux États-Unis. Une légende était née.

"Girls Just Want to Have Fun" n'était pas une création personnelle. Elle avait été écrite par un musicien prestataire de la maison de disques, mais Cyndi en changea intégralement les paroles, à l'exception du refrain. Les couplets d'origine parlaient d'un séducteur invétéré qui couchait avec un paquet de filles parce que, disait-il pour se justifier, les filles veulent juste s'amuser. Dans la voix et entre les mains de Lauper, cette ânerie phallomaniaque se métamorphosa en un chant féministe et prolétaire. "Girls Just Want to Have Fun" est la plus belle chanson socialiste jamais écrite.

Mon moi adolescent croyait qu'une chanson socialiste ne devait pas proclamer, comme il était dit dans celle-ci, qu'après une journée de travail, les filles veulent juste s'amuser (*when the working day is done / girls they want to have fun*). Il aurait été plus convenable de dire : quand la journée de travail prend fin, les filles veulent juste s'approprier les moyens de production grâce à une action violente menée par les avant-gardes révolutionnaires venant à bout de tous les capitalistes et instaurant la dictature du prolétariat. Or, même mon moi adolescent reconnaissait qu'une telle orthodoxie marxiste pouvait difficilement être mise en rimes, chantée et dansée.

Il en est du marxisme comme des autres religions : les lectures littérales de leurs textes sacrés gâchent la poésie qu'ils abritent. Le gendre de Marx, Paul Lafargue, passe pour être le premier hérétique à faire la libre exégèse de son beau-père, publiant alors un opuscule maudit intitulé *Le Droit à la paresse*. Parce qu'il était un mulâtre cubain né dans une famille française, Lafargue inspira quantité de blagues. Qui sinon un Caribéen pour incarner le premier marxiste revendiquant le droit de se la couler douce. Les fondateurs allemands étaient des travailleurs acharnés convaincus que leur mouvement consistait à travailler plus. Le socialisme n'allait pas se construire tout seul, ni en ralliant les tire-au-flanc. Les révolutions appartiennent toutes à ceux qui se lèvent tôt.

L'idée du loisir promue par l'orthodoxie socialiste est celle du loisir utile, orienté vers la réalisation complète de la personnalité, objectif uniquement atteignable dans un monde sans classes. Le rêve ultime du bon socialiste est une société d'ouvriers disciplinés et autoconscients qui à leurs heures perdues lisent Shakespeare et écoutent Bach, s'appropriant par la même occasion la culture bourgeoise. L'ordre des saisies est le suivant : on s'approprie d'abord l'usine, puis, les palais et les meubles qui s'y trouvent, et enfin, la culture elle-même. Mais il n'est jamais question ici de s'amuser, sinon de se sacrifier. Tout le processus est très sérieux et barbant.

C'était là l'idée du socialisme qui culmina avec un Staline barbotant dans sa piscine. Ils étaient à ce point concentrés sur leur mission révolutionnaire qu'ils ne s'étaient pas aperçus que quiconque vole et assassine un tyran pour occuper sa charge et vivre dans son palais finit forcément par devenir ce même tyran. Ou pire : un tyran convaincu d'avoir raison. Ce que les Grecs avaient déjà compris, puisque la meilleure façon de devenir ton père est de le tuer.

Le socialisme de la paresse, ou socialisme lauperien, commence par se désintéresser du pouvoir. Peu m'en chaut qui gouverne si c'est pour gouverner à l'identique. En lui-même, le fait de gouverner révèle le despote. D'ailleurs, la simple envie de gouverner, le seul désir de pouvoir, trahit d'emblée une personnalité autoritaire à laquelle mieux vaut ne pas avoir affaire. Le socialisme lauperien assume – avec une élégance qu'aurait saluée Nietzsche – l'idée que le pouvoir finit toujours par te baiser. Quand bien même celui qui l'exercerait serait ton meilleur ami, c'est pareil. Le pouvoir, en soi, est une merde qui s'abat sur tous ceux qui s'y soumettent. Dès lors, commençons par nous reconnaître entre nous. Si le sujet du socialisme est l'humanité baisée, cherchons-nous, nous les baisés de tous les pays, et lisons à notre manière la dernière harangue du *Manifeste du parti communiste* : les prolétaires n'ont rien à perdre que leurs chaînes. Ils ont un monde à gagner.

Les socialistes de la barbe et des sourcils froncés du socialisme travailleur (parfois travailliste) s'imaginèrent que ce monde à gagner était celui du pouvoir politique. C'est pourquoi certains s'appliquèrent à concourir aux élections, là où il y avait des élections, et que d'autres s'appliquèrent à massacrer la famille du tsar, là où il y avait des tsars avec famille. Mais le socialisme lauperien estime que ce monde à gagner n'est pas celui, ordinaire et puant, du pouvoir. Gagner le monde, ce n'est pas le gouverner, mais le vivre comme bon te semble. Nous, les socialistes lauperiens, nous voulons le monde pour le danser, le parcourir et le savourer sans demander ni rendre de comptes à personne.

Tout cela, à proprement parler, relève moins de la pensée socialiste qu'anarchiste, mais s'inscrit indiscutablement dans le socialisme porté par ce vers du refrain : *When the working day is done*. L'engagement résolu des socialistes lauperiens avec le travail y est clairement exprimé. Ayant reconnu que l'humanité baisée est, fondamentalement, l'humanité qui travaille, ils ne renoncent pas au travail comme vecteur de solidarité et de cohésion sociale. La doctrine est née dans le Queens, parmi les enfants des immigrés italiens : le travail est la seule chose qui les définisse. D'accord, dit-elle, nous avons conclu notre part du marché. Nous sommes des travailleurs et nous travaillons, mais quand la journée prend fin, nous sommes nous-mêmes, nous ne sommes rien d'autre. Et nous sommes notre amusement.

Ainsi énoncée au féminin, la doctrine acquiert beaucoup plus de force, car même les socialistes mâles les plus obtus s'accordent à eux-mêmes un certain droit à l'amusement et à la paresse des travailleurs. Sur le chemin du retour, au sortir de l'usine, ils avaient l'option de s'arrêter un moment à l'athénée ouvrier (puisque la taverne est un lieu d'aliénation, et le cinéma, une propagande capitaliste), alors que les femmes devaient rentrer sans tarder, car à la maison les attendaient le dîner des enfants et la lessive. Depuis l'époque des vestales, les femmes peuvent être un instrument d'amusement pour les hommes, sans pouvoir s'amuser elles-mêmes.

Le village de Galice où nous passons l'été conserve un lavoir avec un bassin en pierre où coule toujours l'eau de la rivière au bord de laquelle il s'érige. La mairie a fait mettre des affichettes de musée expliquant l'histoire du lieu comme un hommage rendu aux femmes du bourg, lesquelles disposaient en ce lieu d'un point d'interaction sociale accueillant conversation et rires. La lecture m'entraîne dans une tristesse molle. Ce que racontent ces textes, c'est que nombre de générations de femmes étaient esclaves sous leur propre toit et que le seul moment qu'elles avaient pour se retrouver avec des gens extérieurs à leur famille et nouer des amitiés entre elles, c'était en battant la pierre mouillée sous le doux soleil d'un matin d'hiver jusqu'à se fendre la peau des mains. Là-bas, loin de la surveillance des maris et des clercs, elles s'exprimaient librement, se racontaient des choses intimes, se taquinaient et rigolaient à s'en faire pipi dessus. Elles s'amusaient, certes, mais d'un amusement hystérique et désespéré, très semblable à celui des prisonniers qu'on sort dans la cour pour en faire deux fois le tour.

Le postulat révolutionnaire de l'hymne se trouve caché dans une strophe, lorsqu'elle déclare qu'elle veut marcher à l'air libre ou sous le soleil (*I wanna be the one to walk in the sun*). L'amusement doit être social, il ne peut s'exercer dans un lavoir en dehors du village et à l'abri des regards réprobateurs des hommes. Mon amusement n'est pas un acte de foi privé que tu pourrais ignorer. Je veux que mon rire s'engouffre jusque dans ton salon. Tu ne pourras plus faire comme si je n'existais pas. Me voilà, ancrée au monde, et si tu croises mon chemin, tu souffriras de mon barouf. Et il se peut bien que je te réveille dans ton sommeil. Et que je te bouscule sur le chemin de l'église avec ta famille. Et que je te dérange et que je gâche le silence bienséant qui berce tes promenades dans les jardins publics. Si c'est le cas, eh bien tant pis pour ta gueule, parce que nous, les filles, on veut juste s'amuser, et le lavoir je te le laisse, parce que moi je m'en vais courir en ville dans mes vêtements sales.

Cyndi Lauper se met à nu, comme jeune fille qui veut s'amuser et comme artiste sur scène ou face à une caméra de cinéma. Son corps est aussi expressif que sa voix, et son aspect, enfantin et fragile comme de la porcelaine, tranche ostensiblement avec son ballet saccadé et sa manière féline d'occuper l'espace. Quand Lauper fait irruption sur scène ou dans le cadre, on ne voit plus qu'elle. Elle possède ce magnétisme qui séduit les producteurs qui la découvrent dans un club de New York au petit matin. *I wanna be the one to walk in the sun* est une déclaration d'intention radicale : Lauper ne se cache jamais, ne se dérobe jamais, ne fait jamais d'elle un mystère. Lauper reflète sur sa peau toute la lumière du monde.

Ce qui devait rendre d'autant plus terrible la confirmation par un dermatologue du diagnostic qu'elle redoutait : “Madame Lauper, vous souffrez d'une forme très sévère de psoriasis.”

Une maladie de sorcière pour cette jeune fille rigolote qui aurait été vouée au bûcher en d'autres temps.

Maladie qui se déclara tardivement, en 2010, alors que sa personnalité s'était depuis longtemps diluée dans l'icône pop, et son corps, sa pâleur et ses yeux de biche étaient tout à la fois des pièces de musée et des marques déposées. Un psoriasis brutal qui engloutit, sous des plaques énormes, pratiquement toute sa peau, la défigurant et la transformant en Créature du marais ou en zombie décharnée. Les poussées furent particulièrement agressives. D'après son propre témoignage, elle se sentait bouillir. Elle passait ses journées au lit, bourrée de calmants et d'antipyrétiques, souffrant d'accès de fièvre, car sa peau était incapable de réguler la température corporelle. La maladie s'acharna contre elle sous la pire des formes.

N'importe qui d'autre à sa place aurait choisi de se cloîtrer en coulisse. Lauper, alors compositrice et productrice de comédies musicales à Broadway – avec succès, puisqu'elle venait de remporter un Tony pour *Kinky Boots* –, aurait pu s'enfuir à l'arrière-scène et y vivre telle une ombre masquée, mais en fuyant elle aurait trahi son cri de guerre : *I wanna be the one to walk in the sun*. Avec la peau écaillée et ne conservant plus rien de la fille qui voulait juste s'amuser en agitant les pans de sa robe rouge d'été dans les rues de New York, elle décida néanmoins de s'en tenir fermement à la doctrine socialiste lauperienne. Le monde allait découvrir sa maladie comme il avait découvert ses envies d'éclate.

Lauper a abondamment partagé ce qu'elle appelle, sans arrière-pensée hitlérienne, son combat. Allant jusqu'à montrer des photos de certaines parties de son corps entièrement recouvertes de lésions érythémateuses, plus séantes au manuel de dermatologie qu'au magazine de tendances pop. Elle souhaite raconter une histoire qui finit bien, et ce faisant, redonner espoir aux malades. C'est un trait que partagent les très rares femmes célèbres qui ont avoué souffrir de psoriasis : elles se montrent dans le but de normaliser leur mal. J'en veux pour exemple la nageuse olympique Dara Torres, qui en tant que baigneuse professionnelle est obligée de se montrer en maillot de bain. Ou la mannequin Cara Delevingne, qui inonde ses réseaux sociaux de photos décomplexées, voire agressives, de ses marques et de ses plaques, dans une attitude de gangsta rap, mettant au défi quiconque aurait quelque chose à redire. Ou l'inclassifiable vedette postmoderne Kim Kardashian, qui ne maquille ni ne dissimule ses lésions et qui en parle avec un naturel familier.

En règle générale, les femmes célèbres avec un psoriasis s'exhibent plus et se confient moins que les hommes célèbres avec un psoriasis. Elles répondent d'ailleurs à un élan solidaire et didactique qui dépasse l'estime de soi et l'effronterie. Les quelques femmes qui osent montrer leur maladie le font dans l'intention de tendre une main à des milliers de souffrants qui vivent leur condition perclus de honte et d'angoisse. Elles tentent de relativiser, elles en rient, elles partagent des conseils pratiques pour mieux appréhender les tracasseries du quotidien et s'engagent dans des campagnes aux côtés d'associations de malades et de sociétés de dermatologie. Les hommes, en revanche, nous ne posons pas à taches découvertes, toujours dissimulées sous une chemise ou une veste, et lorsque nous parlons ou écrivons à leur sujet, nous le faisons sur un mode autocentré et tragique, sans intention de venir en aide à personne ou de montrer l'exemple. Le psoriasis est notre couronne d'épines, et notre récit celui d'une passion douloureuse, quoique sans morale ni rédemption, ni pour nous ni pour les autres pécheurs. Certains hommes puissants s'en servant même comme d'un attribut de pouvoir, tel que le laisse entendre la carte de Staline du tarot.

Il se peut que cela tienne moins à une différence de comportement entre hommes et femmes qu'au fait que les meilleurs témoignages sur la maladie ont été écrits par des intellectuels hommes, et que les femmes dont nous parviennent les échos sont des figures publiques, mais non littéraires ou de pouvoir. Sans doute manquons-nous d'une Simone de Beauvoir ou d'une Virginia Woolf psoriatiques, capables de sublimer l'expérience de la peau à travers une approche intellectuelle féministe et féminine.

À peine le diagnostic posé, Cyndi Lauper éprouva le besoin de se réinventer en une sorte de vierge miraculeuse à qui les lépreux et les galeux pourraient adresser leur ex-voto. Sainte Cyndi Lauper témoigne par sa parole combien le socialisme (y compris le lauperien) est proche de la religion et avec quelle facilité il le devient.

Lauper se mit à disposition des sociétés de dermatologie et des collectifs de patients pour mieux diffuser son expérience et ses conseils. À titre d'exemple, elle recommande surtout d'éviter le stress, ce qu'elle-même, de nature extrêmement nerveuse, ne réussit qu'à travers l'étude et la pratique du reiki. Il s'agit également de veiller à son alimentation, en évitant les produits gras, le chocolat et l'alcool.

Mais encore. Eh bien, prendre du temps pour soi. Se réserver tous les jours cinq petites minutes que rien ni personne ne pourrait violenter. Disposer d'un espace, d'une pièce à soi. Une séance de yoga le matin au réveil. Et méditer, beaucoup méditer. Elle, par exemple, écoutait une gourou tibétaine, Pema Chödrön, dont la voix la transportait au nirvana, ou dans ses environs, tout en recommandant, car plus accessible au grand public, une appli de méditation développée par Russell Simmons.

Et de bonnes ondes, bien entendu. Et sourire et aimer ses proches et se laisser aimer.

C'est ça, ouais.

Mon cul, Cyndi !

N'importe quel malade atteint d'une forme grave de psoriasis sait qu'il est impossible de méditer quand la peau te supplie de la gratter et qu'on n'aggrave rien en avalant quelques carrés de chocolat, en sauçant son assiette avec un bout de pain, ou en finissant la bouteille de vin à la fin du dîner.

Ce qui marche, ce sont les drogues. Des drogues dures et chères. Celles que produisent de grands laboratoires sans gourous tibétains.

Et Cyndi le sait.

Et comment.

En 2018, la star pop Cyndi Lauper lança son dernier titre, intitulé "Hope". Se situant à des années-lumière de la plupart de ses succès, c'est une petite mélodie qui distille des encouragements en s'inspirant du combat de l'autrice contre son psoriasis. Elle reprend, ça oui, le noyau dur de la philosophie socialiste lauperienne : regarde-moi, dit-elle, et regarde-nous. Elle s'inscrit dans l'effort consistant à porter sur le devant de la scène ceux qui dans la vie n'ont tenu que des rôles secondaires ou de figurants. Mais, en dehors de ça, "Hope" est un avorton mielleux indigne de la fraîcheur et de la grâce du meilleur Lauper. Elle engage à regarder celles et ceux que la société dérobe à la vue ou qui se dérobent de leur propre chef par peur de cette même société. Elle engage à regarder les monstres, mais occulte pourtant les monstres dans son clip. Y compris la propre Cyndi, qui à soixante-cinq ans doit avoir moins envie de courir les rues du Queens dans sa robe d'été.

Cryptique et banale, mais d'une banalité plate, contrairement à la banalité militante et polymorphe d'antan, "Hope" ne saurait réconforter que les âmes les plus simples du purgatoire des galeux.

Mais l'essentiel dans "Hope" ce n'est pas la chanson, ni la musique, ni les paroles. Ce qui compte c'est qu'elle n'a été produite par aucune maison de disques, ou le moindre professionnel de l'industrie musicale. L'éditeur et promoteur du morceau est Novartis, l'un des plus grands groupes pharmaceutiques mondiaux et qui commercialise le Cosentyx, l'un des traitements les plus efficaces contre le psoriasis.

Cyndi Lauper a beau jeu de semer l'espoir en chantant des vers mollassons et de prodiguer tous ses conseils de méditation et de cohérence cardiaque, ce qui l'a sauvée ce sont les shoots de Cosentyx, un biomédicament ultra complexe développé dans les laboratoires les plus avant-gardistes et secrets.

Novartis s'est consacré depuis de nombreuses années à traiter le psoriasis depuis la racine. C'est-à-dire, il ne traite pas les symptômes, comme l'on faisait avant, à l'aide de crèmes et de corticoïdes – et comme on continue de faire dans les cas les plus légers –, mais en désactivant les mécanismes biologiques qui les provoquent. Depuis que l'on sait que le psoriasis est l'expression cutanée d'un groupe de maladies auto-immunes beaucoup plus profondes, la recherche s'est centrée sur la façon de modifier le système immunologique du patient pour qu'il cesse de s'attaquer à son propre organisme. Car la suppression des défenses est chose aisée, n'importe quel malade de cancer en sait quelque chose : c'est, grosso modo, ce que fait la chimiothérapie. Le tout, étant de le faire d'une façon qui soit à la fois efficace (le blanchiment de la peau et l'élimination des autres symptômes, comme l'arthrite et les rhumatismes) et sûre (ne laissant pas le patient sans défense et condamné à vivre dans une bulle aseptisée pour ne pas succomber à un simple rhume).

Je ne vois pas d'inconvénient à ce que le socialisme lauperien, fondé pour revendiquer le divertissement des jeunes filles des quartiers ouvriers, finisse par devenir un instrument du capitalisme international. Mais qu'elle veuille le dissimuler sous le reiki et la méditation, sans oser en parler franchement, me paraît moche. La Cyndi Lauper de 1983 qui voulait avancer dans la lumière se serait dite favorables aux injections de Cosentyx et aurait chanté : quand la journée de travail prend fin, les filles veulent juste soigner leur psoriasis grâce à des protocoles scientifiques attestés. Les filles ne veulent pas perdre leur temps avec des mantras tibétains ni remplacer le café par de l'eau de chia. La Cyndi Lauper de 1983, enfin, convoquerait son manager, sa mère sicilienne et ses amis brailleurs du Queens et, se trémoussant en des spasmes robotiques et agitant les pans d'une robe rouge, elle dévaliserait l'usine de Novartis et distribuerait des doses de Cosentyx entre tous ses admirateurs atteints de psoriasis. Elle les piquerait elle-même en chantant sans relâche que les filles veulent juste s'amuser. La Cyndi Lauper de 1983 ferait danser la chenille à la gourou tibétaine Pema Chödrön tout en raillant et tournant en ridicule ses cantiques sacrés.

Cyndi Lauper et moi paraissons condamnés à ne jamais nous retrouver du même côté de la vie. Mon moi adolescent, qui méprisait son envie de s'amuser et ne comprenait pas la grandeur de son socialisme, aurait suivi très attentivement les techniques de méditation de Pema Chödrön et ses conseils parascientifiques actuels, tout en dénonçant l'instrumentalisation de son message aux mains des méchants industriels pharmaceutiques, m'appuyant sur une quelconque phrase du sous-commandant Marcos comme socle argumentatif. En revanche, mon moi d'aujourd'hui, admiratif et acquis au socialisme lauperien des filles qui veulent s'amuser, ne supporte pas le mysticisme orientalisant de “Hope”. Mon moi jeune se reconnaît dans son moi vieux, et son moi jeune se reconnaît dans mon moi vieux.

Un monument tel que “Girls Just Want to Have Fun”, dont le poids dans la culture occidentale est très supérieur à la plupart des artistes et écrivains que l’on flatte dans les sections culturelles des grands journaux, ne se déprécie pas à cause d’une bagatelle automotivationelle financée par Novartis des années plus tard. Le privilège des chefs-d’œuvre précoces est de rédimer leurs auteurs de toute décadence postérieure : un éclat de génie juvénile suffit à vous prémunir contre une vieillesse désorientée.

Les galeux, les monstres, les sorcières, les lépreux et nous tous qui descendons le fleuve dans la nef des fous, jetant l’ancre aux portes des lazarets, ne voyons aucun espoir dans “Hope”, mais nous pouvons nous déhancher sur “Girls Just Want to Have Fun” tandis que les sains d’esprit, les bronzés, les bien faits, les athlètes et les gommeux sur le rivage se gaussent à notre passage. Nous pouvons continuer de proclamer notre droit de marcher à l’air libre et de nous amuser. Le socialisme lauperien vibre dans chacune des plus de vingt reprises d’une chanson qui nous gifle et nous gourmande à force de nous apitoyer. Ne te gratte plus et montre-toi. Regarde et laisse-toi regarder.

Si seulement j’avais compris cela en ces années de T-shirts noirs, lorsque je marchais à l’ombre et que je me cachais au fond des bars, mais à l’époque je n’étais pas encore le monstre que je suis à présent.

CONVERSATIONS AVEC UN ROI DE PIERRE

Outre les fleurs et l'herbe grasse, il y a sur la place de mon premier baiser un roi de pierre. Sur son piédestal, on peut lire : *Saragosse, à son grand roi Ferdinand le Catholique*. Le grand roi se tient debout et tourne le dos à la ville. Il regarde en direction de la périphérie, faisant mine de partir. S'il s'était agi d'une œuvre d'art contemporain, elle aurait pour titre *Hommage à un roi qui méprise ceux qui lui rendent hommage*, en ceci très proche d'un divisme pop moderne. On serait tenté d'ajouter à sa traîne un groupe sculpté de paparazzi criant après lui : Majesté, où allez-vous ? Pourquoi nous abandonnez-vous ? Est-ce que nous vous reverrons un jour ?

Le grand roi tient son épée dans la main gauche et ramène le bras droit à sa taille, tel un badaud distrait. Malgré l'espadon, il n'y a dans son maintien aucune martialité, ni majesté d'ailleurs. Il semble las, ennuyé, comme ces retraités qui lui tournent autour. Si au lieu d'une épée il devait tenir un journal enroulé, Ferdinand le Catholique ne se distinguerait aucunement des autres sires sur la place.

La statue est importante, d'abord en tant que témoin de ma première centrifugation linguale, mais aussi parce qu'elle marque le limes de ma ville. Je m'aventure rarement au-delà du corps du roi. Quand je sors de la maison, je marche toujours en direction du nord, vers le centre-ville. Si je m'engage vers le sud, c'est pour rejoindre l'hôpital, un lieu situé en dehors du monde civilisé.

En ce moment, je salue assez souvent le grand roi, ayant renoué avec la routine du malade après quelques années d'incrédulité, lors desquelles j'ai voulu me persuader que la peau ne méritait pas un si grand sacrifice et que le pèlerinage à l'hôpital était pour les faibles et pour les capricieux. Car moi, à la différence de tous ces guignols qui se noient dans les verres d'eau de leur propre petitesse, je pouvais tolérer quelques taches et picotements, et même accepter le regard impertinent des autres. Comme pour les études, nous ne sommes pas tous faits pour la maladie.

Je pense que le bon malade doit faire preuve d'un peu de foi. Sans ingénuité, il ne saurait y avoir de discipline ; sans la croyance dans les miracles, il est impossible de supporter les consultations médicales. J'ai réalisé cela en lisant l'une des nouvelles pour adultes que Roald Dahl a écrites, intitulée "Gelée royale".

Une nouveau-née qui ne se nourrit pas et perd du poids. Des parents affolés qui ne savent plus quoi faire. Le père, apiculteur, trouve la solution dans la gelée royale, cette substance miraculeuse hautement nutritive. Afin de convaincre la mère de la nécessité de l'administrer à l'enfant, il cite une étude : "À Mexico, en 1953, un groupe de médecins éclairés se mit à prescrire des doses minimes de gelée royale contre des maux tels que la polynévrite, l'arthrite, le diabète, l'autointoxication due au tabac, l'impuissance des hommes, l'asthme, le croup, la goutte, etc. Nous possédons des piles de témoignages signés... Un agent de change connu de Mexico était atteint d'un psoriasis particulièrement tenace. À peu près défiguré par cette maladie, il perdit une partie de sa clientèle. Ses affaires s'en ressentirent. Désespéré, il eut recours à la gelée royale – une goutte à chaque repas – et ni vu ni connu ! Il était guéri en quinze jours."

Alléluia, miracle !

L'histoire de Roald Dahl est une fable, c'est pourquoi elle est si vraie. Elle parle de cette potion rarissime et très chère ou de cet onguent élémentaire et accessible que tout monstre aspire à trouver. Ils nous l'ont promis, tous ces médecins, parents, gens à peine rencontrés, individus qui connaissent d'autres individus qui en sont ravis. Tu devrais essayer. Qu'aurais-tu à y perdre. Combien de gelées royales ne m'a-t-on pas prescrites ? Combien de courtiers en Bourse guéris grâce à un remède infaillible ne m'a-t-on pas révélés pendant toutes ces années ?

Dahl nous parle du commerce de l'espoir, le plus rentable de tous, semblable au pacte faustien : quel monstre ne vendrait-il pas l'âme qu'il ne possède pas s'il pouvait, en échange, promener fièrement sa nudité sur la plage ? L'âme, dans le cas de ma maladie, ce sont souvent les organes internes. Les reins et le foie. Car, ce que Roald Dahl ne dit pas, c'est qu'aucune gelée royale ne soigne gratuitement. La mythologie regorge de Narcisses qui se sont ruinés pour avoir la possibilité de se regarder dans la glace sans éprouver de honte. Rien qu'un rapide coup d'œil dans la mare, juste avant de s'y noyer, payant pour cela le prix fort, bien qu'en se noyant, traversés par cette conscience aiguë de la mort imminente, la plupart se soient dit : je ne regrette pas.

Ma première gelée royale s'appelait ciclosporine. Un médicament antirejet que l'on prescrit aux patients transplantés. Il agit comme inhibiteur du système immunitaire, mais à peine : supprimant juste ce qu'il faut des défenses pour qu'elles n'attaquent pas le nouvel organe, évitant ainsi le rejet. En l'administrant, on découvrit qu'il avait un effet bénéfique sur plusieurs maladies auto-immunes. Sans aller jusqu'à les soigner, puisqu'elles sont incurables, il en réduisait, éliminait même, les symptômes. Dans le cas du psoriasis, il faisait disparaître les taches, du moins les réduisait-il considérablement.

Lorsque la dermatologue a évoqué le miracle de la ciclosporine, j'en avais par-dessus la tête des crèmes, pommades, emplâtres, sessions d'UV et bains de goudron de houille. Il n'y avait que les sangsues et les incantations que je n'avais pas encore testées. J'ai donc accueilli avec joie la proposition d'avaler trois cachets tous les jours et d'oublier le reste.

Mais il y a un hic, m'a-t-elle dit. La ciclosporine est particulièrement toxique et se concentre dans les reins, lesquels sont incapables d'en éliminer les toxines. Au bout d'un an, il convient d'abandonner le traitement afin d'éviter une insuffisance rénale. C'est-à-dire, quand tout se passe bien et qu'on n'est pas obligé de l'arrêter précocement.

Elle pouvait aussi attaquer sérieusement le foie et le cœur, raison pour laquelle je devais mener des contrôles stricts : prendre ma tension tous les deux jours (et arrêter la prise du médicament au moindre signe d'hypertension) et faire analyser mon sang et mon urine tous les mois. Comme je suis un type plutôt costaud, j'avais droit à une dose de cheval : six cents milligrammes par jour, à savoir trois cachets de deux cents. Autrement dit, beaucoup de boulot pour les reins. Beaucoup trop.

Et alors ? Tamponnez-moi ce papier que je file à la pharmacie. Qu'importe que mon intérieur moisisse si je peux afficher un extérieur. Personne n'ira voir mes reins ou mes artères. Les foutre en l'air est un risque acceptable si cela me permet d'en finir pour toujours avec les regards dans le train ou au bureau. Le tampon, vite, je veux commencer dès aujourd'hui. Je veux être normal. Normal. Ne me faites miroiter ni la beauté ni la jeunesse dont je n'ai ni envie ni besoin. Offrez-moi simplement la normalité, la dilution dans la masse, le costume gris, le profil type. Faites, s'il vous plaît, qu'on cesse de me regarder.

Rendez-moi invisible, je vous en supplie.

Bimbamboum, abracadabra, que ce monstre disparaisse à jamais de notre vue.

J'ai été assez satisfait de cette potion magique, surtout pendant la première année. Les taches se sont résorbées très sensiblement et j'ai à nouveau remonté mes manches sans pour cela devoir réaliser des prouesses. Mais la maladie apprenant vite, au commencement de la deuxième année ses effets ont été moindres. Mes anticorps fous avaient trouvé la façon de déjouer les attaques. J'étais en train de me détruire les reins pour rien.

En 2014, j'ai atteint mon pic de tolérance à la ciclosporine. Bien qu'ayant connu très peu d'effets indésirables (les reins tenaient bon, malgré tout, et ma tension, parfois un peu haute, ne s'était pas emballée davantage), le protocole médical m'a obligé à y mettre fin, puisque la toxicité est accumulative et persistante. C'était mon deuxième traitement de deux ans, je ne me ferais plus tamponner d'ordonnances. Et puis, l'arthrite est apparue, compagnon de route des taches sur la peau. Douleurs aux mains et aux pieds, mais surtout à la colonne, où les articulations entre les vertèbres, consistant en une sorte de gel, commençaient à se calcifier. La ciclosporine n'avait aucune juridiction sur cette expression intérieure et beaucoup plus philosophique du psoriasis extérieur. La dermatologue a conclu, en y joignant le geste nonchalant des dermatologues qui ont tout vu, qu'il était temps de passer à la vitesse supérieure.

Méthotrexate est le mot qui a surgi lors de cette consultation. "Essayons le méthotrexate, a-t-elle dit, avant de passer aux biomédicaments." Elle a alors renseigné à la main mon dossier clinique, tandis que je la contemplais en silence, fasciné par la façon dont ce manuscrit s'allongeait, et un peu amusé aussi par le côté archaïque des rituels. On était en 2014 et l'on consignait encore chaque acte médical sur des formulaires que l'on rangeait dans ces enveloppes gigantesques. On emploie la technologie la plus avancée pour essayer de me soigner, ai-je pensé, mais on note tout comme au XVe siècle. L'infirmière, dans une même liturgie, remplissait et tamponnait les ordonnances pour une batterie d'examens : pneumothorax, électrocardiogramme, analyse de ci et de ça, vaccins, le manège habituel. Je les ai attrapées en silence et les ai rangées dans mon sac en toile.

— Le traitement se fera à l'hôpital, m'a-t-elle dit, vous ne viendrez plus au cabinet.

Un nouveau rite de passage dans la vie du malade chronique. Le temps de la maturité. Je me console en me disant qu'après l'hôpital, il n'y a plus rien, que c'est le stade ultime, celui des malades pata negra. Je serai dès lors celui qui regarde par-dessus l'épaule ces malades de soins ambulatoires ou de dispensaire : moi, Monsieur, j'allais à l'hôpital, comme les malades professionnels. Je ne ferai plus mon psoriasis en amateur, à mes heures perdues ; non, désormais je m'y consacrerai à temps plein..

Je n'ai rien dit, ne voulant pas blesser l'orgueil de ma dermatologue, vu que les médecins n'aiment pas trop que leurs patients sachent de quoi il retourne dès qu'ils énumèrent des traitements, mais le méthotrexate m'était archi-familier. Je savais que c'était un inhibiteur enzymatique, c'est-à-dire un médicament qui bloque la synthèse de certaines molécules, empêchant le corps de fabriquer une série d'enzymes, dont l'acide folique. Le méthotrexate fut développé dans les années 1940 dans le but exclusif de prévenir la production de cet acide, après que l'un des plus grands génies médicaux du siècle, le docteur Sidney Farber, eut découvert que les enfants atteints de leucémie dans son hôpital de Boston allaient mieux lorsqu'on en réduisait la concentration.

J'ai vu couler le contenu de bien des pochettes de méthotrexate dans des tubes en silicone. Et ce, dans le même contexte que l'usage qu'en faisait le docteur Farber : injecté dans les veines d'un enfant atteint de leucémie. C'est pourquoi je n'ai rien dit, tandis que la dermatologue finissait de remplir mon dossier médical et numérotait les feuilles, que l'on pourrait relier après toutes ces années d'emplâtres, de bains de goudron, de crèmes, d'UV et de cachets. Qu'aurais-je bien pu lui dire ? Que je connaissais jusqu'aux posologies recommandées chez l'enfant ? Que j'avais assisté à tellement de perfusions de méthotrexate que je pouvais les administrer moi-même, infirmier éprouvé, bien que sans diplôme ? Que je connaissais la vie du docteur Farber par cœur et que je savais donc que, jusqu'à la veille de ses découvertes et de son travail génial, les médecins comme lui se contentaient d'édulcorer avec un peu de morphine la mort des enfants qu'ils devaient soigner ? Je ne pouvais rien lui dire de tout cela, parce que mon fils ne s'en était pas tiré, parce que les quantités de méthotrexate qu'on lui administra – et qui ne constituaient qu'une infime partie de toute la chimiothérapie qui circula dans ses veines – n'avaient eu aucun effet ; et c'est pourquoi le nom de cette substance n'évoque pas pour moi un tournant dans l'histoire de la médecine, sinon ma douleur, que j'emmène partout avec moi, palpitant dans un creux sous le sternum.

Comment pourrais-je lâcher une chose pareille sans briser le climat d'indifférence nécessaire à toute consultation médicale ? L'infirmière n'aurait su comment continuer à tamponner mes ordonnances ni la doctoresse comment finir de remplir normalement la suite de mon dossier. Nous étions en dermatologie, autrement dit, dans le royaume du superficiel. Là où les gens vont se faire enlever des verrues et se regardent dans le miroir magique. On y parle hydratation et collagène. Tout au plus, des répercussions de l'acné sur vos conditions de travail, si vous répugnez vos collègues ou si votre chef vous colle à l'entrepôt pour préserver son image auprès des clients. Je n'étais pas sans savoir, d'après les questionnaires qu'on me demandait de remplir sur la façon dont la maladie affectait ma vie quotidienne et mon estime personnelle, que les dermatologues s'inquiètent beaucoup de savoir si tu baises ou non, si tu baises bien, de manière satisfaisante, mais ne se soucient guère des états brumeux de l'âme et, moins encore, des tristesses incurables. Lors d'une consultation, on s'occupe des complexes physiques dont parlent les magazines de mode, et rien d'autre. Pattes d'oie, cellulite, stries, etc. De fait, la doctoresse paraît toujours désappointée, voire sarcastique dès que je coche la case "en rien" à la question en quoi le mal perturbe mes rapports sexuels. Je vois bien qu'elle n'y croit pas. À un moment j'ai dû cocher "un peu" pour lui faire plaisir, et je pense qu'elle me sut gré de lui donner un peu de mélodrame à se mettre sous la dent. En le lisant, elle a pris un air entendu.

Depuis le milieu du XXe siècle, le méthotrexate est utilisé pour traiter l'arthrite et certaines maladies auto-immunes, puisque l'inhibition de l'acide folique a un effet anti-inflammatoire surpuissant. Bien que très toxique, un rein en bonne santé parvient à le filtrer sans trop de difficulté, et il n'a pas non plus les effets dévastateurs de la chimiothérapie conventionnelle : il ne vous ravage pas le système digestif, et n'entraîne pas la perte des cheveux, mais peut sérieusement endommager le foie et les poumons. J'étais le candidat idéal pour recevoir mon lot d'injections, et les examens qu'on me prescrivait avaient pour objectif de déterminer jusqu'où mon corps pourrait les supporter.

J'ai dit au revoir. La doctoresse a levé un instant le nez de mon dossier pour m'adresser un sourire et prendre congé jusqu'à la prochaine consultation.

— On se verra à l'hôpital, m'a-t-elle rappelé, comme un professeur qui vient de titulariser un bon étudiant.

J'ai fermé la porte, je suis monté dans un ascenseur bondé et je suis sorti dans la rue d'un pas résolu, m'éloignant de cet immeuble triste de la santé publique, qui n'avait pas été rénové depuis l'époque de Sidney Farber et dont les couloirs et les escaliers dégageaient encore une odeur d'hospice, de désinfectant et de haussements d'épaules, ceux des gardiens plantés dans les recoins, sortes de Charons renfrognés que l'on ne paye plus pour bateler.

Je n'avais rien mangé ce matin-là, mais je n'avais pas faim. Mon estomac s'est noué et j'ai été saisi de légères nausées. Méthotrexate, me répétais-je, comme qui chante pour soi une mélodie accrocheuse. Méthotrexate. J'ai déambulé dans le quartier des arènes, à travers des rues que je ne fréquentais plus depuis des années. C'était un quartier ancien et délabré, avec ses cordes à linge et ses bonbonnes de gaz sur les balcons, des terrains vagues et des types suspects d'un quelconque crime qui me toisaient d'un air narquois à l'entrée des cafés miteux de la canaille. Méthotrexate, pensais-je, tandis que mes semelles foulaient des pavés fendus et des flaques d'eau croupie. Je me suis égaré pendant une ou deux minutes, jusqu'à reconnaître l'arche de l'église de Saint-Jacques-le-Majeur, repaire habituel des putains les plus tristes de toute la ville. Jadis, elles montaient la garde de jour comme de nuit, hâves, livides, précadavériques, mais la ville avait dû leur trouver un nouvel emplacement, vu qu'il n'en restait plus la moindre trace. Inhibées, comme l'acide folique. Sans doute y a-t-il des gens pour qui la ville s'en trouve mieux, en meilleure santé. Le méthotrexate municipal élimine les taches visibles, comme ces pauvres putains, mais laisse un paquet de toxines dans tous ces logements sans climatisation et dont les balcons exsudent cris, airs de flamenquito et relents de friture.

Que c'est moche, ai-je alors pensé, de recourir ainsi à la maladie comme métaphore pour expliquer la déchéance de ces quartiers et les misères de la politique municipale. Je m'en veux terriblement chaque fois que je tombe dans ce lieu commun, qui du reste tient moins de la métaphore que du langage courant. Susan Sontag a écrit un livre intitulé *La Maladie comme métaphore*, grâce auquel j'ai appris à quel point il était aberrant de transposer la sémantique de la maladie et de la santé aux phénomènes sociaux et politiques. Lorsqu'on compare la corruption à un cancer, ou quand les élus évoquent leurs actions comme autant de cures, ou quand on parle de la nation comme d'un patient nécessitant des “chirurgiens de fer” ou des docteurs pour soigner le mal du chômage ou de la pauvreté, tout s'avilit dans une abjection invisible, puisque l'on renforce la notion classique de maladie comme pestilence. Cette chose qu'il faut extirper, trancher, opérer. Plutôt que faire l'objet de soins, le malade devient un foyer infectieux qu'il convient d'éradiquer, un revirement qui se retrouve dans la façon dont on parle de lui.

Avant que le coronavirus ne s'érige en peste contemporaine, avec la fureur des pires fléaux, le cancer, épitomé de toutes les maladies passées et présentes, se prêtait aux ardeurs belliqueuses plus qu'aucun autre mal. Richard Nixon déclara *War on Cancer*, la guerre contre le cancer, le 23 décembre 1971. Et il le fit avec la solennité que l'on réserve aux véritables guerres, en signant publiquement une loi à cet effet. Il destina un milliard et demi de dollars pour financer la recherche et des traitements, inspirés pour la plupart des percées en matière de médecine de guerre : sans armes chimiques, pas de chimiothérapie. Un demi-siècle plus tard, on peut dire que la guerre de Nixon est perdue pour la grande majorité des tumeurs, même s'il ne manquera pas quelques propagandistes pour clamer le contraire, renforçant au passage cette rhétorique militaire et claironnante qui s'accorde si mal avec le silence des couloirs d'hôpitaux et la sérénité dolente des alèses.

La maladie est une forme bâtarde d'identité, un état aqueux dans lequel le malade ne sait jamais quoi penser de lui-même. Dans le monde des bien-portants, tout est très clair et l'on trouve aisément les costumes et les répertoires pour mener à bien la représentation. On peut parfaitement vivre en endossant le rôle de parent, d'amoureux, de professionnel dans tel ou tel domaine, de sportif, de riche ou de pauvre, de beau mec ou encore de supporter du Real Bétis. Mais personne ne sait vivre dans le rôle du malade, combien même le diabète est un marqueur d'identité plus profond que toute autre appartenance sociale ou nationale. N'est-on pas diabétique avant d'être Français par exemple ?

L'image du malade comme combattant provient autant du besoin du souffrant de contempler dans le miroir une image dignifiée de lui-même contrôlant encore sa vie que de l'idée de peste. La métaphore belliqueuse est un réflexe que l'on retrouve dans la bouche du premier venu : je vais me battre, nous vaincrons, n'abandonne pas.

C'est une forme maladroite de consolation, en ceci pléonastique, toutes les consolations étant maladroites. L'élégance comporte toujours une touche de cynisme et d'autodestruction.

On opposera à cela qu'on ne saurait remettre en question la consolation de personne, qu'il n'y a aucun mal à s'accrocher à l'illusion que si un malade se lève tôt, fait ses ablutions, sourit et se montre en toute circonstance solide et vaillant, c'est qu'il combat son mal. Et c'est vrai : il n'y a rien à reprocher à qui ne supporte pas sa propre fragilité. Le reproche est pour les autres, pour ceux qui encouragent depuis les tribunes, pour ceux qui agitent les poings et brandissent des pancartes, pour ceux qui applaudissent en criant “ne te laisse pas abattre”. Car, en agissant de la sorte, ils rendent le malade coupable de sa maladie. Ils sous-entendent que s'il ne guérit pas, c'est qu'il ne s'en donne pas les moyens. Ils lui font endosser la responsabilité de les encourager dans leur réconfort. Ce sont les bien-portants qui ont besoin de voir les malades heureux, afin de conjurer les orages et berner leur hypocondrie. Et pour pouvoir interagir avec eux, car personne ne souhaite rendre visite à un malade grincheux, déprimé ou cynique. Personne ne veut donner du feu à un malade du cancer qui persiste à fumer, mais tout le monde lui promet des bonbons s'il arrête la clope.

Ce qui me ramène au décès de l'une de mes tantes, il y a bientôt vingt ans. On lui a diagnostiqué un cancer atroce, au stade métastasique. Elle n'est jamais allée voir de médecin, malgré les symptômes, et lorsque la douleur et les saignements sont devenus intenables, il était trop tard. Elle a été admise à l'hôpital et est morte en quelques semaines seulement. J'habitais alors avec ma sorcière, celle avec son tarot, et je suis allé rendre visite à ma tante à l'hôpital, en compagnie de toute ma famille. À l'époque, je fumais occasionnellement, plus pour les pétards que pour le tabac en soi, et il était encore possible de fumer dans les hôpitaux. Il fallait, certes, s'éloigner du service, mais dans les couloirs et dans les salles d'attente, les gens enchaînaient compulsivement les cigarettes et remplissaient les cendriers de leurs mégots. J'ai quitté la chambre pour m'en griller une lorsqu'un vieux monsieur, dans sa blouse d'hôpital, est venu me voir. Chauve, avec de longues mains tordues par l'arthrose.

— Aurais-tu la gentillesse de me donner une cigarette, mon petit ? m'a-t-il dit.

— Je vous en prie, monsieur, servez-vous, ai-je répondu en ouvrant grand le paquet.

Je lui ai tendu la flamme de mon briquet, qu'il a protégée de ses mains ligneuses, et n'ayant aspiré qu'une seule bouffée, il s'est désarticulé en un accès de toux. C'était une toux terminale, chtonienne, sortie du tréfonds de poumons qui ne devaient être guère plus qu'un tas de cendres.

Abruti, me suis-je sermonné, tu es en oncologie et tu viens d'allumer une cigarette à un malade de cancer. Qu'as-tu donc dans le crâne ?

Je lui ai administré des petites tapes dans le dos et je lui ai demandé si ça allait, s'il voulait que j'appelle quelqu'un, mais lui, alors que la toux déclinait, faisait non de ses grandes mains.

Merci, vraiment, suis-je parvenu à entendre.

Il a tiré encore deux fois, s'est remis à tousser, mais je n'ai rien tenté alors, persuadé par ses gestes. Il a écrasé la cigarette, à moitié consumée.

— Ah, que c'est bon, l'ai-je entendu proférer tout en prenant congé de la main droite. Je suis retourné dans la chambre.

Je me suis senti terriblement coupable et j'ai décidé de ne rien dire à personne, au cas où surgirait un fils furieux, cherchant le crétin qui avait filé une clope à son père. Avec le temps, n'empêche, j'ai commencé à ressentir une petite fierté. L'homme était plongé jusqu'au nombril dans les eaux du Léthé et je suis à peu près certain que cette cigarette a été l'une de ses dernières transgressions. Il se savait condamné et il est venu me voir, fuyant une famille qui lui avait ôté le sel, le vin, le chorizo et la cigarette, tous sacrifices religieux sur l'autel d'une santé perdue à jamais. C'était un adieu à soi-même parfaitement recevable, mais que les enfants, pleins de sollicitude, refusent d'ordinaire aux parents mourants.

Même si je ne fume plus, je préfère donner du feu que des bonbons à la menthe, des clopes plutôt que des conseils, et un verre bien rempli plutôt que des mots d'encouragement. Je crois que la fatalité n'a nul besoin de consolation, mais de bonne compagnie et d'une bonne blague pour passer le temps.

Le monde, en général, pense tout le contraire.

Cette manie de haranguer les malades permet de distinguer les forts des faibles. La société protège et flatte les optimistes qui se battent mais bannit les ronchons qui demandent des cigarettes dans les couloirs d'hôpital. C'est une façon postmoderne de les faire monter dans la nef des fous ou de leur attacher des cloches et de les conduire au lazaret. Au bout du compte, s'ils ont choisi de ne pas se battre et de se vautrer dans leur propre nihilisme, c'est qu'ils méritent l'opprobre et la répulsion populaire. Ils ne devraient même pas avoir droit à la visite de ces bénévoles qui font la tournée des chambres d'hôpital avec du café clair et un cake, goûtez-y, il vient directement de chez ma mère, un régal. Allez-y sans crainte, elle le fait sans sucre pour que vous puissiez en manger aussi.

Les hôpitaux au Moyen Âge étaient des établissements offrant l'hospitalité aux voyageurs, lesquels en étaient les pensionnaires. Vu que ces marcheurs y débarquaient souvent en piteux état et que les hôpitaux proposaient quantité de services réparateurs, on associa petit à petit l'institution avec le soin des os. Et outre le repos de ceux-ci soumis aux rigueurs du chemin, il était tout aussi important de désinfecter les blessures et sécher les ampoules aux pieds. Du reste, les premiers hôpitaux pouvant être considérés comme les prédécesseurs directs de ceux que l'on connaît aujourd'hui sont apparus au tournant du XVe siècle, sorte de mélange de dispensaire, de lazaret et de maison de fous, régis par la charité d'un quelconque ordre religieux et financés par les âmes pieuses de la ville, laquelle, en enfermant ses rogneux, évitait de les croiser dans la rue. Jusqu'à la révolution de la médecine moderne, ces établissements furent l'antichambre de la mort, le lieu où s'apitoyer des agonisants, des aliénés, et des immondes, loin du regard public.

Ils en conservent une trace dans la façon dont on les conçoit encore à ce jour : à l'écart, traçant une frontière nette avec le monde des bien-portants, pleins d'accès interdits et de dédales où se perd le profane. Les patients ne sont plus là pour mourir

– du moins pas tous –, mais pour se soustraire aux yeux du monde. Quiconque s'imaginerait que cela est fait pour préserver leur intimité n'a pas été malade et ne s'est pas souvent rendu à l'hôpital. Le malade renonce à toute forme d'intimité dès l'instant qu'il remplit son admission. Il n'y a pas de place pour la pudeur dans cette forêt de sondes et de blouses laissant les fesses à l'air.

Les médecins les plus réfléchis et les moins solipsistes font preuve de sensibilité et plaident pour des hôpitaux intégrés dans le monde des bien-portants. Non pas tant pour que les personnes en bonne santé voient des malades, mais pour que ces derniers ne se sentent pas ostracisés. L'hôpital des enfants Sant Joan de Déu, à Barcelone, imagina une salle de chimiothérapie en rez-de-chaussée à la façade en vitres teintées. Les enfants sous perfusion peuvent ainsi observer les voitures et les passants comme s'ils mangeaient une glace en terrasse, sans toutefois être vus par ces derniers. Ils sont ainsi tenus à l'abri des regards compatissants ou écœurés, sans pour autant se sentir comme des pestiférés. Les passants, eux, voient un mur réfléchissant, comme une métaphore sublime : le malade, c'est toi.

Ces détails, de plus en plus courants, révèlent une prise de conscience qui n'a plus rien à voir avec les comparaisons guerrières. En altérant la configuration hospitalière traditionnelle, on déclare ne plus croire en des luttes ou des combats contre les maladies longues, mais en la fragilité humaine. Plus qu'un bond en avant, c'est un triple saut vrillé qui sépare la vision du malade comme un combattant de l'être humain qui souffre. Il y a plusieurs fossés moraux entre celui qui encourage le malade et celui qui lui fait la conversation sans le juger, ne serait-ce que pour l'écouter grogner, râler ou pester.

Pourtant, et bien que cette sensibilité commence à se frayer un passage dans l'épais feuillage, l'idée du malade qui lutte, non seulement persiste, mais continue de dominer la frondaison sociale jusqu'à l'asphyxie. Elle est à ce point admise que l'on ne saurait décourager un encourageur sans le froisser.

Je ne devrais pas réfléchir en marchant, me dis-je. Toutes ces idées confuses m'accablent parce que je n'ai pas de musique dans les oreilles pour m'abrutir et que j'erre sans but aucun dans ma ville. Lorsqu'on déambule, l'esprit aussi se met à déambuler, empruntant les mêmes rues défoncées et secondaires. Tantôt déboulant sur l'avenue, tantôt cherchant l'ombre d'une place, s'arrêtant devant une vitrine, ou hésitant à un embranchement. Je ressasse de vieilles idées, je tourne en rond sans jamais arriver nulle part. Je pense à l'hôpital parce que je ne veux pas y aller, parce que je martèle les “t” et le “x” du méthotrexate. Je m'imagine qu'en pensant à l'histoire des hôpitaux et à la maladie comme pestilence, je parviendrai à garder la main sur ce qui m'attend. Je ne cherche pas de consolation. Je cherche un peu de dignité, à entrer dans ma nouvelle condition de malade professionnel avec fermeté et recul. Je voudrais m'attifer en dandy et contempler les docteurs et les infirmières comme le personnel d'un manoir que je ne peux plus m'offrir. Je veux vivre avec l'arrogance du noble ruiné qui l'ignore parce qu'il n'a jamais consulté ses relevés bancaires. J'argumente contre ceux qui perçoivent la maladie comme un combat parce que je ne supporte pas qu'on me raconte des histoires et je veux m'accorder le plaisir de fustiger le premier imbécile qui m'enjoindra de me montrer discipliné et vaillant.

Le sérieux m'indispose. Méthotrexate est un mot trop sérieux, employé dans des affaires trop sérieuses, alors que ma peau ne l'est pas. Valéry a beau écrire que rien n'est plus profond que la peau et j'ai beau continuer à bavasser sur elle, la peau ne devrait pas compter autant. Elle devrait être une affaire de maquilleurs, et non de médecins. Pourquoi ne pas me contenter de la station thermale ? Pourquoi n'irais-je pas passer une année à Alhama de Aragón et m'y oublier, affalé de tout mon long sur ma propre frivolité ? On ne devrait pas aller à l'hôpital pour des histoires aussi triviales. Je prends le méthotrexate à un enfant qui en a réellement besoin.

Oui, je sais, poursuis-je pour moi-même, il y a l'arthrite également, et ce mal de dos que je ne supporte plus, et la propagation des taches, qui lorsqu'elles auront tout envahi, cesseront d'être un tracas esthétique et mettront à mal le fonctionnement interne de mon corps. Puisque je vous le dis, j'ai tout lu à ce sujet, un psoriasis non traité peut entraîner d'autres maladies, y compris le cancer, et cette douleur à la colonne peut me mener tout droit au fauteuil roulant. Je le sais, je sais tout cela, me dis-je – et je soupçonne de me l'être dit tout haut, parce que deux dames m'ont regardé comme on regarde les gens qui causent seuls dans la rue –, mais jusqu'à présent on ne faisait que jouer au monstre. On en rigolait même en affolant les chochottes ou en écoutant les diatribes de ma mère pour qui mes écarts de conduite – tu manges mal, tu bois trop, fais attention quand même, à force de sortir et de rentrer à pas d'heure – m'avaient valu cette lèpre biblique. Le passage à l'hosto et au méthotrexate coupait court à la rigolade et me plaçait du côté sérieux des choses.

Je tournais en rond depuis plus d'une heure lorsque je me suis retrouvé une nouvelle fois sur le boulevard menant à l'hôpital, qui commençait à se remplir de citoyens pressés montant et descendant du tram et s'en retournant chez eux avec une baguette sous le bras. Moi aussi je ferais mieux d'aller acheter du pain, de rentrer à la maison et de préparer à manger, dans cette maison remplie de ma propre poussière grasse, de laisser des gouttelettes de sang dans les draps et de balayer les écailles qui s'agglutinent dans le couloir. Je me suis arrêté devant une boulangerie, sans me décider à entrer. J'avais toujours aussi peu faim, aussi ai-je emprunté le boulevard Fernando el Católico en direction du sud, comme un vieil homme avare de soleil. C'était un matin exceptionnel de printemps dans une ville qui ne connaît pas le printemps, passant du froid hurlant à la chaleur équatoriale en l'espace d'une semaine. C'était une matinée authentiquement printanière, digne de pays plus civilisés. J'aurais eu tort de rester enfermé à la maison, du moins l'ai-je prétexté pour faire durer la balade.

Des grappes d'étudiants traversaient la place San Francisco dans toutes les directions. Entrant et sortant du campus, dont le portail s'érige sur le côté est : une structure de granit édifiée à l'époque fasciste où l'on peut lire en capitales romaines *Cité Universitaire*, comme on lirait ailleurs *Le travail rend libre* ou *Duce, Duce, Duce*. La place a été conçue comme un cloître, un quadrilatère entouré de colonnes, et il n'est pas jusqu'au saint qui porte son nom qui n'évoque l'austérité et le recueillement nécessaires aux candidats aspirant à la sagesse. Au centre, la statue du grand roi catholique vient briser tout idéalisme scholastique en nous rappelant que ce n'est là que l'expression d'un pouvoir. Archi-vulgaire, comme toutes les expressions de pouvoir. Un pastiche grossier dans lequel les vainqueurs de la guerre ont voulu mêler l'académie à la propagande nationale-catholique. Heureusement, personne ne semble le remarquer. Aucun urbanisme ne résiste au chahut quotidien des étudiants. Leurs semelles frottent les aspérités du granit jusqu'à le rendre aussi lisse qu'un galet roulé, et la bière bon marché des bars alentour agit sur les discours de propagande comme le méthotrexate sur l'acide folique. Qui se soucie encore des vainqueurs de cette guerre ? S'ils savaient tout ce que les générations successives d'étudiants ont fait de leur héritage, les profanations que le grand roi catholique a endurées, les dégueulis qu'il a fallu nettoyer, les éclats de rire qui, à force, ont fini par fissurer cette solennité rectiligne. C'est peu dire que deux gamins qui s'identifiaient comme les petits-enfants des vaincus de la guerre civile se sont galochés avec ardeur au milieu de ces pierres érigées par les vainqueurs de cette même guerre.

Me voilà à nouveau en train de comparer la ville à un corps. Je me laisse aller dès que je me pose sur un banc. C'est plus fort que moi, n'en déplaise à Susan Sontag : la ville est un corps vivant. J'ignore si je le dis comme une métaphore ou si je crois sincèrement que les pierres, les câbles et les lampadaires ont une vie propre, comme ma chère sorcière – qu'est-elle devenue, d'ailleurs, j'espère qu'elle a gagné un max d'argent dans la publicité – croyait que si quelqu'un touchait son jeu de tarot, il se démagnétisait. J'imagine la ville, cette place, comme un golem. Quelqu'un l'a façonnée et lui a insufflé la vie dans l'espoir qu'elle se soumette toujours à sa volonté. Mais l'enchantement ne prend pas. Le golem rencontre d'autres gens, développe ses propres idées, cuit dans d'autres fours et se laisse taguer par des passants. Les maires érigent des places et des avenues pour leur grandissime gloire et celle de leurs rois, et puis les étudiants en font autre chose. De ce fascisme-là il ne reste plus qu'un relent collé aux rideaux, ou ce plafond jauni par la cigarette de grand-père, décédé il y a longtemps maintenant.

Mon corps subit les mêmes érosions que les places fascistes. Quelque projet que j'aurais pu formuler pour lui il y a vingt ans a échoué. Ça ne me tracasse pas. Ça ne me chagrine même pas. Jusqu'à ce jour, je cohabitais en paix avec ma monstruosité. C'était l'œuvre du temps sur ma personne, comme la rouille et les craquelures maquillent les rues.

Je m'en ouvre à cette statue qui m'amuse tant, parce que les confessions importantes doivent être dites à qui cela n'intéresse pas. C'est ce qui depuis toujours fait vivre les curés : écouter des péchés dont ils se contrefichent. Autrement, ils ne pourraient les absoudre. Grand roi, vous qui tournez le dos à la ville qui dit vous aimer tant, je n'irai pas là vers où vous regardez. Parce que je viens de m'apercevoir que c'est l'hôpital que vous regardez. Vous avez une urgence médicale invisible à l'œil nu. Un accès de goutte, quelque chose de très royal. Je veux vous dire que je n'irai pas me faire injecter du méthotrexate. Ni le prendre en cachets, j'ignore comment on vous l'administre. Ça m'est égal. Saviez-vous que mon centre de soins m'a délivré une attestation de malade chronique ? Elle est rédigée en espagnol et en anglais, et je dois l'avoir sur moi partout à l'étranger, en cas de prise en charge urgente, pour informer les soignants de mon diagnostic et du traitement que je suis. C'est comme si on m'avait collé une étiquette *Attention Fragile* sur le front. Vous, qui étiez tout le temps fourré à l'étranger, prince de tant de pays, vous n'aviez rien de semblable. La monarchie commença à péricliter lorsque les rois reçurent leurs attestations de malades chroniques. La monarchie elle-même fut appréhendée comme une maladie. Bref, je m'égare et j'empiète sur le politique. Je ne vais pas suivre ce traitement. Je suis fatigué. Je ne veux pas me lier d'amitié avec une infirmière âgée, qui, parce qu'elle est à deux doigts de prendre sa retraite, se retrouve à administrer des perfusions de méthotrexate en horaire matinal, sans tours de garde ni patients difficiles. Je ne veux pas faire partie de ces prévenances.

Comme le grand roi, de tout ça, franchement, il s'en battait l'œil, je m'évitais la réponse que n'importe quelle personne en chair et en os m'aurait faite. J'évitais de me faire traiter d'idiot, de me farcir la liste des avantages qu'il y avait à me faire soigner, d'écouter combien toutes mes craintes étaient infondées et combien hors de propos étaient mes réflexions, y compris celle qui me rattache, à travers le mot méthotrexate, à mon fils décédé.

Excellente conversation, grand roi Ferdinand le Catholique. Je n'hésiterai pas à venir te raconter tous mes projets. Tu ne les juges pas, tu ne portes pas à la tête tes mains de pierre. Tu ne me regardes même pas. Tu es le conseiller parfait.

Ce matin de printemps de 2014, j'ai renoncé à la maladie et j'ai laissé bourgeonner le plaisir. Je ne suis plus allé voir le médecin, arguant que je n'avais pas de temps à perdre avec ces âneries, et personne ne me l'a reproché. Je pouvais même donner une touche de vernis social à ma lâcheté. N'était-il pas égoïste de prétendre que la santé publique alloue à mes petites taches d'énormes ressources qu'elle pourrait destiner à de meilleurs traitements pour les enfants ? De quel droit parasitais-je le système pour me débarrasser de quelques écailles ? Est-ce que la société était obligée de me financer une meilleure estime personnelle ? Devrait-elle me payer aussi les vêtements et la crème hydratante ?

Je me suis levé, j'ai dit au revoir au grand roi d'un geste de la main, j'ai acheté une baguette et je suis rentré à la maison, très content de ma résolution. Je croyais presque mes propres raisons, du reste parfaitement exposées, étant donné que tout ce que l'on pense au cours d'une balade de printemps nous paraît sensé. En hiver ou en été ces phrases me seraient venues grelottantes ou hallucinées et j'aurais accepté d'aller à l'hôpital et de m'enquiller tout le méthotrexate à disposition, mais le printemps est persuasif. En plus, je m'imaginais fort.

C'était le plus ahurissant. Je me sentais vigoureux et confiant, sans raison aucune. Ces quelques petites taches n'allaient pas commander ma vie. Il suffisait d'un peu d'ingéniosité dans l'habillage, en gros de renoncer aux chemisettes et aux bermudas. Il y aurait toujours un impertinent pour s'étonner de me voir porter une chemise boutonnée en pleine canicule, mais j'avais appris, grâce à Staline, à choisir des tissus en coton légers et respirants dans lesquels on pouvait traverser le Sahara en transpirant à peine. Il me serait plus difficile d'éviter la plage, avec un jeune enfant amoureux du sable et des vagues, mais l'on trouverait toujours des criques et des rades à moitié désertes, car il en reste encore, pour y rôtir au soleil tel un John Updike quelconque.

Rien que des inconvénients mineurs avec lesquels on pouvait vivre correctement et qui, en échange, m'évitaient l'humiliation de devoir parler de ma maladie comme d'un combat, ce qui, au-delà de tous les scrupules moraux précédemment cités, me mette mal à l'aise, me plonge même dans un franc embarras quand je l'entends dire aux autres. “En guerre avec ma peau” est le titre du chapitre que John Updike consacre à son psoriasis dans ses Mémoires. Sans en faire un discours de lutte contre la maladie, il en accepte néanmoins la rhétorique militaire, certes plus élégante et subtile, mais allant tout de même dans le même sens. Cyndi Lauper parle, elle aussi, de son combat contre le psoriasis. Mais pas Joseph Staline, lui ne parlait pas de ces choses-là, et sa guerre, il la menait contre tout le monde. Il pouvait bien être le Diable du tarot, au moins ne versait-il pas dans le cliché.

En acceptant le traitement et en me pliant à sa routine, un jour je me découvrirai parlant de mes combats, de mes échecs et de mes victoires, de tactiques et de stratégies, de positions conquises et de bilans des pertes.

Non seulement je me sentais assez solide pour supporter la maladie sans aucun traitement, mais je croyais aussi pouvoir échapper aux lieux communs.

Je me trompais sur toute la ligne, évidemment, et je ne saurais reprocher à la statue de pierre du grand roi Ferdinand le Catholique de ne pas m’avoir signalé mon erreur, mon excès de confiance et mon outrecuidance.

Et pourtant, chaque fois que je passe à côté en allant à l’hôpital pour une nouvelle consultation ou série d’examens, je me retourne et lui lance en grommelant : tu aurais quand même pu me mettre en garde, grand roi de mes deux.

Me revoilà au sein de l’unité de dermatologie. Un sein qui sent le désinfectant et l’empressement, comme toutes les unités de l’hôpital. Je suis revenu comme reviennent les enfants ruinés : sans argent et en marmonnant une excuse inintelligible pour ne pas perdre le dernier réduit de fierté qu'il me reste.

La maladie m'a vaincu. Elle s'est emparée de mon corps comme jamais auparavant, m'obligeant à capituler face à sa puissance, et devant admettre son emprise bien au-delà de l'esthétique. Il n'est plus seulement question de honte superficielle. Il ne s'agit plus de quitter l'hôtel rapidement, avant que la femme de chambre ne découvre les taches de sang sur le drap et ne me dévisage en s'imaginant je ne sais quels agissements. Il ne s'agit plus d'avoir chaud l'été. Tout ceci a dégénéré en une gêne aiguë et persistante, en une nuisance chronique qui m'empêche de fermer l'œil et me broie jusqu'à l'exténuation nuit après nuit. Je perds calamiteusement le combat contre moi-même et je ne fais pas ici dans la métaphore : mes anticorps détraqués ont pris le contrôle absolu de mon être.

Certains jours, je ne trouve aucune position capable de soulager la douleur. J'ai du mal à entrer ou sortir de voiture, je peine à m'asseoir, et parfois, après avoir couché mon fils les soirs où nous nous retrouvons seuls tous les deux, tandis que sa mère est au travail, il m'arrive de m'effondrer dans le canapé en un bruit sourd, au bord des larmes, gagné par l'impuissance, me trouvant pusillanime, cassé et inutile. Après lui avoir lu sa petite histoire, j'éteins la lumière et je le supplie de me laisser partir, de garder le câlin pour une autre fois, parce que je ne peux rester allongé, ou assis sur le lit, ni debout. Parce qu'il me faut atteindre coûte que coûte le salon, avaler un antalgique et attendre les yeux fermés que la douleur s'estompe suffisamment pour me permettre de lire un instant ou de me distraire d'une façon ou d'une autre. J'ai honte de devoir demander cela à un enfant de sept ans, de ne pas avoir la force de dissimuler devant lui, comme n'importe quel père. Je m'en veux de lui faire porter un fardeau qui n'est pas le sien. Quel genre de père suis-je ?

J'ai donc décidé de retourner à l'hôpital, humble et défait, et j'admets que je n'aurais jamais dû céder à tous mes sophismes sur la maladie. J'y retourne, sinon sage, un peu moins con.

J'ai réalisé toute une batterie d'examens, le même protocole que celui réservé aux patients éligibles à une chimiothérapie. Lors d'une étude préliminaire, on a qualifié mon psoriasis de sévère, notamment à cause de l'étendue des lésions. J'ai subi des radios, des analyses, des vaccins, des électrocardiogrammes. Mais surtout, l'humiliation la plus ancienne de l'histoire de la médecine : l'exploration diagnostique. Nu au centre de la pièce, les mains gantées de la doctoresse mesurent l'ampleur des dégâts dans chaque partie du corps. La tête et le cou, pour commencer. Puis les membres supérieurs et le tronc. Les jambes et les pieds. Enfin, les fesses et les parties génitales. À chaque étape, elle lance des chiffres que je ne retiens pas et que l'infirmière note scrupuleusement dans un formulaire qu'elle remplit sur l'ordinateur. Elle évalue trois critères pour chaque partie du corps : érythème, induration et desquamation. Elle attribue des notes inégales pour chacune de ces régions, mais elles sont en général assez élevées. Tout cela dans le but de calculer le PASI (*Psoriasis Area and Severity Index*), un score qui permet à tous les dermatologues du monde de se comprendre. Car il est bien plus aisé, pour nous ranger dans un traitement ou dans un autre, de nous réduire à un numéro sur une échelle. Il s'agit, dans mon cas, d'une simple formalité, étant donné qu'on a déjà décidé à vue d'œil ce qu'on ferait de moi.

— Ne bougez plus, je vais prendre des photos.

La doctoresse se saisit d'un appareil numérique très ancien qu'elle range dans une boîte sur laquelle on peut lire Dermoderm ou Dermoflux, ou Dermochose, preuve que le gadget est l'un de ces goodies que les laboratoires pharmaceutiques distribuent aux médecins dans les congrès. Je ne me réjouis nullement de ce que mon torse ou mes bras servent à illustrer un article dans une revue médicale ou soient projetés sur grand écran dans l'amphi d'une quelconque faculté, mais il faut bien admettre que l'art de soigner repose sur un savoir commun et cumulatif qui se nourrit de la pudeur agressée des patients. Si nous autres, nus et désemparés, ne partagions pas notre fragilité avec les étudiants et les spécialistes du monde entier, la médecine serait encore le fait de guérisseurs, de sangsues et de conjurations. Toujours est-il que j'aurais préféré ne pas servir d'exemple.

— Nous allons démarrer le biomédicament dès aujourd'hui, me dit la doctoresse en enlevant ses gants, et je pense, heureusement que je sais ce qu'est un biomédicament, parce qu'elle n'a pas l'air de vouloir m'expliquer grand-chose. Je l'apprécie beaucoup, mais c'est un médecin de la vieille école et elle n'est pas là pour perdre son temps avec des explications que la plupart des patients ne souhaitent ni ne peuvent comprendre, même si nombre de malades chroniques potassent la littérature médicale les concernant autant que les spécialistes qui les soignent.

Je sautille légèrement sur ma chaise en même temps que je finis de boutonner ma chemise. Je ne m'attendais pas à ce que l'on s'y mette si tôt. Je m'imaginais davantage de protocoles, de tests, de consultations, de déambulations dans les couloirs de l'hôpital.

— Ça y est ? C'est le grand jour ?

— Vous allez recevoir votre première dose aujourd'hui. Le traitement s'effectue par paliers. Nous démarrons avec une posologie de sécurité et nous évaluerons les résultats au bout de trois mois. Si nous voyons que les taches se résorbent considérablement, voire totalement, nous poursuivrons dans cette direction. Autrement, nous chercherons une nouvelle formule.

Je sais que ce qu'elle me propose marche très bien, que quatre patients sur cinq voient leur maladie disparaître à soixante-quinze pour cent au bout d'un mois, tandis que d'autres atteignent les cent pour cent. Je sais, parce que j'ai sous les yeux la fiche de consentement éclairé, que les effets secondaires sont risibles (je lirai plus tard la notice, où ils le sont nettement moins). Je dois ravaler ma joie lorsque la doctoresse souffle sur les petites lueurs d'espoir qui pointent dans mes yeux.

— Il se peut aussi que ça ne fonctionne pas, tous les corps sont différents, nous aviserons au fur et à mesure.

Je comprends sa retenue, mais ne pourrait-elle pas faire preuve d'un brin d'optimisme ? Elle sait pertinemment que le traitement réussit presque à chaque coup, et moi, qui suis tout aussi sensé et sceptique qu'elle, je ne risque pas de me bercer de mes propres illusions. Lâchez-vous, adressez-moi ne serait-ce qu'un petit sourire, oubliez un instant l'ordinateur et les ordonnances et dites-moi que tout va bien se passer. En dépit de ma longue expérience hospitalière, je ne me résous pas à choisir entre la tendresse et l'efficacité, bien qu'ayant toujours éprouvé de la peine pour ces médecins qui détonnent, avec leur personnalité émoussée à force de travail, de tant de nuits sans sortir, de sacrifices. Alors que tout autour le monde se soûle et s'éclate, eux restent rivés à leurs livres, tissant un cocon de misanthropie dans le seul but de soigner les autres. Et si le seul moyen de devenir un bon soignant, c'était de garder ses distances avec l'humanité ? Je peux l'entendre et je n'y vois pas d'inconvénients, mais la doctoresse vient de me prescrire le Saint Graal, le véritable, pas une de ces arnaques aux herbes aromatiques, ni un CD de méditation tibétaine, mais bien le remède authentique rêvé des siècles durant, et un tel instant mériterait bien un toast, ou au minimum l'une de ces phrases mémorables qui parlent de rubiconds.

— À dans trois mois, conclut-elle. Et avant même que j'aie quitté la pièce, elle ouvre le dossier du patient suivant.

Encore un peu sonné, sans parvenir à réaliser que j'assiste au premier jour de ma possible guérison, je marche jusqu'à l'immeuble voisin et je cherche la pharmacie, un lieu moderne et lumineux très différent du reste de l'hôpital, construit il y a cinquante ans dans le goût fonctionnel et fade d'il y a cinquante ans. La pharmacie, pour sa part, dispose d'une salle d'attente agréable et propre, et de chaises confortables (comme quoi il existe aussi des chaises qui ne semblent pas avoir été conçues par un tortureur nazi réfugié au Brésil) ainsi que d'un système de prise de tour et de cloisons qui préservent l'intimité de chaque patient. La pharmacienne me félicite pour le début de mon traitement et évoque la révolution des biomédicaments. Elle m'explique que ce sont des cellules vivantes manipulées en laboratoire, et c'est pourquoi je dois les conserver au frais, puis elle me demande si je suis à jour avec mes vaccins.

— Vous verrez, c'est super, me dit-elle, et c'est la première fois que quelqu'un en blouse blanche m'encourage et me félicite.

Elle me tend suffisamment de doses pour deux mois et m'invite à revenir dès que je les aurai finies.

Eh bien non, le professionnalisme n'est pas incompatible avec la douceur, me dis-je en repartant avec mes deux boîtes avant d'appeler Cris, tout excité.

— J'ai la drogue, lui dis-je, je vais pouvoir me piquer !

Il me reste une dernière chose à faire : apprendre à me l'administrer. Je monte à l'hôpital de jour de rhumatologie, qui se trouve juste en face de celui d'oncologie, c'est pourquoi je dois zigzaguer entre des patients déplumés traînant leurs perfusions ou flânant sans conviction à côté des machines à café. Heureusement que je ne fume pas, me dis-je, parce qu'à cet instant, je distribuerais bien à ces pauvres malheureux des cigarettes par cartouches entières, et je leur donnerais du feu.

Je dois demander María Jesús, sans autres indications sur qui est María Jesús. Les gens à l'hôpital vous parlent comme les gens à la campagne. Va voir là-haut et demande untel, disent-ils, et nous autres patients nous y allons avec notre petit papier, et nous nous trompons d'étage et de couloir, jusqu'à tomber sur untel, qui se trouve être quelqu'un de très important, qui fait la pluie et le beau temps, et qui considère – à juste titre – que l'hôpital coulerait sans elle. Et c'est pourquoi tout le monde lui court après et que l'on nous dépêche dans ses domaines. María Jesús me prend en consultation et me félicite à son tour pour ce début de traitement, comme si je venais de me marier (peut-être devrais-je distribuer des havanes plutôt que des cigarettes), renseigne un formulaire avec mes coordonnées et me souhaite la bienvenue dans son hôpital de jour, qui est aussi chez moi. Elle me donne son numéro, sur lequel je pourrai la joindre entre huit et quinze heures au moindre doute, et me répète que les portes de son cabinet restent ouvertes si j'ai des questions, même si elles paraissent idiotes, mais surtout de ne rien garder pour moi, ni interrogations ni angoisses.

Je suis à deux doigts de me lever et de la serrer dans mes bras, mais je me contiens. C'est la première fois que je me sens, non seulement soigné, mais accompagné. Je ne perçois nulle trace de sémantique guerrière, rien que des professionnels qui comprennent la fragilité des malades.

— Parce que vous êtes un patient chronique et que vous avez tout vu, j'imagine que vous avez lu un paquet de choses et je ne vais sans doute rien vous apprendre que vous ne sachiez déjà, mais je préfère reprendre tout depuis le début.

Elle m'explique ma maladie, ce qu'elle en sait. Insiste sur le fait qu'elle est incurable, mais qu'on peut la stopper grâce aux substances monoclonales que je vais m'injecter, lesquelles vont sillonner mon corps tels des chasseurs de primes, cherchant et détruisant les anticorps à l'origine de l'inflammation. Si ça marche – et ça va marcher, dit-elle –, vous remarquerez avant tout une diminution de la fatigue, votre épuisement permanent va disparaître.

Je lève les yeux, effrayé. Depuis l'époque où je vivais avec la sorcière Patricia à Madrid, personne n'avait sondé mon âme de la sorte. Épuisé, c'est tout à fait ça, je suis épuisé. Éreinté. Je me lève avec la sensation de ne pas avoir dormi et je vais me coucher comme si j'avais franchi trois sommets, sans jamais l'associer à la maladie. J'imaginais que c'était un mélange de paresse et de stress, que la vie était trop grande pour moi et que j'essayais de trop étreindre. Je cultive depuis quelques années une intolérance grossière et hautaine envers les faibles et les geignards. Quand j'entends pleurnicher quelqu'un qui n'en peut plus, parce qu'il est débordé et qu'il sent qu'il se noie dans son verre d'eau, je suis pris d'un mépris furieux. J'ai accepté ma fatigue avec une résignation monastique, m'en sentant même coupable, me répétant que je ne pouvais me laisser abattre et qu'il n'y avait d'autre issue que de m'accrocher. C'était une question d'amour-propre, je ne me serais jamais pardonné de tomber dans aucune forme de prostration ou d'indolence. C'est pourquoi j'avais en horreur les fainéants et les mièvres, une horreur nationale-socialiste, exterminatrice.

María Jesús savait que j'étais crevé. Elle a décrit mon moral et mes forces mieux que je ne l'aurais fait, les ayant toujours surestimées, sans avoir à sortir le tarot pour cela. Elle pouvait compter sur ses connaissances scientifiques.

Je n'ai rien dit, j'acquiesçais simplement. Lui manifester ma stupéfaction et ma gratitude aurait été déplacé. Je ne pouvais balbutier pour elle combien je me sentais compris et comment ses mots, prononcés sur un ton on ne pouvait plus platement descriptif, s'étaient fichés dans mon cœur.

L'inflammation entraîne une fatigue chronique, m'a-t-elle dit, sa disparition est le premier signe de rémission. Puis viendra une diminution sensible ou totale des douleurs aux articulations, et, enfin, les taches s'effaceront progressivement, jusqu'à disparaître, si ça se trouve.

On ne promet pas autant de miracles à la suite aux pèlerins de Lourdes. Et sans même devoir aller à l'hôpital. La science médicale avait à ce point progressé qu'elle était parvenue à éliminer le tracas de la discipline réquisitionnaire. Je m'appliquerais moi-même les injections, comme elle allait me le montrer. Le mécanisme est simplissime : il suffit de se piquer en pressant fort le stylo contre la peau et de laisser le piston descendre seul jusqu'à entendre un clic indiquant que la dose a été administrée. On le retire et le tour est joué.

— En principe, dit-elle, tu devrais commencer à sentir une nette amélioration d'ici un mois.

Impossible. Se pourrait-il que l'Ithaque de ce voyage soit une poignée d'injections indolores sur le bide tous les quinze jours ? Il doit y avoir un piège. Où sont les pommades, les bains de goudron, les crèmes corticoïdes qui gonflent le foie, les substances létales qui détruisent les reins, les grillades sous la lampe à UV, les régimes, l'activité physique régulière et les attentes interminables dans les salles et les couloirs des consultations externes ?

Je sors de l'hôpital rayonnant et je marche à l'ombre, de peur d'abîmer les précieuses cellules que renferment mes boîtes. J'ai sombré dans une béatitude niaise, converti à la foi dans le progrès. Comment pourrais-je croire les discours sur la barbarie et la déchéance du monde alors que je viens de goûter les cimes de la civilisation ? Je tiens dans un modeste sac en fécule de pomme de terre biodégradable (et non en plastique atroce) le labeur de plusieurs générations de scientifiques et le résultat de milliers de révolutions et de luttes sociales qui ont permis que la société, dans son ensemble, me fasse don d'une épopée pluricentenaire que je ne pourrais jamais me payer. Voilà le véritable miracle, celui de vivre dans un pays qui non seulement peut se permettre pareilles dépenses, mais qui les considère indispensables, une marque d'identité, le ciment de sa cohésion. Je devrais prendre les passants dans mes bras, un par un, et les remercier de leur partie aliquote dans la réalisation du miracle. Comment pourrais-je jamais regarder avec dégoût ou mépris un monde qui vient de m'offrir mieux que l'Eldorado ou l'élixir de jouvence ?

En passant devant la statue du grand roi, qui me regarde de face sur le chemin du retour, je l'interpelle. Que connais-tu à la grandeur ? Que connais-tu aux aventures et conquêtes surhumaines ? Je tiens dans ce sac un trésor plus formidable que tout ton règne, que toutes tes Grenades et toutes tes Amériques. Quelque chose que ni toi, ni tes parents, ni tes enfants, ni tes petits-enfants, ni personne en ton temps n'avez jamais réussi à comprendre. Là, dans ces petites boîtes, se trouve condensée toute la compassion dont est capable l'humanité.

Que connais-tu, grand roi, à mon espèce dégénérée ?

Je vais te raconter l'une de mes histoires de monstres, car il me reste encore quelques contes dans ma besace.

LE PEIGNE DU PATRON

Il était une fois un sanguin, le type le plus crâneur du quartier, dans un quartier qui comptait énormément de crâneurs. Il portait toujours dans la poche de sa chemise, dont il aimait laisser les deux derniers boutons ouverts, un peigne en écaille de tortue. Dès qu'il se sentait nerveux, il l'attrapait et coiffait sa chevelure longue et récalcitrante, rétive aux injonctions de la gomina.

— Veux-tu cesser, Pablo, tes cheveux sont parfaits.

Victoria Eugenia arborait son plus beau sourire tout en chuchotant à son mari de se tenir tranquille, d'arrêter de se faire remarquer, que ce n'était ni le lieu ni le moment de se livrer à ses bravades et provocations.

— Tu n'es pas à la maison, Pablo, ça suffit.

Et comment donc. Dans aucune de ses maisons, à l'évidence. Ici, il ne pouvait pas siroter son *periquito*, ni planter ses pieds sur la table, ni se mettre à hurler au téléphone. Pour qui se prenait-il, ce Castaño ? Il espérait l'impressionner, lui, lui ! avec ses manières de roi de France ? Non mécontent de sa trouvaille il glissa à l'oreille de sa femme :

— Il se prend pour le roi de France, celui-là. Qu'il s'accroche bien à sa tête, faudrait pas qu'il la perde.

— Ah, mais Pablo, lâche ce peigne, bon sang. Donne, je te le garde.

Il ne s'en était même pas rendu compte. Il rangea le peigne dans sa poche et fixa son épouse avec la détermination de celui qui préfère encore se faire émasculer que se faire arracher son accessoire.

— Chers amis, bienvenue *chez* Castaño. Est-ce que l'on vous a servi à boire ? Est-ce que l'on s'occupe de vous ?

Castaño se présenta dans un smoking fait sur démesure, c'est-à-dire, à la mesure de sa corpulence militaire. On dirait un putain de pingouin, se dit Pablo, remarquant au passage que les corps baraqués et entraînés comme celui de son hôte paraissent toujours boursouflés et orthopédiques ainsi pomponnés. On ne dégrossit pas un soldat assassin, car c'est bien cela qu'était Castaño, à coup de factures chez le tailleur. Sa femme, en revanche, semblait ravie d'être là. Elle paraissait même un peu embarrassée par son mari, par sa façon obsédante de se recoiffer, mais aussi par sa simplicité, et par cette prestance canaille qui un jour, il y a si longtemps, avait fait frémir ses jambes de gamine.

Jambes de gamine, pensa-t-il. Quelle horreur, pourvu que cet imbécile nous donne vite à boire, parce qu'on commence à s'ennuyer ferme par ici.

— Je ne peux me vanter de posséder une collection comme la vôtre, Madame, mais j'aimerais répondre à vos attentions de l'autre jour en vous faisant bonne chère en cette demeure, dans laquelle, du reste, vous êtes chez vous.

— Bonne chair, dis-tu, comme celle que tu n'avais pas dans la jungle, hein, Castañito ?

— En chaque lieu ce qui échoit, cher Pablo, tout Ulysse réclame son Ithaque. Vous êtes bien placé pour le savoir, bien que vous préfériez la rusticité de la ferme, n'est-ce pas ?

— Excusez-le, Fidel, vous savez comme il est, coupa court Victoria Eugenia.

— Je ne vois pas ce que ce couillon aurait à m'excuser.

— Rien, Pablo, rien, bien entendu. Entre nous, il n'y a rien à excuser. Et je ne le disais pas pour vous vexer, *patrón*, au contraire : je vantais votre esprit pionnier, votre façon de débroussailler le paysage. Ce sont les gens comme vous qui avez bâti cette terre, à coups de machette, défrichant la jungle pour amener la civilisation au cœur du sauvage, comme Lope de Aguirre ou Simón Bolívar. Moi, je ne suis qu'un gardien qui a besoin de se reposer entre deux gardes. Asseyez-vous, je vous en prie, ne restez pas debout.

Le salon était, il n'y avait pas d'autre mot, versaillais. Des plafonds qui se perdaient dans les hauteurs et dont les lustres à pampilles laissaient à peine entrevoir les caissons de bois. Des angelots par-ci, des dorures par-là, des sculptures et des vases à profusion. Tout cela ne l'impressionnait guère – le pouvoir n'impressionne pas ceux qui le détiennent véritablement –, il était seulement gêné par cette présomption aristocratique, cette façon si peu virile de dépenser son argent. La semaine précédente, Victoria Eugenia avait montré à Castaño les combles de la villa Monaco, et celui-ci ne parvint pas à cacher son émerveillement. Il avait les jambes qui en frémissaient, comme une gamine – là oui, bien vu les jambes de gamine –, en découvrant toutes les peintures qui s'y trouvaient, qui s'entassaient sur les murs. C'était la collection de sa femme, lui n'y prêtait pas trop attention, mais à force d'en entendre parler, il avait retenu quelques noms : Dalí, Botero, Rodin, Mitoraj, Arango… Castañito ne savait où donner de la tête, il n'en croyait pas ses yeux, et Pablo avait remarqué le frisson imperceptible qui trahit la cupidité. Un tremblement au niveau des lèvres que les hommes à moustache – comme lui – savent dissimuler, évitant ainsi le ridicule.

— Madame, avait-il dit alors à sa femme, vous possédez la plus belle collection d'art de toute l'Amérique latine.

— Vous trouvez ? J'y ai consacré du temps, ça oui.

— La plus belle, Madame, absolument.

Et parce qu'il s'était senti sincèrement honoré d'avoir eu le privilège de visiter ces combles, Castaño invita les Escobar à déjeuner chez lui, et voilà que Pablo s'y trouvait, un verre de whisky à la main et de nouveau cette impression de petitesse si désagréable. Il fuyait le regard de sa femme en même temps qu'il réprimait son besoin de porter la main à sa poche de chemise pour en tirer son peigne. Il savait ce qu'en pensait Victoria Eugenia : c'était le grand train. Le service était assuré par de véritables serveurs, et non par des sicaires pouilleux incapables de préparer un *periquito* sans en mettre partout. Personne ne paradait dans le salon avec un pistolet à la ceinture et il n'y avait pas de mitraillettes appuyées contre les tables. Sans doute la décoration était-elle un poil trop raffinée. Légèrement surchargée, oui. Voire vulgaire, mais mature. Pablo cultivait les mêmes goûts que lorsqu'il volait des voitures dans le quartier. L'argent lui avait simplement permis de se procurer des plaisirs en plus grand nombre, et non de se procurer de nouveaux plaisirs. Lui qui aimait déjà les voitures, il en possédait désormais des dizaines. Lui qui aimait déjà les chemises, il en avait des placards remplis. Lui qui aimait déjà les peignes, il s'en faisait livrer des caisses entières des États-Unis. Évidemment, elle pouvait dépenser en art tout ce qu'elle voudrait et embaucher les décorateurs les plus prisés et faire venir ses meubles d'Europe et d'où bon lui semblait, mais lui n'allait pas se transformer en un petit-maître à la Castaño. Lui, comme avait dit ce dernier, était de ceux qui débroussaillent la jungle.

Fidel Castaño était d'une tout autre engeance. Non pas de celle des guerriers, comme il s'en réclamait. Ni même de celle des sicaires, qui viennent du peuple. Castaño, avec son armée de paramilitaires déployés dans la forêt, était de ceux qui croient que l'on peut contrôler un pays sans se salir les mains. Pour eux, la guerre se résume à des petits dessins sur une carte, et les troupes à des punaises de couleur. Ils parlent d'éliminer des cibles et non de les tuer, ils n'entendent pas les détonations et ne voient jamais la cervelle de leurs victimes. Ils se font faire des smokings par des tailleurs new-yorkais et s'entourent de domestiques en livrée et charlotte, multipliant ainsi les épaisseurs entre eux et le monde.

L'idée même de diriger à distance le destin du monde semblait abjecte pour le tombeur crâne qu'était Pablo, parce que lui aimait le monde et il aimait le pétrir et lui donner la forme qu'il voulait. Il n'avait pas quitté les rues escarpées d'Envigado pour aller se planquer dans des palais. Il se promènerait partout dans le pays comme il se promenait dans son quartier, à moto, alpaguant les filles au coin de la rue, payant des glaces aux copains. Le décor s'était élargi, mais la pièce et les acteurs étaient restés les mêmes, avec la même chemise ouverte aux manches retroussées, le même peigne en écaille de tortue et la même chevelure indomptable.

Lorsqu'il assuma sa charge de parlementaire, il voulut pénétrer dans le Capitole de Bogotá affichant la même allure que celle qu'il promenait dans les rues d'Envigado. Je ne mettrai pas de costard-cravate, dit-il avant de s'y rendre, décidé à abroger une fois pour toutes la prosodie élitiste et bourgeoise du Congrès. Pablo Escobar représentait le peuple en marche, l'authentique homme colombien, sans chichis ni cols amidonnés. Mais le portier, qui se voulait plus peuple que le peuple même, lui barra la route.

— Ah, non, monsieur le représentant, vous m'excuserez, mais les règles de la maison sont très strictes, vous ne pouvez pas pénétrer dans l'enceinte en bras de chemise.

Il brama, jura, cracha et proféra des menaces. Comment se pouvait-il que le peuple en interdise l'accès au peuple même ? Ne voyaient-ils pas que la Colombie était en train d'opérer une transformation ? Ne voyaient-ils pas que dans cette maison allait enfin siéger quelqu'un qui ne ferait pas mystère de ses origines, qui riait à pleines dents et qui appelait un chat un chat ? Depuis Bolívar, on n'avait vu personne aussi digne d'y entrer. Lui barrer le chemin était une insulte à la démocratie, et il devait savoir, petit guichetier, que nulle part dans le pays, pas même sur la très respectable Plaza Bolívar, on n'oserait lui dire, à lui Pablo Escobar, comment s'habiller.

Rien à faire. Le portier lui proposa même de lui prêter l'une des cravates qu'ils tenaient à disposition pour les imprévus de ce genre – il lui semblait d'ailleurs incongru que l'on ait prévu un imprévu sous la forme d'un parlementaire se présentant sans cravate – et un homme de son escorte s'empressa de lui trouver une veste. Ainsi humilié, vaincu, tel un arlequin accoutré en prince, il s'était fait rappeler par l'État colombien qu'il n'était pas encore assez puissant pour se balader dans les salons de la patrie comme s'ils lui appartenaient.

La veste le démangeait et la cravate l'étranglait. Il eut le plus grand mal à s'exprimer lors de cette première séance, tellement elle le serrait au gosier. Toute une vie de confort et de liberté que l'on étouffait sous de piètres tissus qui laissaient la peau craquante et rougie. Il comprit, tout en se grattant le dos, que ce lieu n'était pas celui où il imprimerait sa marque et où il serait remémoré avec un amour patriotique. Sa place était dans les stades, dans les arènes, dans les fêtes populaires et les fêtes votives, dans les bals de rue et dans le bruit des courses automobiles. Il ne deviendrait pas un leader assis dans l'hémicycle, entouré de peintures à l'huile et de tous ces huissiers hargneux et aigris. Dans le fond, il était reconnaissant envers ce portier de merde : son impertinence lui avait rappelé qui il était, d'où il venait, et ce qu'il foutait là. Cette cravate et cette veste avaient l'immense vertu de le renvoyer à son corps, à sa sueur, à ses picotements : ce morceau de viande boudiné s'appelait Pablo Escobar, bordel, et Pablo incarnait la rue et le peuple, et non les palais et les costumes.

Fort heureusement, ces jours où il avait caressé le rêve de se hisser jusqu'à la présidence de la République étaient désormais révolus. Il aurait dû s'en apercevoir à l'instant même où le portier lui avait barré la route. Il aurait dû faire demi-tour et renoncer à son siège. Combien d'humiliations se serait-il épargnées avec un retrait rapide. Son erreur, comme toujours, avait été de s'entêter, de s'imaginer qu'il pourrait endurer la pression de la cravate et la démangeaison de la veste. Sous les plafonds de la villa de Castaño, il éprouva de nouveau cette oppression et se sentit écrasé, contemplant du ras du sol un paysage irrémédiablement trop élevé pour ses cent soixante-sept centimètres.

— Dis, Victoria, comment est-ce qu'on mange cette saloperie ?

Devant lui s'étalaient un jeu de pinces et de tenailles disposées comme les bistouris dans un bloc opératoire. Il observa les convives tout autour.

Une demoiselle très sophistiquée, qui devait être miss Antioquia ou pas loin, faisait preuve d'une incroyable dextérité, parvenant à ouvrir les pinces de sa langouste sans même la toucher, râclant toute sa chair à l'aide d'une sorte de petite spatule. Lorsque la chair formait un petit tas dans son assiette, elle l'attrapait avec la fourchette et la portait à cette bouche carminée qui suppliait qu'on la croque. Il remarqua que sa femme aussi s'en tirait plutôt bien avec ces outils. Sa bestiole rouge gisait dépecée en mille morceaux. Où a-t-elle appris à manger de la sorte ? s'étonna-t-il.

— Tu peux te servir de tes doigts, c'est bien vu, lui chuchota-t-elle.

— Personne ne se sert de ses mains, ma chérie, et j'ignore comment on démembre cette chose-là.

— Tu veux que je m'en occupe ?

Il manquait plus que ça, que ma femme me donne à manger devant Castaño comme à un débile mental.

— Vous n'aimez pas la langouste, Pablo ? demanda Castaño. Vous préférez peut-être qu'on vous prépare quelque chose de plus simple ?

L'enculé.

Évidemment qu'il préférait quelque chose de plus simple. Quelque chose qu'il pourrait manger sans se couvrir de ridicule et qui inclurait des pommes de terre et des *arepas*.

Il décapita le crustacé à l'aide de son couteau, tenant le corps du bout des doigts, puis il extirpa un peu de chair avec sa fourchette. Il ne se hasarda pas avec les pattes ni avec les pinces. Il débita un peu le tout et il lui sembla obtenir une assiette de déchets comparable à celle des autres invités. Il l'aurait volontiers jetée aux chiens, après s'être entretenu à coups de pistolet avec sa face moustachue de homard, ou de langouste, ou que sais-je encore.

Arrivé au dessert, il en avait franchement sa claque de Castaño et de ses castagnettes, de son vin français, de son roquefort amené tout droit de Roquefort (comme si lui ne pouvait se faire amener le village entier de Roquefort dans un avion Hercules rien qu'en claquant des doigts), de ses truffes italiennes et de son caviar de la mer Caspienne. Comme il ne toucha quasiment à rien, il passa la soirée à l'observer et commença à lui trouver une singulière affectation. C'était sans doute le smoking, ou le linge de table, ou les vases et les rideaux, toujours est-il qu'il ne faisait pas très mec. Il riait fort mais dans la retenue, comme s'il craignait de se laisser aller à un éclat de rire. C'est à peine s'il jurait et il employait un langage ampoulé qu'il ne lui connaissait pas jusqu'alors. Il se tenait très droit et ne complimenta pas une seule fois les filles, que lui ne draguait pas car il avait sa femme à côté, mais aucun homme, et moins encore un homme de la taille et musculature de Fidel, ne devait se taire devant pareilles femelles.

Et tous ces plats français. Et toutes ces huîtres ; que c'est répugnant les huîtres, même noyées dans du jus de citron. Et toutes ces petites liqueurs et toutes ces petites bulles.

Castaño, qui l'eût cru, sombrait dans la jaquette.

Lorsqu'il invita ses hôtes à prendre le café dans le salon attenant, l'amphitryon s'assit dans l'un des fauteuils contigus à miss Antioquia et Pablo nota la façon délicate qu'il avait de poser les fesses et de remonter les jambes de son pantalon pour ne pas les froisser. Assis sur le bord, sans appuyer le dos, il ressemblait à l'un de ces ministres de Bogotá passés par Harvard.

— Comment souhaitez-vous votre café, monsieur ? lui demanda un serveur.

— Apportez-moi un *periquito*.

— Tout de suite, monsieur, s'exécuta le garçon.

— Ah, lâcha Castaño sur son trône, Pablo aime son *periquito*, en bon *paisa* qu'il est. Moi, je prendrai un *espresso doppio*, s'il vous plaît.

— Celui-là pour le coup, il est tout sauf *paisa*, murmura-t-il à sa femme. Née à Paris, la reine de France.

— C'était de l'italien, corrigea-t-elle.

— La reine d'Italie, alors, qu'est-ce que j'en ai à foutre !

Puis il sortit son peigne qu'il passa deux fois dans ses cheveux, frénétiquement.

Ça n'en finissait jamais. Il commençait à transpirer et à sentir un serrement à la gorge, comme l'étranglement d'une cravate fantomatique. À quel moment pourrait-il s'en aller sans contrarier sa femme ? Victoria Eugenia semblait si heureuse au milieu de tous ces crustacés. Elle s'y mouvait comme si elle avait toujours connu la compagnie des princes, elle s'y sentait vraiment bien, mais lui n'avait qu'une envie, de monter en voiture et de conduire à travers les pistes de l'hacienda, poser son pied sur l'herbe, sentir l'humidité de la jungle qui lui ouvrait les pores, déambuler torse nu le long de la rivière. Et maintenant ? Les liqueurs, bien sûr.

— Je peux vous proposer un digestif, Pablo ?

Digestif, dit-il, comme si c'était un comprimé pour aller chier.

Mais oui, que diable, et bien tassé. Qui pourrait supporter tout ce cirque sans picoler ?

Castaño profita de l'intervalle, pendant lequel les dames allèrent se repoudrer le nez et les serveurs débarrasser le service à café, pour se rapprocher de son invité et s'asseoir à côté de lui. Trop près, au goût de Pablo, qui se jeta dans le fond du canapé comme une tentative pour maintenir la distance de sécurité entre son corps et celui de l'autre. En vain, puisque Castaño, à qui le smoking ne permettait pas de se mouvoir avec l'aisance désirée, se rapprochait de plus en plus, jusqu'à frôler sa jambe avec son genou. Il sembla à Pablo qu'il allait lui poser une main sur la cuisse, mais il se retint.

— Tu sais ce qu'elle a de meilleur cette maison, Pablo ?

— Mais tout, Fidelito, tout, tu as une maison magnifique, ma femme adore.

— Je m'en réjouis, bien que je sois un peu triste de ne pas posséder une collection d'art digne de vous, je regrette de ne pas être en mesure de vous rendre la générosité que vous m'avez témoignée en me montrant vos tableaux.

— Tu viens les voir quand tu veux, tu le sais.

— Oui, bien sûr, et vous êtes ici chez vous aussi. Tout ce que je possède est à toi.
— Ça c'est bien vrai.
— Je ne le disais pas littéralement, mais oui, ça l'est un peu. Au bout du compte, nous sommes associés. Tu veux un autre whisky ? Garçon, s'il vous plaît, la même chose pour monsieur. Merci. Quelle bonne idée que les dames soient parties vaquer à leurs affaires, nous laissant tout le loisir de discuter entre hommes. Il était temps, non ?
— C'est-à-dire, Fidelito, toi et moi, on s'est déjà tout dit.
— Je ne parlais pas de ça, je parlais de l'amitié, des bons moments, des rires.
— Ah oui, ça aussi, bien sûr.
— Comme je disais, tu sais ce qu'elle a de mieux cette maison ?
— Qu'elle n'a pas de micros ?
— Ça je l'espère bien, mais non. Ce qu'elle a de mieux c'est le sauna et l'hydromassage. Jacuzzi, comme on l'appelle. Un circuit merveilleux : des jets pour te masser, une piscine d'eau glacée, des baignoires de bulles... J'ai même fait venir deux masseurs de Miami et qui font des choses divines avec des huiles et des argiles. As-tu remarqué ma peau ? As-tu vu comme elle est douce et étincelante ? Touche, touche, caresse-la.
— Je ne vais pas te toucher, bordel. Tu es fou, ou quoi ?
— C'est pour te montrer. Regarde, Pablo, je t'ai senti très tendu tout le long de la soirée.

On n'a qu'à demander qu'on nous apporte nos verres et on se détend dans l'eau, tu verras comme c'est royal. Tu n'as pas de jacuzzi, toi, n'est-ce pas ?

— Bah, non, je n'en ai pas.

— Eh bien, tu devrais, si tu savais comme c'est merveilleux. Allez, viens, qu'on nous prépare nos sorties de bain. Si tu es trop timide pour y aller tout nu, on t'apportera un maillot. Tu l'aimes comment, short ou slip ? Bien que le mieux, c'est de ne rien porter, crois-moi, et de laisser les jets pénétrer par tous les endroits.

— Qu'est-ce que tu racontes ?

— Viens, je vais te montrer.

— Tu ne me montres rien du tout, Castaño – puis il attrapa son peigne et se peigna quatre, cinq, six, sept fois. Victoria ! Victoria ! Ramène-toi. On part.

— Mais comment ça, si vite ?

— Ne me touche pas, surtout ne t'avise pas de me toucher !

— Attends, Pablito, je te présente mes excuses si je t'ai blessé d'une façon ou d'une autre. Je t'en prie, ne pars pas.

— Victoria ! Victoria !

Ils patientèrent encore un instant sur le pas de la porte le temps qu'on leur apporte leur voiture et qu'on leur ouvre le portail. Il quitta les lieux sur les chapeaux de roue et ne ralentit qu'au bout de quelques pâtés de maisons. Sa femme regardait par la fenêtre, sans dire un mot.

— Sale pédé.

— Mais, Pablo, que s'est-il passé ?

— Un pédé, comme tu l'entends.

— Ne serait-ce pas plutôt que tu as honte, à cause de ta peau ?

— Honte ? Quelle honte ? Je me désape ici si je veux, je me jette à poil dans n'importe quelle piscine, je n'ai honte de rien. Ou alors, c'est toi qui as honte ? Dis-moi, tu en as honte, toi ? T'as un problème avec ma peau ?

— Non, Pablo, comment peux-tu dire une chose pareille ? On passait un moment si délicieux, je ne comprends pas que tu sois parti si vite.

— Parle pour toi. Il n'y que pour toi que ça l'était.

— Aïe.

— Putain de pédé de fils de pute.

— Mais, qu'est-ce qui s'est passé ?

— Je ne veux pas en parler, tu m'entends. Voilà. Point barre, on n'en parle plus. Et je ne veux plus le voir à la villa Monaco, ou ailleurs. S'il veut contempler des peintures, il n'a qu'à prendre ses pinceaux.

Il se gara dans le parking d'une tour du centre de Medellín, laquelle abritait son appartement le plus proche, parce que, dit-il, il devait absolument prendre une douche.

— Mais, on vient de te proposer de prendre un bain et tu n'as pas voulu, dit-elle, puis elle s'arrêta là, parce qu'il lui rappela, d'un simple coup d'œil, qu'il ne voulait plus en entendre parler. À peine monté dans l'ascenseur, il entreprit de déboutonner sa chemise et pénétra dans l'appartement le torse nu, couvert d'une sueur froide et râpeuse. Il fila tout droit dans la salle de bains et s'y enferma.

Tout jeune déjà, il avait le vice des douches très longues qu'il prenait le matin après le petit-déjeuner. Il se levait tard, en vrai oiseau de nuit, et après un deuxième café, il s'échappait sous la douche laissant le monde s'embrouiller sans lui. Là résidait le pouvoir véritable : disparaître sous l'eau pendant deux heures avec la certitude que personne ne profiterait de ce moment pour lui jouer un mauvais coup. Personne ne s'aventurerait à détourner un paiement ou à lui dérober un chargement, ou à trafiquer les registres en son absence. Quiconque éprouve le besoin de veiller au grain, ne détient pas le pouvoir, mais prétend seulement l'avoir. Ne dit-on pas que le Cid remporta des batailles y compris après sa mort ? Parce que les Maures s'affolaient en apercevant sa silhouette au loin. Le simple fait de savoir que le patron existait et qu'il pouvait sortir de sa douche à tout moment, insufflait à l'organisation la crainte et le respect nécessaires pour continuer à tourner.

Peut-être ne cherchait-il qu'à laver ces marques, ces taches ou ces plaques qui parfois s'invitaient jusque sur son visage et qui servaient à la police pour le distinguer de ses doublures. Celui-là n'a rien sur le visage, disaient les agents de la DEA qui le suivaient à la trace, ce n'est pas Escobar, et ils voyaient souvent juste, ces fils de pute. La douche révèle aussi la fragilité du pouvoir : il paraît aussi fort que le débit qui jaillit du pommeau, mais finit par s'évaporer dans la pièce et se poser sur la glace, d'où il pourra être éliminé d'un coup de serviette. Tout comme lui pourrait être éliminé. Une femme de chambre pourrait parfaitement le faire disparaître en deux temps et trois mouvements. Il le devinait en constatant l'impuissance de la douche face à ses taches. Tous les puissants qui ont pâti de cette maladie, l'ont constaté avec une même incrédulité. Alors qu'ils n'ont aucun mal à imposer leur bon vouloir dans les sphères et les affaires les plus compliquées et variées, ils sont incapables de faire disparaître ces petites taches autrement qu'avec du maquillage. Sous la douche, comme il est aisé d'être philosophe et de conclure que, au bout du compte, nous ne sommes qu'un corps qui se fripe et qui rougit.

Ce Castaño tramait quelque chose. Aurait-il mieux fait de le contenter ? Non pas se laisser peloter, mais seulement partager un bain en toute innocence. Il aurait sans doute réussi à leurrer miss Antioquia pour qu'elle les rejoigne, quoique sa femme lui aurait compliqué la tâche. Il lui aurait dit de rentrer ou d'aller faire les boutiques. Écoute, Victoria, on va parler affaires, et il aurait délicieusement batifolé avec cette nana. Et là, peu lui importait qu'il y eût Castaño en face si ça lui faisait plaisir. Qu'il apprenne à traiter avec les femmes, ça le soignerait peut-être.

S'était-il trompé sur son compte ? C'était, malgré tout, un guerrier. Personne ne saurait mettre en cause la virilité de Castaño. Dans la jungle, on pouvait compter sur lui, mais dans la jungle il n'y a pas de femmes. Dans la jungle, on passe beaucoup de temps avec ses compagnons. On dort avec, on mange avec, on joue avec. Merde, évidemment qu'on finit par baiser avec. Si personne ne leur ramène des nénettes, ils doivent bien se défouler d'une façon ou d'une autre. Comme dans les prisons. Lui, ne devait jamais y mettre les pieds. Mais si ça devait lui arriver, il n'hésiterait pas à arroser un max de monde pour faire entrer autant de femmes que nécessaire, afin qu'il y en ait en toute circonstance, faudrait pas qu'il se mette à proposer des bains d'hydromassage aux gars de la cellule d'en face.

Si Castaño ne tramait rien jusque-là, sans doute le faisait-il à présent. Il avait décelé une rage infinie dans ce dernier regard, et dans la façon dont il avait donné l'ordre au voiturier de lui apporter son véhicule. Pauvre Victoria, elle s'imaginait qu'il ne se baignait pas parce qu'il avait honte de ses petites taches. Que savait-elle des démons de la chair. Que connaissait-elle au désir. C'était de sa faute, mais il était trop tard pour y remédier. Il lui arrivait parfois de penser que sa plus grosse monstruosité avait été de la séduire, avec ses jambes de gamine postée à l'angle de cette rue d'Envigado. Comme cela avait été facile, pauvre gamine. Treize ans, bien qu'elle lui en parût plus, avec sa grosse poitrine, surtout. Que savait-elle du monde en dehors de ce qu'il lui avait raconté. Elle ne connaissait rien à la façon qu'ont certains hommes de se regarder, à ce qui plaît au lit à certains hommes. C'est pourquoi il l'avait prise pour épouse, parce qu'elle ne savait rien de ces choses dont sont expertes les autres filles. Virginia, par exemple, aurait tout compris au premier coup d'œil, sans rien dire. Elle aurait démasqué Castaño avant même sa première insinuation et aurait rattrapé le coup sans faire de vagues, grâce à cette langue des signes catégorique que maîtrisent les femmes qui savent de quoi elles parlent. Mais il répondit à l'invitation accompagné de Victoria, il ne vit pas venir le pédé et il s'était fait un nouvel ennemi. Un mauvais ennemi. Une putain de saloperie d'ennemi.

Que pouvait-il faire ? Lui offrir les fesses pour en sauver la peau ? S'ils déclenchaient une guerre, guerre il y aurait, mais il n'allait pas entrer dans le jacuzzi pour faire plaisir à ce dépravé et s'épargner quelques morts.

Deux heures et seize minutes plus tard, Pablo Escobar sortit de la salle de bains et se dirigea, nu et dégoulinant, vers la chambre, laissant sur le parquet une traînée de traces et de flaques. Il attrapa une chemise rouge parmi toutes celles suspendues dans le dressing, repassées avec la plus grande application comme le réclamait le patron. Il se saisit d'un pantalon clair, tirant sur le bleu, s'empara d'un peigne en écaille de tortue dans l'un des tiroirs de la commode où ils s'entassaient. Il se lissa le crin jusqu'à obtenir un certain ordre anarchique. Il ne préconisait pas la raie, mais ne tolérait pas pour autant le chaos échevelé. Il arrangeait méthodiquement ses cheveux, lesquels semblaient effectuer un aller-retour. Il contempla un instant son reflet dans la glace. Se lissa la moustache. Sourit comme pour la couverture d'un magazine et ne put réprimer un petit éclat de rire.

— Ça ne m'étonne pas que tu les rendes dingues, adressa-t-il au miroir.

Sergio del Molino

Il referma le tiroir des peignes, rangea dans la poche de sa chemise celui qu'il tenait dans la main et quitta la pièce en hurlant qu'on lui apporte un *periquito* et le téléphone.

MON GREC

Staline et Escobar furent de bons parents. À leur façon, ils ont veillé sur leurs enfants comme n'importe quel père aimant ; jamais avares de bisous et d'étreintes, même si, bien souvent, les leurs étaient aussi étouffants que ceux d'un ours des cavernes. Leur monstruosité déchirait le monde tout en protégeant la maison. Même si leurs crimes furent si nombreux et si brutaux qu'ils finirent par saper les fondations et percer l'étanchéité des chambres où dormaient les enfants. Cependant, la force de leur mal – je ne trouve pas de formulation moins puérile : lorsque le mal est si pur, il en devient ridicule – n'a jamais été dirigée contre eux. Mais comment ne pas finir taré lorsque ton père s'appelle Staline ou Escobar ? Personne ne dort à poings fermés au milieu d'un tremblement de terre ou en plein cyclone. On ne peut pas vivre dans l'entourage de qui provoque les catastrophes et en réchapper à tous les coups.

Je crains que mon fils puisse en tirer une morale perverse : suis-je en train de lui apprendre à se méfier de moi ? Suis-je en train de lui dire que malgré tout notre amour, malgré tous les livres de Roald Dahl que je lui lirai et malgré toutes les chatouilles que je lui ferai avant le Moyen Âge de sa peau, je suis un monstre aux yeux du monde ? Non pas comme le Bon Gros Géant, qui a renoncé à manger des enfants, suit un régime végétarien de cucurbitacées dégoutantes et distribue toutes les nuits des rêves heureux aux petits qui dorment la fenêtre ouverte, mais comme les géants Buveur de sang, Avaleur de chair fraîche et Étouffe chrétien. Je laisse entendre qu'après le baiser de bonne nuit, lorsque je pars dans le salon en laissant la porte de sa chambre entrouverte, c'est pour aller signer des exécutions très sommaires ou commander des assassinats à des sicaires entièrement tatoués.

Si nous réprouvions les crimes de nos pères, nous serions de bien meilleures personnes que ce à quoi nous pouvons aspirer. Néanmoins, il me semble que nous nous intéressons bien peu aux victimes de leurs crimes lorsqu'ils quittent la maison, pourvu qu'en rentrant ils nous ébouriffent les cheveux d'une caresse, nous appellent par le petit nom affectueux qu'ils sont les seuls à employer et nous rapportent un présent. Ce qu'en vérité nous redoutons c'est qu'ils soient monstrueux avec nous.

Je veux croire que je ne suis pas un misérable, malgré mes misères. Je veux croire que mes turpitudes ne sont pas si nombreuses que mon fils ait à préciser un jour que, malgré ce que l'on raconte à mon égard, à la maison je n'étais pas un monstre, que je lisais très bien les livres de Roald Dahl, que je savais faire la voix du Bon Gros Géant et que, même si je ne pouvais pas me baisser ni le prendre dans mes bras, je n'ai jamais renoncé à jouer ou à lui payer des milkshakes. Chose aisée lorsque je me compare à ces monstres superlatifs. À côté de Staline, nous passons tous pour des saints. C'est pourquoi je devrais me comparer à quelqu'un comme moi, quelqu'un dont la méchanceté se situerait sur la même échelle que la mienne. Un monstre domestique et anodin, sans casier judiciaire ni procès intenté au tribunal de La Haye. Je verrais bien un monsieur en short avec filet à papillons, un gars timide et tête en l'air que les dames prennent en pitié et ne souhaitent pas prendre pour gendre. Quelqu'un à qui je ne saurais attribuer la moindre méchanceté, outre celles qui découlent des faiblesses ordinaires : un peu égoïste, un peu malappris et aussi un peu en proie à un désir mal contenu. Quelqu'un qui ferait du mal, comme nous tous, par bêtise et non par choix.

J'admire beaucoup ce personnage en short avec filet à papillons, pour les livres qu'il a écrits autant que pour ce dont il a voulu témoigner et pour la vie qu'il a patiemment laissée mûrir, un exemple de dignité et de tendresse auxquelles j'aspire dans ma propre existence. J'aimerais moi aussi passer mes vieux jours dans un hôtel sur les rives d'un lac suisse, en compagnie de ma femme, avalant des tartines de beurre sur la terrasse les jours ensoleillés. Mais c'est là le souhait de l'homme de quarante ans que je suis devenu, parce que les livres de Vladimir Nabokov ne m'ont pas enivré à l'âge auquel nous autres imbéciles nous nous enivrons de littérature et d'autres choses que nous considérons belles.

Je suis tombé amoureux de Nabokov alors que le psoriasis avait déjà fait de moi l'adulte rugueux, casanier et un peu replet que je suis à présent. Je n'avais pas encore d'enfants, mais ils ne tarderaient pas à venir, mettant en évidence que je n'avais pas la moindre raison de croire en ma sagesse. En prenant pour la première fois mon fils dans mes bras, j'ai eu la révélation que j'étais un ignare devant apprendre les fondements de l'existence ; en lisant les livres de Nabokov, j'ai réalisé que je ne connaissais rien non plus à la littérature. Toutes ces heures perdues à la clarté de la lampe de chevet, toutes ces pages dérobées à la rue, aux amis et aux copines que je n'ai pas eues, me sont apparues oiseuses et grumeleuses.

Ce Russe blanc, bien entendu, n'était pas le tsariste cruel et mondain que je m'étais représenté, à commencer parce que de tels tsaristes n'existaient que dans certains romans parisiens écrits par des communistes, dans lesquels des princesses salonardes ruinées organisent des séances de spiritisme pour soutirer quelques francs aux benêts du faubourg Saint-Germain. Sous l'étiquette de Russes blancs était regroupée une humanité ambulante et sentimentale dont les membres n'avaient que deux choses en commun : la langue et le fait de ne pas être bolcheviks. On y croisait pêle-mêle des conservateurs, des terroristes et des partisans d'Hitler – absolument –, mais aussi des mencheviks, des sociaux-démocrates et de fervents libéraux comme Nabokov père, qui mourut assassiné pour ses idées en 1922. Venaient ensuite les infortunés du peloton, ces Vladimir qui débarquaient d'une enfance passée dans une bulle d'argent et qui se retrouvaient soudainement exposés aux intempéries et délogés par des propriétaires racistes. Mon cher chasseur de papillons comptait parmi ces derniers, parti de Russie à tout juste vingt ans comme qui s'en va faire une année d'Erasmus, avec la ferme intention de séduire toutes les Russes d'Europe – qu'elles soient blanches ou de toute autre couleur, lui ne faisait pas dans la discrimination à la Von Luschan –, promettant de les soigner du mal du pays et de la mélancolie à l'aide de quelques vers composés spécialement pour elles.

Jusqu'à ce que les remontées acides de l'exil finissent par lui coller à l'œsophage. L'argent tarit, le père mourut assassiné, et Lénine céda sa place à Staline. La Russie était passé et non plus avenir, une poignée de souvenirs d'enfance pour meubler ces après-midis de désœuvrement. Le présent n'était que survie : la hantise de gagner quelques deutsche marks, les ruses pour grapiller un peu sur le loyer, l'espoir que le costume acheté il y a des années passe encore pour neuf. Et dans quel pays iront-ils après, dans quelle langue devront-ils batailler avec les propriétaires, jusqu'à quand resteront-ils les bienvenus dans le quartier ?

Je voudrais raconter à mon fils une histoire de papillons et de plages qui parlerait de l'enfant Vladimir, mais pas maintenant. Maintenant, je souhaite m'entretenir de la férocité du monde adulte, me contempler dans les yeux de cet homme que les intellectuels de l'exil russe à Berlin, à Paris et à Londres appelaient Sirin, le fils de ce célèbre Nabokov qui prononça tant de discours à la Douma. Un trentenaire svelte cherchant désespérément une conférence, un article, une avance, ou la traduction de l'une de ses proses qu'il écrit depuis tant d'années et que personne ne comprend tout à fait. Un homme qui quémande un poste de professeur en Angleterre ou aux États-Unis, n'importe où, qu'importe, mais loin de l'Allemagne, et plus loin encore de la Russie. Un homme marié à une femme prénommée Véra et père d'un jeune garçon qu'ils ont appelé Dimitri.

Comment un être aussi vulnérable et aussi enclin à se faire emporter par les déferlantes du XXe siècle pourrait-il se transformer en l'ennemi suprême de Staline ? Je l'imagine en bras de chemise, s'entraînant à ne pas mettre de barre au chiffre sept et ainsi passer pour un Occidental anglophone, puisque les Anglais, contrairement aux Russes, ne barrent pas le sept. Il tient à ne pas se faire repérer comme un exilé, il ne veut pas que ce coup de crayon sur un chiffre trahisse son passé d'enfant d'aristocrate ruiné nostalgique du palace et du domaine avec servage. Bien entendu, il cultive la langue russe comme sa mère garde les photos de famille, mais quand il écrit en anglais, il veut écrire comme un Anglais : il est prêt à s'assimiler, à s'effacer tout entier si en échange il peut avoir la garantie d'une vie décente pour lui et sa famille. Sa façon limpide et directe d'être au monde annonce – sans que personne ne le sache, pas même lui – la défaite de Staline. Tandis que Nabokov bat des ailes dans les résidences obscures de l'exil, le totalitarisme de Staline échoue, n'ayant pas atteint cette totalité à laquelle prétendent les totalitaristes. Nabokov triompha parce qu'il n'envisagea même pas de livrer bataille. Son obstination à vivre, semblable au vol bref et oublieux du papillon de nuit, l'érigea au-dessus du Diable sanguinaire du tarot.

Et pourtant, du fond de cette très obscure insignifiance, une connexion s'établissait avec la piscine de Sotchi, qu'un esprit plus attentif aux signes ésotériques aurait relevée, sinon alors, du moins avec les années, lorsque les souvenirs mûrissent et se piquent de sens. En juillet 1936, au même moment où le *Vojd*, dans sa *datcha*, suivait le procès de Kamenev et de Zinoviev, Vladimir Nabokov commença à se gratter et à se plaindre de la première terrible poussée de ce qu'il nommerait son Grec, du fait du nom si pédant qu'il se coltinait : psoriasis.

Sans argent pour consulter un médecin, il embrassa le remède de grand-mère le plus ancien préconisé pour traiter son mal, les bains de goudron de houille. Mais, comme nous ne sommes pas sans le savoir tous ceux qui avons rempli la baignoire et versé cette pestilence oléiforme dans l'eau jusqu'à obtenir une gadoue bitumineuse, le traitement ne fit que l'indisposer davantage.

En janvier 1937, année des grandes purges soviétiques, Vladimir laissa Véra et Dimitri dans l'appartement de Berlin dans lequel ils vivaient et se rendit à Paris en prévision d'un deuxième exil. L'Allemagne était devenue une terre hostile : Véra était juive et le gouvernement nazi avait nommé comme interlocuteur pour les exilés russes l'assassin du père de Nabokov. Comme d'autres intellectuels, Vladimir avait tissé des liens en France et comptait s'appuyer sur ces réseaux. L'idée consistait à se faire un peu d'argent grâce à des collaborations, des commandes et des conférences, et entrer en relation avec des journaux et des éditeurs français pour s'établir dans le pays. En attendant, il louerait pour l'été une maison abordable, mettant à contribution des amis dont les amis avaient des amis qui... Leur intention était d'emménager en avril et pour quelques mois sur la Côte d'Azur ; ils envisageraient la suite plus tard. Paris n'était pas une option car trop cher, mais ils ne pouvaient pas s'installer trop loin non plus, Vladimir devant se rendre fréquemment à la capitale pour s'y montrer dans les salons et les rédactions.

Tout un plan élaboré en dépit d'une bureaucratie écrasante pour ces réfugiés qui mouchetaient les quartiers populaires des capitales européennes. Vladimir et Véra étaient des apatrides : la nouvelle URSS ne leur accordait pas le statut de citoyens et la vieille Russie avait cessé d'exister. C'était pour des gens comme eux que la Société des Nations avait créé les passeports Nansen, des documents réalisés dans un papier très mauvais et très fin qui se déchirait sous les tampons. La moitié des pays ne les reconnaissait pas, l'autre moitié ne le faisait qu'au terme d'une infinité de démarches. Franchir les frontières et, à plus forte raison, s'installer avec un jeune enfant et quelques meubles supposaient pour les Nabokov une céphalée de rendez-vous aux consulats et copies en trois exemplaires qui engloutissaient pratiquement tout ce qu'il leur restait de forces. Les refus, les surcoûts et l'incurie des fonctionnaires finirent par miner le couple, lequel s'épuisait à discuter les termes d'un avenir imprévisible. Nabokov était convaincu qu'ils devaient s'établir en France, où les attendaient des amis russes. Véra, elle, préférait la Belgique ou l'Italie. Lorsque Vladimir se rendit à Paris pour y donner ses conférences et préparer le terrain, ils n'étaient pas encore décidés. Et ce, alors qu'il vivait la pire et la plus furieuse des poussées de la maladie qui, d'après certains de ses biographes, le conduisit à envisager le suicide.

Le 27 janvier 1937, Vladimir écrit à Véra au sujet de son psoriasis : "Je souffre tellement de mon Grec (je ne dors pas la nuit parce que cela me démange terriblement – et cela affecte beaucoup mon humeur) que j'ai décidé d'aller voir un médecin, car le *précipité blanc* ne fait qu'aggraver les choses. Ce goudron idiot a eu un effet horrible."

Le lendemain, dans un post-scriptum, il écrit : "Je suis allé chez M. avec Lioussia et ensuite, ai vu un médecin. Il propose de faire je ne sais quelles piqûres, vingt à vingt fr. chacune. J'ai refusé."

Vingt injections à vingt francs, autrement dit, quatre cents francs, l'équivalent d'un mois de loyer. À ce prix, il préférait encore se gratter.

Le premier février 1937, il écrit : "Je ne te raconterai pas les insupportables douleurs que me cause le Grec ; les démangeaisons m'empêchent de dormir et tout mon linge est en sang, c'est horrible. Il y a une nouvelle pommade efficace, mais je n'ose pas l'utiliser, car il est écrit sur l'emballage : "*Sali[t] énormément le linge*." Puis il conclut : "Tout irait bien sans cette maudite peau."

Le 4 février, il en remet une couche : "Mon psoriasis va de mal en pis. À mon retour de Londres, je vais me mettre en quête d'un traitement. De temps en temps je rêve de m'enduire de la tête aux pieds et de passer un mois à l'hôpital." Puis il écrit plus loin : "Mon linge est dans un tel état que cela me gêne de le donner à Jeanne ; j'ai dû le donner dans une blanchisserie, où le lavage d'une seule chemise coûte près de trois francs."

Quand je lis ces lettres, où l'anxiété provoquée par le psoriasis se mêle à celle née de l'idée de gaspiller trois francs à la blanchisserie, mon admiration pour l'écrivain se transforme en tendresse amicale de compère malade. Je lui proposerais bien de laver ses chemises en même temps que les miennes, celles que je peux encore laver, celles qui n'affichent pas ces taches indélébiles incrustée en profondeur et qui ne sont plus rouges mais noires.

Il n'y a pas que la lessive qui le remplit de honte. Sans argent pour louer une chambre, loger gracieusement chez des amis est un tourment auquel il ne peut échapper. Il accepte de passer quelques jours chez Tchernavina, qui lui propose de partager une chambre avec son fils. Le 8 février, il écrit : "[...] et je le regrette beaucoup, car le séjour dans une chambre partagée sera pour moi diablement inconfortable, surtout avec mon psoriasis (qui m'empoisonne complètement l'existence, mais j'ai peur d'entamer un traitement avant mon départ pour Londres)."

Malgré tout, il précise volontiers que la maladie est la seule ombre dans sa vie. Il s'efforce de convaincre Véra qu'il est en train de faire son trou en France et que bientôt ils pourront tous les trois vivre ensemble dans ce nouveau pays : "Mon psor continue à empirer – alors que pour tout le reste, je me sens parfaitement bien." (10 février 1937).

Le 15 février 1937 : "Je continue à souffrir terriblement de mon psoriasis : il a atteint des dimensions inouïes et le plus désagréable est que j'ai aussi des taches sur le visage. Mais les démangeaisons sont pires que tout. Je rêve éperdument de calme, de pommade, de soleil..."

Deux semaines plus tard, il écrit depuis Notting Hill où il loge, non sans surprise, chez des émigrés russes. À Londres, les choses s'annoncent bien, il semblerait que le courant soit passé avec les éditeurs et les anciens camarades de Cambridge (où il s'est rendu et a visité les *backs*, ces jardins à l'arrière des *colleges* qui bordent la rivière Cam, où il a composé ses premiers bons vers). Le 4 mars, il écrit : "Je crois que j'ai trouvé le moyen de faire illuminer gratuitement mon Grec."

La photothérapie ou PUVAthérapie (l'irradiation du corps par des rayons ultraviolets A) était une forme très novatrice et quasi expérimentale de traiter les cas graves de psoriasis dans les années 1930, que l'on continue d'utiliser à ce jour. Un tourment auquel, du reste, j'ai échappé. Toujours est-il que le mot à retenir dans la phrase est "gratuitement". Vladimir se réjouit de ce que les chaînes de services rendus entre immigrés servent à soigner sa peau. Cette lettre représente le point d'infléchissement de sa poussée. Les rayons vont produire leurs effets.

Le 10 mars, il écrit de Paris : "J'écris tout doucement ma pièce, je me lève tard, je vais me faire illuminer tous les jours à trois heures : le soleil de montagne m'a déjà fait du bien, en tout cas à mon visage, autrement j'avais un aspect tout à fait inconvenant. Les démangeaisons sur le cou sont plus ou moins passées – mais comme j'ai horriblement souffert toutes ces dernières semaines, dans quel état était mon linge – à cause du sang – et d'une manière générale, je ne m'étais encore jamais senti aussi *utterly miserable*… ce traitement ne me coûte rien. Quand les séances seront terminées, la doctoresse m'injectera aussi mon propre sang – on dit que c'est très efficace. Peut-être parce que j'écris bien, ou à cause du soleil mauve, ou parce que je te reverrai dans trois semaines, je suis aujourd'hui d'excellente humeur."

Le ton n'a plus rien à voir, ce qui m'amène à penser une chose que je développerai par la suite : ce n'est pas l'humeur qui aggrave le psoriasis, à travers la soi-disant somatisation, mais c'est le psoriasis lui-même qui vous plonge dans l'aigreur. Lorsqu'il blanchit, ce sont les mots qui s'apaisent également : les phrases se parent d'un sourire et les adjectifs perdent toutes leurs écailles.

Le 6 avril, Nabokov est à ce point ravi de son traitement qu'il conseille à Véra d'aller voir sa doctoresse. Elle pourra lui soulager les nerfs et les douleurs causées par la tension que suppose de vivre à Berlin seule avec un enfant de trois ans : "À propos, ma doctoresse Kogan-Bernstein (une sainte femme et un excellent médecin, qui me traite à la lumière tous les jours pendant une heure, ce qui ailleurs me reviendrait à cent francs la séance, alors qu'elle le fait gratuitement) dit que les bains de boue de Franzen[s]bad peuvent parfaitement être remplacés […] par des bains électriques qu'elle pourrait faire […]"

Sacrée doctoresse Kogan-Bernstein, plus qu'une femme de science, une sainte. À laquelle il ne s'en remet pas aveuglément pour autant. Il y a certaines choses que Vladimir n'est pas encore prêt à tenter, et je le comprends, car elles font incontestablement penser aux saignées moyenâgeuses et aux sangsues. Le 12 avril, il écrit : "Aujourd'hui la doctoresse devait me faire une opération expérimentale (me prendre du sang d'une veine pour l'injecter dans une autre), mais les 'étudiants' me le déconseillent vivement, d'ailleurs, le soleil a un effet remarquable sur mon Grec."

Le 15 avril, la rémission s'apparente à une guérison : "J'ai grossi, bronzé, changé de peau." C'est tout juste s'il fera mention du Grec dans la suite de sa correspondance. Mais il est vrai aussi que cette correspondance cessera peu de temps après, puisque le couple se réunit enfin, au terme de cinq mois de séparation, et passe l'été à Cannes, se parlant en tête à tête, sans lettres interposées. Tous les jours, Vladimir accompagne Dimitri à la plage et ils se baignent dans une Méditerranée affable, identique à la mer de son enfance, quand il n'avait pas besoin de passeport Nansen et qu'il voyageait en wagon-lit, dans un compartiment rien que pour lui. Et même si tout a changé depuis, son fils reste cet estivant Russe de la Côte d'Azur, comme lui en son temps.

Une présence néanmoins perturbe la sérénité estivale de ces premières semaines. Alors qu'il sort de la résidence tenant Dimitri par la main, Vladimir tombe nez à nez avec une femme postée au milieu de la rue, qui le contemple d'un air sévère. Ils échangent quelques mots, tendus, et tout porte à croire qu'il lui signifie de s'en aller. Elle n'en fait rien et se met à suivre le père et le fils, à distance, jusqu'à la plage. Vladimir et Dimitri entrent dans l'eau, jouent sur la grève humide et s'assoient pour prendre le soleil et s'ensabler, et Vladimir fait preuve de suffisamment de sang-froid pour prétendre qu'il passe une journée quelconque à la mer. À quelques mètres, en silence, la femme assiste au bonheur d'autrui sans le quitter des yeux, solitaire et grave. Sa présence inquiète les baigneurs.

Passé la mi-journée, peu avant le déjeuner, Véra rejoint ses hommes sur la plage, et comme la femme n'a pas bougé, mais qu'elle ne fait pas davantage mine d'approcher ou de se remettre à parler, Vladimir n'a d'autre choix que de lui fournir une explication :

C'est Irina. Elle est venue depuis Paris, je lui ai demandé de partir.

Véra acquiesce et jette sur elle un regard discret. Le couple continue de jouer avec l'enfant comme en un jour normal de cet été si anormal, et quand arrive l'heure du repas, la famille se retire, chacun tenant Dimitri par la main. La femme demeure assise un moment encore, puis finit par partir à son tour. Ils ne la reverront plus jamais.

Irina Guadanini était une Russe délicate de trente-et-un ans qui connaissait Nabokov des cercles d'exilés. Elle avait épousé un Belge, toutefois son mariage s'avéra désastreux et, lorsque Vladimir arriva à Paris en janvier 1937, elle vivait avec sa mère et composait parfois des vers qui des années plus tard se sont révélés intenses et puissants. La mère et la fille assistèrent à une conférence publique donnée par l'écrivain, à l'issue de laquelle elles lui avouèrent, l'une et l'autre, leur admiration. Ils se donnèrent rendez-vous dans des cafés, et au bout de quelques jours, il arriva ce qui arrive d'ordinaire lorsque deux adultes qui se sentent seuls et un peu perdus si loin de la Russie, commencent à se plaire.

Quoique Irina devînt une tentation irrésistible, il ne semblerait pas que Nabokov ait envisagé un jour de quitter sa famille pour elle. Véra était la seule personne au monde à qui il pouvait véritablement faire confiance et l'idée de vivre sans son fils lui était insupportable. Dans *Autres rivages*, il lui consacre quelques-unes des plus belles lignes qu'un père n'ait jamais adressées à son bébé, évoquant les promenades à poussette qu'il lui faisait faire dans Berlin en 1934 et 1935. Il se remémore la forme du guidon, la pression qu'il exerçait sur celui-ci pour franchir les bordures et la sensation gazeuse et narcotique de se savoir le père d'une créature aussi merveilleuse. Malgré tout, Irina ne fut pas qu'un simple caprice. Nabokov tomba amoureux, comme lui seul, enfant sentimental biberonné à la poésie de Pouchkine, pouvait tomber amoureux. À trente-sept ans sonnés, c'était loin d'être un cynique. Au demeurant, il ne le fut jamais. Comme ne peut jamais l'être quelqu'un qui court après les papillons pour les observer de plus près.

Irina, tous les nabokoviens en sommes convaincus, était de ces amours qui vous consument jusqu'à la moelle. Ceux qui se représentent un Nabokov cruel – possiblement parce qu'ils n'ont jamais connu d'Irina dans leur vie, ou parce qu'ils ne supportent pas la grandeur simple d'un lépidoptériste – prétendent qu'il s'est servi d'elle, qu'il s'est comporté en macho violeur, qu'il se délassa entre ses seins en l'absence de Véra, et qu'il la jeta comme une malpropre dès le retour de l'épouse légitime. Rien n'est plus faux.

Il comprit, dès la première rencontre, qu'ils filaient tout droit vers des bancs de brouillard insondables ne laissant présager rien d'autre que des récifs et des falaises sur lesquels ils échoueraient fatalement. Mais qui pourrait repousser les avances d'une femme comme Irina en ce printemps parisien ? Qui pourrait dire non au seul plaisir qu'offrait un exil de francs raréfiés et de chambres partagées ? Un autre plus bourgeois, plus posé et moins griffonneur de rimes, sans doute. Mais pas Nabokov, évidemment. Il n'avait jamais refusé un corps féminin et il ne commencerait pas par celui de cette jeune fille si triste et pâlotte.

La romance – car il est juste de l'appeler ainsi, beaucoup plus qu'aventure ou tromperie – coïncida avec cette poussée sauvage de psoriasis qu'il dépeignait à Véra dans sa correspondance, de sorte que la pensée magique, qui chez un Russe aux penchants métaphysiques est un caillou sur lequel on bute aisément, s'activa : sa peau exprimait l'appréhension de tromper Véra et de donner de faux espoirs à Irina. La culpabilité se transformait en plaques et en squames, et maculait de sang ses draps et ses chemises. Une théorie que venait renforcer la croyance – encore prégnante de nos jours – suivant laquelle le stress influe sur la peau et attise, voire déclenche, ses maladies.

La plupart des biographes ont adhéré à l'explication paranoïde de Nabokov, et on lit aujourd'hui dans n'importe quelle notice sur sa vie que la tension et la mauvaise conscience découlant de son amour pour Irina ont été à l'origine de cette poussée.

Or, depuis que l'on sait que le psoriasis est l'expression épidermique d'une maladie auto-immune beaucoup plus complexe, le lien avec le stress ne tient plus la route. Les poussées vont et viennent pour des raisons qui échappent au comportement de l'individu. Ce sont les anticorps détraqués qui les provoquent, et ceux-ci n'ont que faire des dilemmes moraux, pas plus qu'ils ne se sentent concernés par un quelconque surmenage émotionnel. Un anticorps ne souffre pas parce qu'il aurait à choisir entre l'épouse et la maîtresse. Dès lors que la science est incapable de contredire la pensée magique – et même quand elle le serait –, nous faisons preuve d'un immense talent pour relier causes et effets. La moindre déconvenue explique les taches sur la peau, et comme il nous en arrive pratiquement tous les jours et que rares sont les minutes de bonheur quand rien ne nous angoisse, nous trouverons sans cesse une explication à la moindre poussée.

Je crois que c'est la maladie qui influença les décisions de Nabokov et non l'inverse. Plutôt que d'expliquer son psoriasis comme une réponse corporelle à un dilemme sentimental, il serait plus raisonnable d'expliquer la réaction de Nabokov au regard de son psoriasis. Puisqu'il s'imaginait que les taches étaient le fruit du débat intérieur qui agitait son cœur, il se persuada que ses agissements étaient répréhensibles et qu'il devait y mettre fin avant qu'il ne fût trop tard. Sans psoriasis, le poète charmeur en lui aurait complètement annulé le père de famille qui essayait de subvenir aux besoins des siens dans une Europe impossible. Il se serait laissé aller à tout ce romantisme mal digéré qu'il traînait depuis Saint-Pétersbourg et il aurait fait ce que font les héros dans les romans russes : tout perdre par amour. Le psoriasis agissait comme le rappel carné de ses obligations envers Véra et Dimitri. En s'astreignant à écrire et à raconter à sa femme l'ampleur de sa souffrance, le désespoir du picotement et la honte du sang, il se persuadait lui-même que sa place était là où il se trouvait avant d'avoir humé la peau d'Irina. C'est pourquoi il rompit avec elle et lui expliqua qu'il avait besoin de Véra et de Dimitri ; et à peine retrouva-t-il sa femme, il lui avoua tout.

Comme dans les mélodrames, Véra lui demanda s'il était amoureux d'Irina ou si celle-ci n'avait été qu'un caprice de séducteur. Vladimir dut éprouver le plus grand mal à lui répondre qu'il était amoureux, qu'Irina avait fait naître en lui un sentiment lancinant. C'est alors que, respectant scrupuleusement le rôle de l'épouse dévouée et compréhensive dont elle ne s'écarta jamais, Véra l'incita à partir avec elle. “Va et rejoins-la”, lui dit-elle, sachant qu'alors elle se retrouverait seule avec un enfant de trois ans dans un pays où elle n'avait pas choisi de vivre. Il refusa. Je ne sais comment – l'expression orale n'étant pas son fort, lui était écrivain –, il lui fit savoir qu'il ne renoncerait pas à son amour pour celui d'Irina ; qu'elle comptait beaucoup plus à ses yeux et qu'il pouvait vivre sans Irina si jamais elle voulait bien le pardonner.

Elle le pardonna. Véra pardonnait toujours. Tout et sans conditions.

Vladimir réclama à Irina les lettres qu'il lui avait adressées, puisqu'elles ne contenaient, dit-il, rien que des exagérations d'écrivain. Voilà qui était cruel. Pourquoi vouloir faire croire à cette jeune femme qu'il avait simulé l'amour, alors que tous les deux savaient parfaitement ce qu'il en était.

Nabokov aurait bientôt quarante ans et il pouvait se vanter d'avoir échappé aux bourbiers de ce siècle. Il avait survécu aux bolcheviks puis aux nazis, et alors qu'une foule d'exilés sombraient dans l'écœurement et l'indigence, Véra et lui avaient construit une vie simple et modeste, aussi fragile que celle de n'importe quel Européen de l'époque, mais dans laquelle il ne manquait jamais une collation à l'heure du repas ni des jouets pour Dimitri à Noël. Grâce à sa connaissance de l'anglais, il traduisait lui-même ses propres livres et parvint à les placer dans le marché anglo-saxon, lequel commençait à lui manifester un certain intérêt. Il dépendait de moins en moins exclusivement des cercles russes mal aérés et de plus en plus concentriques et misérables à mesure que l'URSS se consolidait comme la seule Russie possible. La décision d'abandonner Irina faisait partie de ce pourrissement doux que certains appellent maturité et qui permet d'affronter le monde tous les matins en sortant de chez soi sans éprouver trop de dégoût à son propre endroit.

Si la guerre ne s'était pas immiscée, les Nabokov auraient mené une existence paisible et discrète quelque part en France, mais en 1939, ils furent poussés à un nouvel exil qui, un an plus tard, les conduirait aux États-Unis, où le jeune Sirin deviendrait le vieux Nabokov que nous lisons aujourd'hui. Irina demeura à Paris, s'enfonçant chaque jour un peu plus dans la pauvreté et la dépression, préparant le terrain pour que la postérité l'érige comme la plus grande victime de la lascivité d'un Russe particulièrement lascif.

Car il ne faut pas se raconter d'histoires : Nabokov, c'est *Lolita*. Quand bien même nous autres nabokoviens ne jurerions que par *Feu pâle*, *Autres rivages*, ou ses romans échiquéens, ou que nous nous accrocherions, tels des fumeurs d'opium, aux vapeurs généalogiques de *Ada ou l'ardeur*, *Lolita* est et restera à jamais le tourbillon où convergent les flots dont l'auteur a ouvert les vannes. Il ne sera jamais jugé à l'aune d'aucun autre de ses livres et sa vie tout entière sera lue comme le reflet de celle de Humbert Humbert, le violeur de jeunes filles.

Un tel jeu de miroirs et de sublimations des désirs criminels (l'idée suivant laquelle Humbert Humbert révèle la personnalité véritable de l'écrivain, réprimée par un moi conscient) devait beaucoup l'amuser, car s'il y avait bien quelque chose que Nabokov détestait, c'était la psychanalyse. Il ne mentionnait jamais Freud par son nom, préférant l'appeler "le charlatan viennois" entre autres quolibets du même genre, et rien ne lui semblait aussi ridicule que l'interprétation de la littérature (et des rêves, qui l'occupèrent grandement) comme expression d'un inconscient. Parce qu'il avait été éduqué dans la tradition symboliste la plus délicate, Vladimir croyait que la poésie des images ne méritait pas le traitement grossier et simpliste de la psychanalyse. Sa métaphysique, laquelle se révélait phrase après phrase, suivant une technique de kaléidoscope, aspirait à une vérité qui n'avait rien à voir avec le mécanicisme rustre de qui comprend la perversion comme l'impulsion physiologique refoulée consistant à retenir un pet et à le lâcher dans un livre plutôt que dans le salon. Lorsqu'il développait une analogie, Nabokov s'efforçait de manifester l'idée d'un temps concomitant : tout a lieu au même moment. Le passé, le présent et le futur sont des dimensions superposées. Dans ses livres, dont *Lolita*, les choses se produisent en même temps et constamment. Un homme est enfant et vieillard dans une même scène. Lui-même, dans ses mémoires, convoque un souvenir enfantin de son père qui se mêle à la vision de son corps dans le cercueil. Son père vit et meurt en même temps. Seul quelqu'un ayant passé son enfance dans un pays perdu auquel on ne peut revenir, sait exprimer une chose à ce point insaisissable pour l'esprit.

C'est pourquoi, bien qu'il n'eût pratiquement plus fait référence à son Grec dans sa correspondance privée, cette poussée de culpabilité et de démangeaison et de chemises blanches en sang rejaillit partout dans son œuvre. L'idée de la peau à la fois honteuse et sublime, la peur de toucher et d'être touché, les vêtements comme protection et distance, et même l'obscurité, cette façon de représenter la mémoire telle une chambre dans la pénombre, sont des reflets nullement freudiens, mais parfaitement métaphysiques de ces quelques mois de 1937.

Le Humbert Humbert de *Lolita* se remémore que, à Paris, où il vécut plus ou moins à la même période que Nabokov (de 1935 à 1939) et dans la même pauvreté, il avait une baignoire “dans laquelle j’avais l’impression d’être comme Marat, mais sans pucelle au cou blanc pour me poignarder”. N’importe quel papivore atteint de psoriasis se représente en Marat dans sa baignoire. On ignore de quel mal était atteint le révolutionnaire, puisqu’on ne saurait poser un diagnostic sur quelqu’un mort il y a plus de deux cents ans, mais les dermatologues passionnés d’histoire et de littérature se sont amusés à émettre des conclusions à partir de la description des symptômes offerte par Marat lui-même et d’autres témoins. Le plus probable est qu’il souffrît de dermatite herpétiforme, une maladie qui de nos jours se soigne en adoptant un régime sans gluten. Marat s’alimentant – je vous le donne en mille – à base de pain et de biscuits, devait aggraver horriblement ses démangeaisons.

Nous autres malades de la peau, sommes tous des Marat dans sa baignoire. Dans sa peinture, c’est nous tous que David donne à voir.

En bon chasseur, Humbert Humbert repère ses proies à l’odeur. Il aime chez les nymphettes – ces filles qui sont sa perdition – les peaux naturelles, non corrompues par la cosmétique qui entartre les femmes adultes. Il déteste l’odeur de déodorant et il n’y a rien qui lui fasse tourner la tête autant que la sueur acide d’une fille qui joue dans le parc. Il admire également les imperfections qui révèlent l'enfance : un genou écorché, par exemple, qui contient dans sa blessure la peau qui fut et la peau qui adviendra, la douleur présente et toutes les douleurs à venir. Une éraflure qui signale à la fois la mortalité et l'éternité, à travers ce jeu de temps concomitant sans lequel on ne saurait comprendre une seule page de Nabokov.

Je ne souhaite pas me perdre davantage dans *Lolita* car bientôt je ne saurai si je parle encore de ce qu'écrit Nabokov ou de ce que, moi, j'écris ici. Dès que nous interprétons les auteurs que nous aimons, c'est en réalité nos propos que nous interprétons. Ce que nous croyons lire chez eux recoupe ce que nous n'avons pas su exprimer avant de l'avoir lu. Je ne sais plus si je défends la métaphysique temporelle de mon pauvre chasseur de papillons ou bien mon entêtement très profane à vivre à la fois dans le premier baiser de l'adolescence et dans le quadra à la peau malade qui foule aujourd'hui ces mêmes pavés et tombe toujours et encore sur soi dans des dimensions superposées. Nous traquons la synchronie du temps dans l'espoir de nous reconnaître à chaque instant de notre vie, seule façon de comprendre que nous sommes tous ces inconnus qui défilent sur cette même place. Non pas que nous avons été, mais que nous sommes toujours.

Aussi insaisissable que cela puisse paraître, je n'ai jamais cessé d'embrasser cette fille sur la place, de contempler la carte de Staline dans cet appartement de Cuatro Caminos, d'appréhender le méthotrexate, et je lis toujours la même page de

Roald Dahl. Je continue de serrer dans mes bras le cadavre de mon fils Pablo et de porter les cheveux longs, et je me gratte la première plaque de psoriasis avant de savoir ce qu'est le psoriasis tandis que j'écris ces lignes et que je me gratte d'autres plaques, quelque vingt ans plus tard. Toutes choses que l'on sait, à défaut de comprendre. Que l'on perçoit tout simplement, comme la vie qui s'étale dans un tirage du tarot.

Peut-être faut-il se projeter tel Marat dans sa baignoire pour accepter que tout a lieu ici et maintenant, que tout a déjà eu lieu et que tout doit encore avoir lieu. Que je suis cet homme qui tachait ses draps à Paris en 1937, et moi encore qui allais aux séances gratuites de photothérapie. Il faut se gratter comme se grattait Marat pour comprendre qu'aimer Irina est une façon d'éprouver de la nostalgie pour Véra, et qu'avoir Véra sur la plage avec Dimitri est une façon de regretter Irina. Tout tacher de sang, se changer en monstre et se sentir coupable – et s'imaginer que la monstruosité est l'expression de cette culpabilité – sont autant de choses permettant d'accepter le monde tel qu'il se présente en ces matins d'été de 1937 sur la plage de Cannes : lumineux, légèrement ventés, faisant miroiter plus de promesses que ne peut en tenir une journée, et avec la détermination de ne pas se retourner sur cette femme assise très quiètement à quelques mètres de nous.

IMPUR

Quelque quarante kilomètres seulement séparent Qumrân de Jérusalem, mais dans le monde antique, il n'en fallait guère plus pour faire de cette vallée un lieu isolé. Et qui l'est resté longtemps encore, comme l'a démontré la découverte, en 1947, soit un an avant la création de l'État d'Israël, des huit cent cinquante rouleaux de cuir aujourd'hui connus sous le nom de manuscrits de la mer Morte, même si les experts leur préfèrent l'appellation "de Qumrân", demeurés enfouis pendant deux mille trois cents ans. Ils représentent l'une des plus importantes découvertes archéologiques de notre histoire ainsi qu'une source de connaissance infinie servant à reconstituer la vie de ces très étranges Juifs de l'Antiquité, contemporains des Maccabées, voire antérieurs. Je dis Juifs étranges parce que ce sont là des documents appartenant à une communauté retirée, méfiante vis-à-vis du pouvoir de Jérusalem et de la corruption des villes. À l'instar des ultra-orthodoxes d'aujourd'hui, ces gens considéraient que la seule façon de vivre pleinement leur foi était de se couper du reste du monde. Les manuscrits les plus anciens remontent au IVe siècle av. J.-C. et traitent de quantité de sujets, mais il en est un qui sort du lot, le 1QS, lequel a été longuement étudié par Millar Burrows, éminent bibliste de l'université de Yale et découvreur des parchemins. Nommé le *Serekh hayyaḥad* en hébreu, il est plus connu comme la “Règle de la Communauté”.

Si l’on voulait rejoindre la secte de Qumrân, il ne suffisait pas de simplement désirer se placer à l’écart de la civilisation, il fallait se soumettre à une discipline hystérique et inflexible. La vie sur ce bout de terre aride, vouée à une existence de misère et de privations, était un honneur auquel seuls de très rares privilégiés avaient accès. Nombreuses étaient les raisons qui pouvaient conduire un aspirant à se heurter à des portes closes, forcé de refaire les quarante kilomètres de désert dans le sens inverse jusqu’à la banlieue de Jérusalem. Dans la “Règle de la Communauté” sont exposées les quelque trente raisons (elles-mêmes divisées en de multiples raisonnettes) d’après lesquelles la secte de Qumrân considérait un Juif comme impur, lui interdisant ainsi l’entrée du sanctuaire. Les maladies de peau figuraient en haut de la liste.

Toute personne présentant un eczéma, des boutons, des plaques, des pétéchies ou n’importe quelle tache d’une nature quelconque, non seulement ne pouvait entrer en contact avec la communauté, mais se voyait également interdite de presser des olives pour en extraire l’huile ou de manipuler quelque aliment que ce fût ayant pour destination Qumrân, car elle le souillerait et lui transmettrait son impureté, contaminant alors les membres de la secte. Les spécialistes se sont intéressés à cet attachement obsessif à la pureté et aux ablutions : la communauté de Qumrân passait son temps à faire trempette (chose aisée, bien que vivant dans l’un des lieux les plus désertiques de la planète, car elle se trouvait non loin de la mer Morte et à proximité d'un fleuve). Il fallait se laver avant et après chaque repas, et pratiquement avant d'entreprendre la moindre activité rituelle, domestique ou sociale. Les plus dévots de ses membres, ceux qui observaient scrupuleusement les règles, étaient très probablement les gens les plus propres de toute l'Antiquité, et de toutes les périodes suivantes. Même les chirurgiens d'aujourd'hui ne sauraient concurrencer les exigences d'alors.

Il paraît sensé pour une communauté obsédée par la pureté de fuir ce que la plupart des gens considèrent être la marque d'impureté la plus évidente et la plus directement liée à l'absence d'eau et de savon. La teigne et la gale (qui, comme l'or et l'amour, ne peuvent pas durer toujours, dit-on aux crasseux) étant les plus courantes, quoique l'on attribue pratiquement toutes les maladies à un enthousiasme limité pour l'eau courante.

Lorsque cette tache au bras, que je grattais lorsque je vivais avec ma sorcière dans l'appartement de Cuatro Caminos, s'est muée en une concentration de taches qui réclamaient qu'un médecin s'y intéresse, ma mère, membre éminent de la secte de Qumrân, a décrété que j'avais fini par attraper une saloperie dans la porcherie qui me servait de logement. Loin de sa surveillance, j'avais dû m'abandonner au laisser-aller des gorets. Va-t'en savoir sur quelles paillasses je m'affalais pour cuver mon vin, tous les combien je faisais une lessive et dans quel état se trouvait la cuisine. Cela dit, elle n'avait pas tout à fait tort : au minimum, l'appartement ne remplissait pas les critères pour recevoir du public et ni les toilettes ni la salle de bains n'auraient obtenu l'approbation d'inspecteurs du service d'hygiène. Cela dit, je n'ai jamais dérogé à l'impératif de la douche quotidienne ni consenti à porter des vêtements sales. Quoi qu'il en soit, cette dermatite séborrhéique (premier diagnostic nonchalant d'un médecin qui avait regardé vite fait mes taches et n'avait pas cru nécessaire de me diriger vers un dermatologue, arguant que cela partirait au bout de deux jours en appliquant une crème de rien du tout) portait les stigmates d'une vie loin de sa mère. Voilà ce qu'il advient aux enfants dès lors qu'ils quittent la maison, s'oublient, mangent à point d'heure, on ne sait quelles cochonneries, boivent trop, et se couchent très tard, se flétrissant en fin de compte, jusqu'à se transformer en monstres. En monstres crasseux.

L'une des causes les plus profondes de la honte et de l'anxiété qu'éprouvent les malades de la peau, c'est d'être toujours considérés comme des porcs. Ils se voient refuser l'entrée à Qumrân et partout ailleurs. Ne parlons pas des vestiaires à la salle de sport ou du bassin de la piscine municipale. Jusqu'à très récemment, ils ne pouvaient pas non plus intégrer certaines corporations, comme la police. Les gens feraient-il confiance à un policier arborant des taches sur la peau ? Pire encore : se soumettraient-ils à l'autorité d'un agent présentant des squames sur les mains et le visage ? Le consensus social s'est toujours rangé du côté du non, maintenons la quarantaine pour les galeux.

À mesure que le collagène perd en élasticité et que les années vous pourvoient en rides, la peau se couvre également de taches, de furoncles et de poils malcommodes, comme un reflet de l'usure que l'âge impose à tout un chacun. Nous sombrons dans le cynisme, nous amassons des salissures, des péchés et des crimes que nous préférons taire. Vivre est le processus par lequel nous perdons la pureté. Nés avec, nous la dégradons au fil des petites trahisons, des mensonges, des échecs et des rancœurs. C'est pourquoi la peau des enfants est pure et lisse, et celle des vieillards est pleine de querelles et de hontes.

Un raciste considère comme impure n'importe quelle peau sur les carreaux de Von Luschan qui ne sont pas les siens. Pour d'autres, l'impureté réside dans la peau elle-même, surtout féminine, ce qui les pousse à en interdire l'exposition. D'un point de vue anthropologique – qui est une façon aussi littéraire et triviale de lire le monde que dans n'importe quel roman –, cela pourrait s'expliquer par le fait insolite de ne pas avoir de poils. Nous autres humains, comptons parmi les très rares mammifères terrestres à ne pas être entièrement recouverts de poils. Compte tenu de notre abondante transpiration. Nous utilisons notre sueur comme un moyen de réguler la température interne de notre corps, que nous devons maintenir constamment à trente-six degrés cinq. Suer est l'un des choses que nous faisons le mieux. L'absence de pelage pouvant gêner la transpiration est un avantage considérable qui nous aide à ménager nos forces et nous montrer plus efficients.

D'animaux archi-poilus que nous avons été un jour, nous ne conservons que quelques vestiges sur la tête, sur les parties génitales et un duvet plus ou moins fourni au niveau des jambes, des bras, des aisselles et de la poitrine. Cette nudité, que nous compensons à peine par des vêtements, nous permet de communiquer grâce à la peau. En tant que superficie lisse pouvant accueillir des pigments (non seulement externes, mais aussi ceux que fabrique la peau elle-même, la mélanine, avec laquelle nous pouvons jouer de façon très sophistiquée et nous montrer pâles ou bronzés selon notre souhait) et quantité d'interventions (piercings, ornements, lacérations, et marques en tout genre), nous avons pris l'habitude de nous exprimer à travers elle et de transmettre aux autres une certaine idée de qui nous sommes. Avec des poils, nous ne saurions jouer comme nous le faisons, perdant alors notre condition humaine.

La doctoresse Nina G. Jablonski, auteure d'une histoire de la peau, explique que l'une des épreuves les plus difficiles pour un étudiant en médecine est celle de sa première dissection anatomique. Sur la table gît un cadavre maintes fois reprisé, ayant servi dans plusieurs cours et qui empeste le formol et autres baumes biocides. Néanmoins, il conserve son apparence humaine. Sous les rafistolages, la rigidité et la saponification pointe encore la personne qu'il a été. Si les étudiants sont faits du même bois que les médecins, ils vaincront leur répugnance et leur envie de s'enfuir pour aller s'inscrire en fac de Droit, et empoigneront le scalpel de la main gauche ou droite. Fermement et vigoureusement, ils dirigeront la lame vers le torse ou le ventre, ou vers la partie du corps que leur aura indiquée le professeur. Car voici l'instant crucial, la barrière après laquelle ils ne pourront se dédire.

Trancher la peau pour la première fois, même lorsqu'elle ne saigne plus et qu'elle a revêtu l'aspect du cuir, est une expérience très âpre qui requiert un mélange d'inconscience, de bravoure et de brutalité. Il faudra exercer une pression importante lors de l'incision, laquelle devra être suffisamment grande pour y accueillir les mains et laisser voir l'intérieur. Néanmoins, une fois accomplie, l'état psychique de l'élève opère une transformation. Le jeune appréhensif commence à se comporter en médecin, avec recul et gravité ; froidement. Les viscères, les muscles et les os se présentent à lui comme dans ses manuels et il est désormais capable de les traiter comme des sujets d'étude, comme les pièces d'un moteur qu'il faudrait réparer.

Qu'est-il donc arrivé après le coup de scalpel ? Il a cessé de voir la peau. En se penchant à l'intérieur d'un corps, l'étudiant parvient à mobiliser ses connaissances anatomiques sans se dire qu'il est en train de débiter une personne. Pris comme ça, El Negro de Banyoles constitue un paradoxe, puisqu'il fut déshumanisé précisément dans le but de conserver son attribut le plus humain, sa peau, lors d'un procédé inverse à celui d'une chirurgie curative.

Pendant les secondes que dure la descente du scalpel vers le corps, la conscience d'humanité s'accentue et tente de freiner la trajectoire du bras. Les années passant, si l'élève devient chirurgien, il automatisera le geste et déglutira moins souvent, mais il conservera néanmoins des reliquats de cette première appréhension, raison pour laquelle, dit-on, il n'est pas recommandable qu'un chirurgien intervienne sur ses amis ou ses proches, ou qu'il se fasse opérer par eux, car son métier consiste à ne pas être pleinement conscient qu'il manipule une matière humaine. Sans un égarement, sans une sorte de transe, il serait impossible pour ses mains de s'exécuter avec la dextérité nécessaire.

C'est la peau, et seulement la peau qui nous identifie comme les êtres humains que nous sommes. Et c'est donc son état qui jauge notre humanité. Les fanatiques de Qumrân croyaient qu'un malade lardé de plaies et de marques n'était pas digne d'intégrer l'humanité, ou alors, qu'il en constituait la partie corrompue, s'arrachant à son corps principal comme les lambeaux d'un lépreux se détachent de sa chair.

Nous sommes de plus en plus enclins à nous faire violence afin de satisfaire la pureté cutanée que réclament les leaders de Qumrân. Nous nous épilons, exfolions, manucurons, nous pénétrons dans des chambres d'oxygénation et nous nous enduisons de la moindre crème promettant réparation, jeunesse ou bien-être. Le pur et l'impur ponctuent le rythme du flux musical des parfumeries, lesquelles devraient se présenter comme des fonts baptismaux et faire honneur à leur fonction sacramentelle.

La vente de crèmes, de lotions et de parfums représente dans mon pays un chiffre d'affaires annuel de presque sept milliards d'euros. À côté, les cent cinquante-sept millions que génèrent les cliniques de chirurgie esthétique paraissent bien peu de chose, même si le volume engendré par ces interventions croît à hauteur de neuf pour cent par an (ce qui financièrement est une manne indécente, rendant ces entreprises extrêmement lucratives). Des centaines de milliers d'emplois dépendent directement du désir de pureté de millions de gens qui tous les matins demandent à leur miroir magique au mur, qui a beauté parfaite et pure. Et ce, rien qu'en Espagne, qui compte un chirurgien plastique pour cinquante mille habitants (un taux qui la situe à la cinquième place mondiale). À l'échelle planétaire, le volume des transactions donne le vertige.

Je ne peux m'étendre davantage sur les crèmes et les fragrances, car je souffre d'hyperesthésie olfactive et cela me donne la nausée dès le quatrième paragraphe. Je ne peux entrer dans une parfumerie sans avoir la tête qui tourne ni m'asseoir à côté de quelqu'un imbibé d'eau de Cologne ou de laques. Ma femme s'est résignée à une existence inodore, sans quelques gouttes de Chanel, sans effluves, sans ce geste de coiffeuse à l'ancienne consistant à vaporiser un nuage de parfum et à passer son visage à travers pour le fixer aux pores tel un fantôme. Moi non plus, je n'ai pas d'odeur. Odeur de savon neutre, de shampoing de supermarché sans parfum ajouté, de déodorant doux. J'aspire à ne pas dénoncer mon corps au nez des autres.

Je conserve au fin fond des os du crâne la mémoire d'arômes forts. La salure de certaines sueurs, l'amertume de quelques tétons, le musc de flux passés. Saveurs mammifères et humides, entre la pénombre et l'évanouissement, qui me font avaler de l'air et pulser du sang dans le manche. Je ne supporte pas qu'on les mélange à des lotions et des mixtures de laboratoire. Je dirais que je les aime pures, mais cela reviendrait à tomber dans un paradoxe, car ce qui m'excite et m'assomme est leur impureté, leur distance avec toute notion d'hygiène morale, raciale et bienséante.

Je n'entrerai jamais dans la grotte de Qumrân, mais peu importe, car je n'y suis pas descendu à pied depuis Jérusalem dans l'intention de postuler à la secte. Ma place a toujours été parmi les impurs, exposé à tous les vents, sans maquillages ni crèmes. Depuis le jour où je me suis embroché cette seringue dans la plante du pied sur la plage de mon enfance (était-ce une aiguille ? Je sais, ça devait être une branche, une écharde, j'en passe, mais si jamais c'était une seringue alors, ça l'est toujours aujourd'hui), je me suis réfugié parmi les tarés. Il se peut qu'on n'aperçoive pas le point rouge. Moi-même je ne l'y trouve plus, mais je dois dire que je peine tellement à tourner le pied pour en examiner la voûte plantaire qu'il se peut bien qu'il y soit encore, inaccessible à mon cou rigide et à mon dos pourri. Je préfère autant ne pas le voir, ayant tout le loisir de le supposer. Les souvenirs ne valent que si les faits ne viennent pas les contredire, c'est pourquoi il faut se méfier des preuves et des justificatifs. Il convient de tourner le dos à la contingence et de ne se fier qu'aux échos de la piqûre. Imaginer la blessure, et non la voir.

C'est ainsi qu'elle continuera de battre, comme lorsque j'avais huit ans, très rouge, lumineuse et terrible. Ouverture qui a fait entrer en moi toute la saleté du monde, qui en 1987 était le sida. Comment pourrait-on m'admettre à Qumrân si je traîne dans le pied Sodome, Gomorrhe et toute la fureur de Nabuchodonosor ?

C'est un orgueil majestueux qui souffle sur le geste des anachorètes de Qumrân : plutôt que de s'écarter du monde, ils ont tenu le monde à l'écart. Ils se sont érigés comme le seul monde possible, laissant à l'extérieur tout ce qui ne l'était pas, décidant à travers leurs règles interminables les conditions d'accès à l'humanité pour les malheureux du dehors. Ils ont transformé la planète, avec tous ses pays, ses forêts, ses océans, ses montagnes et ses déserts, en une friche païenne et sale, littéralement oubliée de Dieu, où nous, les expulsés, la lie du genre humain, nous roulons dans la boue, contractant des maladies, forniquant, et hurlant. Certains se traînent jusqu'à l'entrée de la grotte. Franchissent les quarante kilomètres depuis Jérusalem et supplient, à genoux, qu'on leur accorde une place dans le fond. Mais les ermites sont implacables et ne laissent entrer le moindre galeux. Du balai, bandes de chiens. Hors d'ici, sales avortons, vous ne profanerez pas avec votre crasse le temple de pureté que nous avons élevé sur les rives de cette mer si calme.

Aux portes de Qumrân, des milliers et des milliers de parfumeries, de stations thermales, de salons de coiffure, et de cliniques de chirurgie esthétique vendent de l'espoir à un prix raisonnable, hors taxes. Y accourent les impurs, carte de crédit en main, car ils s'imaginent que la pureté s'achète et qu'ils obtiendront leur certificat sous la forme d'une peau lisse, jeune et saine. Blanche, fine, éclatante. Un sauf-conduit qui leur ouvrira les portes de Qumrân. Mais aucun professionnel de l'esthétique ne peut purifier l'impur, ni aucune crème hydrater les aspérités du collagène rigidifié.

Vous n'êtes pas humains, nous dit-on du fond de la grotte. Nous pourrions vous inciser au bistouri sans trembler puisque votre peau est factice, corrompue, et qu'en la fardant de cosmétiques vous ne faites que la draper dans son linceul, morts-vivants, figures pathétiques du désert. Attendez dehors la fin des temps. Boucanez sous le soleil de Judée vos cuirs asséchés et cessez de nous importuner, nous qui avons une peau authentique et qui, pour cela, pensons, aimons et compatissons les uns avec les autres.

Nous pourrions prendre d'assaut la grotte. Et moi, j'irais en boitant, parce que le point rouge me tourmente aujourd'hui autant qu'hier. Nous sommes nettement plus nombreux, nous aurions assez de quelques bâtons pour forcer la porte et ravager le temple, mais à quoi bon ? Pour refaire l'histoire du bolchevik qui tue le tsar et prend la place du tsar ? Même si parmi les couche-dehors de la brousse certains se morfondent dans leur propre impureté et se battent pour la nettoyer à coups d'exfoliants à cent euros pièce, d'autres comme moi embrassons l'opprobre et la saleté. Nous nous reconnaissons dans la somme de nos défauts et nous nous savons vivants du moment que nous dérangeons les purs.

La vie comme un dérangement, voilà. Mais un dérangement pour les autres. Qu'ils soient forcés de nous voir, écorchés et fétides, chaque fois qu'ils sortiront la tête de leur grotte pour l'aérer. Qu'ils n'aient d'autre choix que de nous voir, avachis ou marchant sous le soleil, comme dans une version zombie de la chanson de Cyndi Lauper.

Il y a de ça des années, j'ai demandé à ma doctoresse un remède pour que les gens ne me voient plus. Aujourd'hui, je les envoie se faire foutre. Ceux de Qumrân et ceux de Jérusalem, car ceux-ci non plus ne veulent pas de moi, alors que je pense, pour ma part, que vivre en société exige d'imposer sa présence à l'autre. On ne saurait écarter ce qui nous dérange, ni se terrer au fond d'une grotte. Les personnes surgissent comme des aiguilles plantées dans le sable, sans qu'il nous soit possible d'éviter de nous y piquer. Nous pouvons toujours progresser avec aigreur et sur la pointe des pieds. Nous pouvons avancer à tâtons comme sur une plage minée par les nazis, tout juste débarqués avec un casque, un fusil et une gourde. Et quand bien même, il n'est pas d'artificier suffisamment pointilleux pour nous préserver de marcher dessus.

Il n'y a qu'une seule catégorie de purs, alors que nous autres impurs, qui avons pour seul trait commun de ne pas être les bienvenus dans les grottes de Qumrân, sommes très différents les uns des autres. Certains vivent dans leurs propres grottes métaphoriques, perméables au monde, quoique opaques. Je ne parle pas de tous ceux qui engloutissent des milliers d'euros en cosmétiques, mais de ceux qui courent après la beauté, tout en sachant qu'elle est à la fois fugace et éternelle. Ils y consacrent toute leur vie, parfois munis d'un filet à papillons, et sont heureux lorsqu'ils la devinent, ne serait-ce qu'un instant, suspendue au-dessus des feuilles d'un rosier ou posée sur l'écorce d'un arbre.

Ce sont ces ingénus, mon fils, aussi impurs que toi et moi, qui me réconcilient avec le désert dans lequel nous vivons. C'est pourquoi je veux finir ces histoires qu'un jour je te raconterai en te parlant de l'une de ces créatures. Sur une plage, dans l'eau, comme nous l'avons fait tant de fois. Une histoire qui a pour héros un enfant comme celui qui s'est planté sous le pied une seringue infectée de sida, comme celui que tu es, comme tous les enfants qui réalisent pour la première fois, assis à quelques mètres de leurs parents, que le monde est trop vaste et trop affligeant, mais que l'on peut y patauger et avaler du sable. S'ils réfléchissaient un instant – mais non, puisque les enfants ne réfléchissent pas ; heureusement pour eux, il n'y a que les adultes qui réfléchissent – ils comprendraient qu'il n'y a pas de bonheur sans saleté, que la pureté est un attribut de la névrose, et que personne n'a jamais frôlé la béatitude sans avoir connu une peau craquelée et endolorie.

PAPILLON EN LANGUE BASQUE

Il était une fois un petit Russe de dix ans qui se rendit avec sa mère et son frère à Biarritz, à l'été 1909. C'était une scène imperceptible, autrement dit, normale, parce qu'un petit Russe riche de dix ans, bien qu'accompagné d'une gouvernante, d'un précepteur et d'un domestique, n'attirait pas le regard dans une cité balnéaire remplie d'enfants russes accompagnés de gouvernantes, de précepteurs et de domestiques. Contrairement à la plupart des cités balnéaires, Biarritz conserve aujourd'hui plus ou moins l'aspect qu'avait connu l'enfant russe. Certes, l'Hôtel Carlton (qui abrite de nos jours des appartements de luxe, avec la même entrée sous portique où les dames attendent que le concierge leur ouvre la portière de leur voiture) n'était pas encore en service, quoiqu'il fût déjà en cours de construction, et le casino allait encore attendre vingt ans avant son inauguration, mais l'Hôtel du Palais affichait déjà la même indolence rococo, les vagues formaient la même écume sur le Rocher de la Vierge et les amants profitaient des mêmes cachettes dans les falaises pour se peloter. Biarritz est l'une de ces villes qui ont été érigées une fois pour toutes, dans ces années heureuses où les Français croyaient ferme que la France était le monde, leur propre grotte de Qumrân, et que tout ce qui se situait au-delà de leurs frontières n'était que barbarie. Aujourd'hui encore, bon nombre de Français persistent à le croire, les pauvres.

Un siècle et quelque plus tard, se promener dans Biarritz revient à arpenter une forme adorable de suffisance. La ville n'est plus qu'une coquille vide, il ne faut pas se laisser leurrer par les vitrines des boutiques Cartier ni par les restaurants chics : la noblesse n'existe plus, pas même dans les suites avec vue sur l'océan de l'Hôtel du Palais. Comme partout sur la côte (et sur toutes les côtes), elle est envahie de péquenauds qui traînent leurs sandales et boivent de la sangria parce qu'ils s'imaginent que Biarritz c'est déjà l'Espagne. Mais le décor résiste et oblige les estivants à observer un certain maintien altier, par respect envers les Russes blancs de la Belle Époque, dont les fantômes doivent encore hurler au fond du trou du Diable.

J'ai découvert Biarritz quelque soixante-cinq ans après cet enfant russe, sans gouvernante, ni précepteur ni domestique. Mon père, comme le sien, connaissait bien l'Hôtel du Palais, mais parce qu'il rendait souvent visite au gérant pour lui vendre des aspirateurs industriels. C'étaient les années de la moquette, avant que les hôtels ne découvrent les parquets, et mon père travaillait comme commercial pour l'une des firmes les plus importantes du secteur. Les week-ends, il rentrait à la maison en Espagne, où nous vivions ma mère et moi, histoire de ne pas avoir à me changer d'école, mais nous passions tous les trois l'été en France. Lui continuait de vendre des aspirateurs tandis que nous prenions un air dégoûté sur la plage, ce qui est une façon très française de profiter des vacances.

Mon père se rendait le matin à l'Hôtel du Palais, sortait du coffre son exemplaire de démonstration et montrait aux responsables de l'hôtel comment cela fonctionnait. Voyez cette tache de compote ? Un seul passage et voilà votre surface comme au premier jour. Cendres, fluides corporels, café, vin, gadoue des jours de pluie ? Rien ne lui résiste. Grâce à cette merveille, tous les jours votre moquette fera peau neuve. Bien entendu, nous vous offrons la mise en service et une assistance technique complète. Combien en voulez-vous ? Vu le nombre de chambres et d'étages, je dirais pas moins de dix, n'est-ce pas ? Quinze, serait l'idéal, mais je sais combien l'économie nous serre à la gorge, bien sûr, je vois, mon chef aussi me demande de réduire les dépenses. Dix, alors ? Sept, seulement ? Allez, prenez-m'en au moins huit et je vous offre les pièces de rechange.

Grâce aux appareils d'entretien à sec pour moquettes qu'il vendait dans tout le sud de la France, et dont les commissions constituaient ses revenus, j'ai pu connaître Biarritz. En réalité, l'appartement où nous séjournions durant l'été se trouvait à Anglet, là où vivent les gens, mais pour la balade, il fallait se rendre à Biarritz, comme nous l'avaient appris les Russes blancs (ce sont trois villes en une : Biarritz, Bayonne et Anglet ; Biarritz, c'est pour la promenade ; Bayonne, c'est pour les démarches chez le notaire et le théâtre ; Anglet, c'est pour vivre et se morfondre). C'était l'âge où je cessais d'être cet adolescent renfrogné, déçu par son premier baiser, pas si différent des sectateurs de Qumrân, et c'est pourquoi je retournais sur la plage, qui ne m'apparaissait plus comme le lieu frivole où le capitalisme exerçait sa violence symbolique, mais celui où passer un après-midi de baignade et de lecture.

La promenade, c'était Biarritz, mais les meilleures plages se trouvaient à Anglet. Je me souviens de grandes étendues de sable qui se succédaient après le phare, bien plus agréables que celles de Biarritz. Des plages de carte postale, mais les Russes ne l'avaient pas compris, puisqu'ils ne comprenaient rien au sable et aux vagues. Qui plus est, ces plages étaient désertes, larges et ventées, sans cabines pour se changer, ni serveurs pour vous apporter une collation. Celle qui nous plaisait s'appelait (et s'appelle toujours) la plage de la Chambre d'Amour ; d'après la légende, elle doit son nom à la grotte dans laquelle avaient l'habitude de venir s'ébattre tout nus deux très jeunes amants qui, occupés qu'ils étaient à explorer leurs propres cavernes, ne virent pas monter la marée, qui finit par inonder la grotte et les noyer. Plus tard, alors que tout le village les donnait pour disparus, quelqu'un entra dans la grotte, découvrant alors les deux squelettes enlacés, en plein coït post mortem. Et puisqu'à cette époque la plage était plus française que basque (des Basques n'auraient jamais accordé autant d'importance à un tas d'os pourris), l'endroit fut baptisé la Chambre d'Amour.

En ces temps semi-nudistes de la fin du XXe siècle, lorsque la plupart des jeunes Françaises se contentaient de trois centimètres de tissu, le strict nécessaire pour cacher le pubis (une époque fugace, avant le rhabillage postérieur, fomenté, j'imagine, par le puissant lobby des fabricants de maillots de bain, lequel s'était senti menacé dans un contexte de généralisation du monokini), l'un des attraits de cette plage était la quantité de couples qui émulaient celui de la légende, mais sans chercher de cachettes. Comme si le seul nom devait lui conférer des pouvoirs invocatoires, la plage s'était transformée en une authentique chambrée d'amour où le jeune homme prude et puritain que j'étais devait planter le regard à l'horizon ou par terre pour éviter de fixer l'un de ces couples et se payer une terriblement gênante érection impossible à dissimuler.

Mais tout cela se déroulait du côté nord du phare, au-delà du décor biarrot où la décence et les manières alambiquées de la séduction grinçaient encore comme grincent les carrousels en bois du front de mer. Je ne pense pas que le petit Russe arrivé en France en 1909 se soit aventuré aussi loin de la France civilisée, pas même pour chasser des papillons monarques. Ni sa gouvernante, ni son précepteur, ni son domestique n'auraient consenti à le laisser s'aventurer sur les lieux où forniquaient les autochtones.

L'une des caractéristiques des Russes blancs, mais aussi de tous les nobles et de tous les riches de l'époque, était de ne pas savoir nager. La baignade, jusqu'à il n'y a pas si longtemps, a toujours été une affaire de pauvres, ou de Juifs sectaires planqués dans les grottes de Qumrân. Ce sont les paysans et les mendiants qui pataugeaient dans les lacs, les étangs, les rivières et les plages, tandis que les riches admiraient le tableau depuis la fenêtre du palace, car les riches ont toujours aimé voir les pauvres en train de réaliser leurs activités de pauvres, comme en témoignent ces scènes de genre représentant des paysans pendant la moisson ou le cinéma néoréaliste italien. À force de les voir nager, ils décidèrent de s'approprier également cette activité récréative et, jusqu'alors, gratuite, et firent construire des villes comme Biarritz sur les meilleures côtes d'Europe. Des côtes ensoleillées, mais pas trop, s'entend. La côte cantabrique, des Asturies jusqu'aux Landes, se prêtait parfaitement à cette nouvelle lubie maritime, raison pour laquelle les reines espagnoles et les empereurs français du XIXe siècle s'empressèrent de la moucheter d'hôtels ravissants aux allures de pièce montée et de palais au sommet de falaises romantiques. Ainsi virent le jour les stations balnéaires de Santander et de Saint-Sébastien. Et de Biarritz, imaginée par le même maître pâtissier qui traça les rues du Sardinero et de la Concha.

Ce fut, du reste, une reine espagnole, Isabelle II, “celle aux tristes destins”, qui entraîna la cour et les nobles, ainsi que les puissants qui voulaient se montrer sous leur meilleur jour et se targuer d'accointances royales, jusqu'à Saint-Sébastien et Santander. Toute petite déjà, au malheur d'être orpheline et de devoir porter sur ses épaules la plus grande crise politique de l'Espagne d'alors, elle ajouta une maladie cutanée que les médecins du palais diagnostiquèrent comme ichtyose, un néologisme créé à partir du mot grec *ichtys*, désignant le poisson. D'après les médecins français qui en firent la description, elle consistait en une formation d'écailles semblables à celles de ces animaux. Mais Isabelle II, sans doute pour conférer une touche nobiliaire à un mal à ce point vulgaire et emmerdant, s'entendit dire qu'elle souffrait d'une forme d'ichtyose dite nacrée, du fait du blanc irisé des écailles.

D'après un article de Xavier Serra Valentí, un dermatologue féru d'art qui s'est appliqué à observer les maladies cutanées que l'on retrouve dans la peinture et dans la sculpture, il est à peu près certain qu'Isabelle II souffrait de ce que l'on appelle aujourd'hui le psoriasis. On s'intéressera moins ici au diagnostic (qui, après tout ce temps, ne peut être que spéculatif) qu'au remède préconisé. Seuls les bains de mer pourraient soulager la reine. Le soleil et les sels marins s'étaient révélés très bénéfiques. C'est ainsi que la jeune et délurée reine devint la première souveraine estivante d'Espagne, même si elle ne lança pas la mode sur un coup de tête, mais sur recommandation médicale. Je ne voudrais pas donner l'impression que le psoriasis des puissants et des influents serait le moteur de l'histoire, mais si Isabelle II n'avait pas souffert de cette ichtyose nacrée, peut-être que Santander et Saint-Sébastien auraient aujourd'hui un aspect nettement plus rustique et ordinaire.

Toujours est-il que, traitement ou plaisir, la reine et ses courtisans se heurtèrent à un petit problème : cela faisait des siècles qu'ils n'avaient pas mis les pieds dans l'eau et les vagues faisaient très peur.

Vouloir se baigner sans savoir nager, dans des eaux comme celles de la côte cantabrique, si enclines à la colère et au ressac, est un désagrément que les riches surmontèrent comme ils surmontent tous leurs problèmes : en payant quelqu'un de pauvre. À Santander, la tâche de les mettre à l'eau retomba sur les *maromos*, ainsi nommés parce qu'ils avaient la charge des *maromas*, ces grosses cordes qui servent à amarrer les bateaux et qu'ils nouaient au muret, permettant alors à ces dames et à ces messieurs de s'agripper lors de leurs bains de mer. Le *maromo* – un jeune montagnard de la vallée du Pas ou de Liébana – facilitait l'entrée dans l'eau et sa sortie aux banquiers empotés et aux demoiselles délicates.

À Biarritz, les *maromos* étaient appelés "garçons de bain" ; ce n'étaient pas des villageois cantabres mais des commis de ferme ne pouvant aligner guère plus de trois mots de français, descendus de leurs montagnes basques environnantes dans le seul but d'empocher quelques francs avant de rentrer chez la *ama* et le *aita* pour y passer l'hiver à traire des vaches et à faire cailler du lait dans le *kaiku*. Le travail à la plage n'était pas si différent de celui de la ferme : il fallait mener les très distingués messieurs-dames à la mer comme on emmène les moutons au pré, et veiller à n'en égarer aucun. Ils faisaient tremper ces Russes blanches comme des sachets de thé et, une fois infusées, les ramenaient sur le sable.

On imagine sans peine tous les frottements involontaires, les équivoques, les émois et les humidités non marines que provoquait ce contact interculturel et interclassiste entre éleveurs basques et nobles russes. Mais peu importe, parce que le garçon dont je voulais parler et que j'ai à peine évoqué avait dix ans et n'avait pas encore développé le moindre intérêt pour les corps autres que le sien.

Lui aussi, bien que plus léger et leste, se faisait mettre à l'eau par les garçons de bain, mais les bras noueux de ces premiers plagistes ne laissèrent pas dans son souvenir le même limon affectif qu'une autre figure aussi subalterne qu'indispensable pour les baigneurs qui ne savaient pas nager : le préposé aux vestiaires. Ces nobles-là ne pouvaient ôter seuls leur maillot de bain et revêtir leurs habits de ville, ils réclamaient pour cela l'aide d'un vieux bossu au sourire "ridé et radieux" (d'après le souvenir que l'enfant d'alors retranscrivit à l'âge adulte), qui avait sans doute été garçon de bain dans sa jeunesse, mais qui avec l'âge et les galons s'était hissé jusqu'à cette charge, équivalente à celle de la table de toilette ou du valet de chambre dans un palace.

Le vieux bossu, qui ramassait les maillots gorgés d'eau et lourds de sable que l'enfant jetait sur le plancher rayé de bleu, se prit d'affection pour ce petit prince russe si arrogant, et remarqua son faible pour les papillons. Au cours d'une conversation en français, il apprit qu'il les chassait l'après-midi dans les buissons, profitant de ses promenades le long des falaises et des bois. Et même si ses parents encourageaient et célébraient cette passion, d'autres la trouvaient fastidieuse, car elle rendait les balades interminables et obligeait à garder un œil sur l'enfant, lequel pouvait à tout moment se faire dévorer par un loup ou tomber dans un précipice ou dans les mains d'un bandit de grand chemin. Le vieux, quant à lui, la jugeait charmante, et il l'écoutait parler tandis qu'il plaçait à ses pieds une cuvette d'eau fumante destinée à le réchauffer, avant de le sécher délicatement en lui passant une serviette moelleuse sur tout le corps.

Un jour, il lui apprit comment on disait "papillon" dans sa langue. Des années plus tard, le garçon, aux portes de la vieillesse, se souvenait encore du mot, "conservé depuis sous verre" dans sa mémoire : *misericoletea*.

Nous ne sommes pas sans savoir que souvent les lamelles en verre de la mémoire se ternissent et se brisent, et c'est pourquoi, lorsque l'enfant grandit et voulut coucher le souvenir dans l'un de ses livres, il consulta un dictionnaire basque pour s'assurer que c'était bien là le nom du papillon. Le mot qui s'en approchait le plus, parmi les sept qu'il trouva, fut *micheletea*.

Le mot usuel que le basque normatif emploie pour dire papillon est *tximeleta*, lequel ne ressemble aucunement à *misericoletea*. Mais le basque est une langue qui n'a été unifiée et normalisée que très récemment, et qui conserve donc une très grande diversité dialectale, particulièrement riche s'agissant du lexique de la nature : un peuple de gens de la forêt possède une infinité de mots pour nommer les plantes et les animaux. Aussi est-il très peu probable qu'un basque du Labourd du début du XXe siècle employât le même mot que celui qui est enseigné aujourd'hui aux écoliers des ikastolas. Outre *tximeleta*, je suis tombé sur treize autres mots qui veulent dire papillon et que l'on emploie dans différentes vallées et villages : *pinpilinpauxa*, *inguma*, *zintzitoil*, *txiruliru*, *txiribiri*, *farfail*, *tximirrika*, *txilipitaina*, *sorgin-oilo*, *matxita*, *mitxirrika*, *jainkoilo* et celui qui d'après l'enfant ressemble le plus au papillon du bossu (même si comme moi, il n'en est pas très convaincu) : *mitxeleta*. Auxquels il convient d'ajouter *kriseilu* et *maritxu*, des papillons au sens figuré et qui dans la langue parlée désignent respectivement les lampes à huile et les efféminés.

Cela me fait rager que *misericoletea* ressemble vaguement à *mitxeleta*, au point de pouvoir raisonnablement penser que le garçon, dont le nom est Vladimir Nabokov, ait pu entendre le deuxième terme et enregistrer le premier. Si seulement il pouvait ne ressembler à aucun des seize mots que j'ai retranscrits. Si seulement le vieux bossu avait offert au petit Russe une forme rarissime de nommer les papillons, un abracadabra qui ne s'appliquerait qu'aux espèces locales, aux papillons basques des collines qui s'élèvent derrière cette cabine de bain.

Mais plus que tout, j'aurais aimé que cela ne fût qu'une invention du Nabokov adulte. Je me représente le bossu sans sourire ridé ni radieux. Plutôt revêche, fatigué d'avoir à sécher les fesses des nobles russes qui ne savent pas nager. Servile, mais distant, invoquant cette proverbiale barrière culturelle qu'érigent les prés et les fermes. Je me représente l'enfant russe sans défense face à ce monstre, loin de la protection des gouvernantes, des précepteurs et des domestiques, rudoyé par l'eau bouillante de la cuvette, trop chaude pour ses pieds, et par cette serviette hérissée qui lui arrachait le torse et les bras sous les mains de bûcheron du vieux, lorsqu'il le frottait de toutes ses forces. Enfermé avec lui dans la cabine qui sentait le pin, porte close, l'enfant ne pouvait que fermer les yeux et s'imaginer que cet être était un autre, bon et délicat, qui lui apprenait à dire papillon en basque. La seule façon de supporter toute cette violence.

Je me représente la déception de Nabokov vieux qui, en voulant consigner son souvenir, découvre dans le dictionnaire un mot réel vaguement proche de celui que sa mémoire a fabriqué pour papillon. Zut : le mot existe. Et s'il ne l'avait pas inventé ? Et s'il avait vécu cet épisode pour de vrai ? Quel terrible constat lorsque les faits collent au souvenir qu'on en garde. Rien de pire que d'avoir la confirmation que le souvenir correspond au vécu, parce que tant que nous les conservons, les lamelles de verre de la mémoire ont la consistance des histoires que l'on raconte le soir avant d'éteindre la lumière. Rigoureusement, elles n'existent pas. Elles n'ezistent pas, pas plus que les monstres. Nous supportons le poids de la mémoire parce que nous gardons l'espoir d'avoir tout inventé.

Voilà pourquoi je continue de croire que j'ai attrapé le sida sur cette plage, à un âge très proche de celui de Nabokov lorsqu'il apprenait à dire papillon en langue basque et de celui de mon fils quand il s'endort après m'avoir expliqué que les sorcières n'ezistent pas, puisque je n'ai rien trouvé prouvant le contraire. Dès lors, je peux continuer d'arroser et d'engraisser le souvenir, et même de voir le point rouge, et de fermer les yeux en pensant que je m'éteindrai dans mon sommeil. Si lors de l'une de mes visites à l'hôpital je devais repartir avec un papier du labo prouvant que je n'ai rien inventé, que la seringue a bien existé et que les virus qu'elle contenait se sont activés trente et quelques années plus tard, je me verrais obligé de croire tous les autres souvenirs que je me raconte et que je raconte aux autres ; et la vie cesserait d'être une fiction faite d'omissions et d'exagérations pour se convertir en un acte notarié. Ce n'est pas la perspective de la mort qui me terroriserait alors, mais la possibilité de croire à mes propres histoires.

Ai-je vraiment passé tous ces étés sur la Chambre d'Amour, à quelques mètres seulement du lieu où Nabokov se changeait après le bain ? Prétendions-nous être des Russes blancs, alors que nous ne faisions que vendre les appareils qui nettoyaient la moquette que foulaient les Russes blancs ? Sur la promenade, nous en avions tout l'air, avec nos glaces et cette façon de nous poser sur les bancs que formaient les rochers. Magie du décor, j'imagine, le pouvoir des rues de Biarritz. Même le pire des comédiens peut passer pour Hamlet s'il traverse la scène tenant un crâne dans sa main. Quel âge avais-je alors ? Dix-sept, dix-huit ans ? Trop grand pour continuer à bouder le monde, trop jeune pour me réconcilier avec lui.

Assis sur une chaise pliante, dans une attitude légèrement altière, faisant semblant de lire un livre qui ne m'intéressait guère, je regardais parfois ma plante de pied et me remémorais le point rouge. Il s'y trouvait encore, perdu dans une quelconque rugosité. Je n'avais encore sur la peau d'autres marques que celle-là, mais je me sentais déjà invisible et étranger. Personne pour me mettre à l'eau. Aucun bossu pour m'apporter une cuvette d'eau chaude. J'ignorais comment on disait papillon en basque. Solitaire, liseur, renfrogné, je me demandais ce que je faisais là, entouré de Françaises charmantes et de Basques vigoureux, les descendants des garçons de bain de Nabokov, lesquels mettaient à l'eau puis sortaient les filles par pur plaisir désormais. Je ne possédais même pas un filet à papillons pour prétendre que je poursuivais quelque chose ressemblant de près ou de loin à la beauté.

Beaucoup, beaucoup plus tard, un ami m'a raconté qu'il assistait à des séances d'hypnose afin d'extraire les souvenirs refoulés de son enfance traumatique. Même si moi, qui crois aux fantômes et au tarot, je n'étais pas la personne la mieux indiquée pour le lui reprocher, je me suis permis de lui demander à quoi bon dépenser son argent dans de telles fantaisies, en lui citant au passage un livre que je venais de lire, *Le Syndrome des faux souvenirs*, où l'on démontre que la psychothérapie, et bien d'autres techniques de divan, sont des armes de suggestion archi-puissantes servant à implanter de faux souvenirs. Elles te font croire que tu as vécu certaines choses que tu n'as pas vécues, et l'une des autrices du livre, une psychologue américaine, experte auprès des tribunaux, l'avait démontré en implantant délibérément de faux souvenirs chez de nombreux patients dans le cadre d'une expérience clinique. Elle était convaincue de l'efficacité de sa méthode, laquelle reprenait la liturgie psychanalytique : je peux faire que tu te souviennes de ce que je veux, disait-elle.

— Je sais déjà tout ça, m'a répondu mon ami, mais les quelques souvenirs que je garde de mon enfance sont si mauvais que je paye volontiers quelqu'un pour les remplacer par d'autres. Je ne demande pas que l'on fasse ressurgir un refoulement, mais que l'on m'invente une enfance nouvelle, heureuse.

Je n'ai aucun grief à l'encontre de la version de mon enfance que mes souvenirs ont façonnée. J'aime cette seringue dans mon pied et la conscience de la mort qu'elle m'a inoculée, mais je ne verrais aucun inconvénient à me payer quelques séances d'hypnose et d'analyse pour me créer une autre adolescence. Plus proche de celle des descendants des garçons de bain, moins cérébrale, moins lectrice, moins grave, moins crétine et plus dénudée. Une jeunesse crédule, qui esquisserait, non pas une moue hautaine, mais un sourire envieux, lorsqu'on lui raconterait comment ont été retrouvés les squelettes de ces amants dans cette grotte du bord de mer.

L'HABITUDE

Le 25 juin 2019, l'agence de presse Eurasia Daily diffusa une vidéo de quelques secondes à peine d'un homme dans un lit d'hôpital répondant aux questions qui lui étaient posées en russe. Il disait s'appeler Alexander. Présenté dans un état cadavérique, la caméra montrait son corps dévêtu, couvert de la tête aux pieds de plaies purulentes d'où suintaient tous types de fluides putrides. On aurait dit une victime d'incendie ou d'attaque à l'arme chimique. Un avertissement en ouverture mettait en garde contre la violence des images, ce qui pouvait avoir un effet dissuasif autant qu'incitatif. La viralité de l'histoire, qui en quelques heures s'invita sur des millions d'écrans d'ordinateur, plaide pour la deuxième option.

L'agence de presse joignait à la vidéo une information précisant qu'Alexander avait été retrouvé dans un lieu reculé de la région de Touva, à la frontière entre la Russie et la Mongolie, où il avait été attaqué par un ours. Selon elle, la bête, après l'avoir profondément lardé à coups de griffes, l'avait traîné jusque dans sa tanière et l'avait entreposé dans son, mettons, garde-manger, pour le dévorer plus tard. Tel Ulysse dans la caverne de Polyphème, Alexander profita d'une distraction de l'ours pour s'échapper à la force de ses bras, jusqu'à ce que des randonneurs le repèrent.

L'affaire aurait pu en rester là, mais lorsque la vidéo arriva dans les rédactions des journaux britanniques, elle suscita des interrogations. Fait étrange, puisque les journalistes, britanniques notamment, ne sont pas du genre à regarder les dents aux chevaux donnés. Ils relaient l'histoire en y joignant un titre le plus racoleur possible, et le tour est joué. Mais cette fois, sait-on pourquoi, ils décidèrent de confronter les sources. Il y avait plusieurs zones d'ombre dans la dépêche de l'agence, dont deux en particulier : le comportement de l'animal et l'emplacement de l'hôpital où furent prises les images. Nul besoin d'être éthologue pour savoir que les ours ne mettent rien de côté pour plus tard. Les prédateurs engloutissent leurs proies au moment où ils les chassent. Quant à l'hôpital, il se trouve dans la ville d'Aktioubé, au nord-ouest du Kazakhstan, à plus de trois mille kilomètres de la région de Touva en Russie, où fut découvert le malheureux Alexander. Comment était-il parvenu jusque-là ?

Deux appels téléphoniques suffirent pour lever l'imposture. Le directeur de l'hôpital d'Aktioubé expliqua au *Daily Mail* – d'après ce même journal dans son édition du 29 juin, soit quatre jours après la diffusion de la vidéo – que l'homme identifié comme Alexander avait quarante et un ans et qu'il était son patient. Les images avaient été tournées dans son établissement, il ignorait par qui et dans quel but, toutefois cette personne n'était pas prise en charge suite à une attaque d'ours. Alexander présentait un cas extrêmement violent de psoriasis qu'il ne traitait plus depuis longtemps, à cause d'une dépression. Il s'était abandonné jusqu'à la difformité totale, mais se trouvait désormais entre les mains des dermatologues et son pronostic était modérément favorable.

La mythologie pose une deuxième croûte sur la peau malade. La seule façon pour les lépreux de se voir disculper, c'est si leur état relève d'une origine héroïque. Il arrive parfois que le malade n'ait même pas besoin de s'inventer une légende, les chroniqueurs s'en chargeant pour lui.

En 1956, Ernest Hemingway effectuait un voyage en Espagne pour assister à des corridas. Il avait cinquante-sept ans et en faisait un peu plus, mais sa présence continuait d'impressionner quiconque le rencontrait, avec ses grands éclats de rire et sa conversation désinvolte. De passage à Saragosse, un très jeune journaliste de vingt-six ans du nom de José Luis Borau (devenu par la suite critique de cinéma, puis réalisateur) se présenta au Grand Hôtel pour l'interviewer. J'ai l'impression qu'Hemingway n'était pas d'humeur très causante ce jour-là, ou qu'il ne faisait pas grand cas de ce mirliflore venu interrompre sa sieste, parce que le chroniqueur s'attarde longuement sur l'impression que l'écrivain a suscitée chez lui et ne rapporte que de très rares déclarations de l'Américain, signe que le pauvre Borau n'avait pas grand-chose à se mettre sous la dent et qu'il lui fallut s'improviser didascaleur et naturaliste pour parvenir à combler la colonne béante que lui avait assignée le journal.

Borau repéra diverses taches sur les mains et sur le visage d'Hemingway, sans oser lui poser de questions – personne ne l'aurait fait – et les attribua, en toute bonne foi, au soleil du Kilimandjaro. L'aventurier, le gravisseur de montagnes, le globetrotteur des cinq continents, portait sur la peau le souvenir de ses exploits, comme les marins se faisaient tatouer chaque fois qu'ils traversaient l'équateur ou qu'ils franchissaient le cap Horn.

Il n'était pas si à côté de la plaque que ça, le jeune Borau, car ces taches étaient bien le témoignage d'une vie, non pas d'une exposition prolongée au soleil d'Afrique, mais d'une surexposition aux boissons spiritueuses, entre autres innombrables débauches. En 1956, l'auteur de *Paris est une fête* souffrait d'une hémochromatose, assortie d'un diabète, de graves problèmes hépatiques et d'une hypertension débridée. On peut s'étonner que sa mort soit survenue par suicide et non à cause de l'une de ces affections qui lui ravageaient la peau, voire même d'un cancer cutané.

D'aucuns incluraient l'alcoolisme parmi les origines mythologiques de n'importe quelle marque sur la peau, mais Borau, attaché à la bigoterie qui seyait à n'importe quelle ville de province en plein franquisme, préféra les neiges du Kilimandjaro comme explication plus audible pour ses lecteurs que les glaçons du whisky que l'écrivain continuait à s'enfiler tandis qu'il répondait par oui ou par non à ses questions.

Pourquoi n'ai-je pas inventé une attaque d'ours ou laissé dire que ma peau portait les stigmates de toutes les fois où j'ai couché avec Mata Hari et affronté Fu Manchu. Si seulement j'avais composé ma propre chanson de geste pour que, lorsque le jeune José Luis Borau viendrait m'interviewer, il puisse me décrire avec ce mélange de compassion, d'étonnement et de révérence que peu d'êtres humains parviennent à inspirer. Comment peut-on à la fois plaindre et jalouser la vie de quelqu'un ? Se réjouir de ne pas avoir sa peau et en même temps souhaiter être dans celle-ci. Il convient de moduler savamment la mythologie dont on se pare, dosant les silences surtout – il est préférable de laisser les autres meubler avec des suppositions tout ce qu'ils ignorent de toi –, et ne jamais hausser la voix ni se vanter à l'excès.

On ne m'a pas vu dans un hôpital du Kazakhstan griffé par un ours et j'ai toujours raconté ma monstruosité avec un haussement d'épaules. J'en ai tenu pour responsable la génétique, ce qui est une façon de s'en prendre à Dieu sans volonté de blasphème. Privée de mythes ou de rédemptions, ma peau n'inspire que dégoût. Je ne suis qu'un pauvre hère parmi tant d'autres. Je peux susciter de la compassion, mais pas l'envie, parce qu'il n'y a pas d'odyssée derrière ma peau, ce ne sont pas des brûlures acquises en sortant d'une Troie en flammes ni la conséquence d'une traversée du Styx à la nage en allant chercher mon père.

Un certain temps s'est écoulé depuis que j'ai commencé à m'administrer les doses qu'on me fournit à l'hôpital. Je m'injecte quarante milligrammes d'adalimumab toutes les deux semaines grâce à un mécanisme très ingénieux qui me permet, en collant la seringue à la peau, de laisser le piston descendre automatiquement. En seulement un mois, quatre-vingts pour cent des taches ont disparu. Je les ai vues blanchir à vue d'œil pratiquement, comme par enchantement.

La douleur s'est dissipée presque intégralement quelques jours à peine après la première dose, et j'ai pu abandonner les antalgiques, dont j'étais devenu dangereusement dépendant, outrepassant toutes les mises en garde des médecins et des pharmaciens (allant jusqu'à changer régulièrement de pharmacie, pour ne pas attirer l'attention sur ma consommation excessive, comme les camés). La nuit où j'ai arrêté les antalgiques, après avoir lu à mon fils le chapitre de Roald Dahl de rigueur, j'ai éteint la lumière et je me suis allongé à ses côtés dans le noir.

— Papa, tu t'es allongé avec moi ! a-t-il dit, tout excité.

Le lendemain, il l'a raconté à sa mère :

— Maman, tu sais que papa hier, il s'est allongé sur mon lit avec moi ?

Je n'avais pas réalisé combien je lui avais manqué, ni la distance que mes articulations raides et grinçantes avaient creusée entre nos corps. Je n'avais pas réalisé combien lui m'avait manqué. Je dois en profiter et le prendre dans mes bras et le serrer contre moi avant que n'advienne le Moyen Âge de sa peau et qu'il n'y ait plus que des portes qui claquent et des je te hais et j'aurais préféré ne pas naître et toutes ces choses que l'on dit quand ce sont les hormones qui parlent. M'asseoir par terre, me vautrer, nous livrer à des combats de singes, grimper, casser des vases à coups de ballon. Pas au point d'aller m'inscrire dans un club d'athlétisme, mais je peux enfin être un père animalisé et bestial, comme je l'ai toujours rêvé.

Je quitte également les hôtels la tête haute, sachant que je n'ai laissé aucune trace de sang sur les draps.

À présent je me déshabille lentement et je me contemple un instant dans le miroir avant de me glisser sous la douche. Je conserve quelques taches, très ténues, des rougeurs pas plus. Vingt ans plus tard, j'ai retrouvé tout mon corps. Il a toujours été là, mais je ne le regardais plus pour ne pas avoir à m'apitoyer sur ma personne. J'évitais mon reflet et j'embuais les salles de bains pour me sentir en sécurité dans la vapeur. Là, je me promène nu dans la maison comme je ne me souviens pas l'avoir fait un jour et je sens l'air du matin sur les fesses et les testicules et les tétons, et je ne suis pas certain d'avoir mérité ce plaisir, mais que diable, puisque je ne le prends à personne.

— On dirait que tu commences à te plaire, m'a dit Cris en me découvrant en plein défilé nudiste dans le couloir.

— Mais toi tu me plais davantage, ai-je répondu simplement, car c'était la seule réponse possible. Puis nous sommes allés dans la chambre et elle s'est déshabillée à son tour et nous nous sommes jetés dans le lit laissant la fenêtre grande ouverte, à l'heure à laquelle les adultères font l'amour dans les toilettes des bureaux, et lorsqu'on nous avons fini de gémir et de déplacer le sommier jusqu'au centre de la pièce, elle m'a dit qu'à partir de maintenant ce serait toujours ainsi, qu'elle n'accepterait plus les pénombres, ni les stores fermés ni les bougies courtes pour créer des ombres. Que c'en était fini de mes stratagèmes pour voir sans être vu, que nous passerions le restant de nos jours sous un éclairage dramatiquement zénithal, sans clairs-obscurs ni *sfumati*.

Quarante milligrammes d'adalimumab tous les quinze jours. Voilà tout. Un piston qui descend seul a conduit ma vie à un dénouement heureux qui me donne l'impression de frauder et que j'observe avec méfiance. Parce qu'il n'y a pas là matière à un conte : on ne saurait clore une histoire sur une substance miraculeuse qui guérit les maux. Ça ne peut pas s'achever ainsi, heureux et avec beaucoup d'enfants. J'ai autant de mal à croire à cette fin heureuse qu'aux apparitions mariales ou aux intercessions divines qui font que les aveugles se lèvent et marchent.

Sans doute une question de temps, jusqu'à ce que je m'habitue à raconter ma vie autrement. Là, je devrais simplement me réjouir et profiter de mon corps reconquis. C'est tout.

Et pourtant.

Il n'y a pas d'épopée, mais seulement l'habitude. J'ai vécu la moitié de ma vie malade de psoriasis et je ne pourrai mener celle qui me reste sans lui. Je me suis reconnu dans quantité de monstres, je me suis raconté à travers leur existence, je me suis frotté à leurs plaies et j'ai souffert dans leurs os. J'ai recueilli leurs histoires pour les raconter à mon fils et qu'il comprenne à quelle engeance appartient son père et d'où il vient à son tour, puisqu'il porte inscrite dans ses gênes la même coquille que moi, et bien qu'il soit rare que le psoriasis se transmette de père en fils – il lui arrive plutôt de sauter une ou deux générations – il se peut qu'un jour il se mette à gratter la même petite plaie sur le bras que moi à vingt ans, dans cet appartement de Cuatro Caminos, face aux cartes du tarot. J'aimerais qu'il sache quels autres monstres l'ont précédé et dans quels miroirs il pourra se regarder. Car celui de la salle de bains ne lui sera plus d'aucune utilité. Il devra alors faire comme moi : regarder les autres pour éviter de se regarder soi-même.

Fascinante capacité de régénération de la peau. Les cellules saines remplacent aussitôt les cellules malades, et là où pendant des années il y avait des plaques, il ne reste plus aucune imprégnation fantomatique. Mais le caractère demeure. D'une certaine façon, que je ne m'explique pas, je reste ce lépreux avec une cloche autour du cou qui n'ose pas trop s'éloigner du lazaret. Je crois que je le resterai à jamais, que je ne vais pas me défaire complètement de mon habitude du camouflage, que je jetterai toujours un coup d'œil aux draps en me levant, cherchant des traces de sang, que j'éviterai de porter des chemises blanches et que je garderai une distance farouche avec les autres pour qu'ils ne découvrent pas, en me touchant, que je ne suis pas digne d'entrer dans Qumrân. De la maladie, je ne conserverai que la honte.

Je serai cette sorcière anonyme qui aura renoncé à ses pouvoirs, mais qui pousuivra une existence de sorcière. Sans eczéma, sans salive bleue, sans feu dans les pupilles.

DETTES ET REMERCIEMENTS

Mario Vargas Llosa affirme que l'écrivain se documente de manière à mentir en connaissance de cause. Il n'y aurait aucun sens à adjoindre une bibliographie ou un appareil critique à un récit comme *Histoire de ma peau*, et je conçois que nombre d'écrivains refusent de rédiger une coda comme celle-ci (indispensable, en ce qui me concerne) dans laquelle il semblerait que je dévoile tous les tours du livre. Un magicien ne révèle jamais ses secrets, et je pourrais invoquer ce privilège, étant donné que j'ai manipulé avec la plus grande liberté les références historiques et littéraires comme bon m'a semblé pour leur faire dire à peu près ce que je voulais, comme dans n'importe quel récit ; mais l'urbanité et la décence m'obligent à mentionner une poignée d'ouvrages qui m'ont accompagné tout au long de l'écriture et sans lesquels ce livre n'ezisterait pas, pas plus que les sorcières.

Parmi les nombreux ouvrages de référence sur les aspects anatomiques, anthropologiques et historiques ici abordés, il convient de citer le travail de Nina G. Jablonski, *Skin: A Natural History*, et le classique d'Ashley Montagu, *Touching: The Human Significance of the Skin*. Sur des questions plus spécifiques, je me suis énormément enrichi à la lecture de *Psyche of the Skin: A History of Self-harm*, de Sarah Chaney, ouvrage dans lequel elle analyse en profondeur notre tendance à malmener notre peau pour des raisons d'esthétique, de troubles mentaux ou par simple convention sociale (et dont je me suis beaucoup inspiré pour le passage de la protocopine punk et sa lacération en hommage à Sid Vicious), et de *Face Paint: The Story of Makeup*, de Lisa Eldridge, livre qui m'a permis de comprendre ce qui nous pousse à claquer des fortunes en parfums.

Je ne crois pas que le simple hasard ait voulu que tous ces livres soient l'œuvre de femmes. Celles-ci ont souvent abordé les aspects les plus pratiques et objectifs de la peau, sans jamais perdre de vue l'expérience du quotidien, expliquant son importance sociale sans tomber dans la spéculation. En revanche, les ouvrages écrits par des hommes – j'en veux pour preuve le volume que voici – penchent davantage pour la philosophie et la littérature. Pour moi, qui ai toujours défendu qu'il n'y a pas d'écriture féminine ou masculine, le constat est plutôt frustrant, mais l'évidence bibliographique m'oblige à le signaler : quiconque voudrait élargir sa connaissance pratique de la peau peut lire ces femmes et leurs livres aussi merveilleux que rigoureux. Quiconque préférerait une approche poétique de la peau, peut lire les ouvrages des hommes qui ont érigé des châteaux de métaphores en son honneur.

Quod erat demonstrandum, en cherchant des ouvrages plus généraux qui traiteraient de la peau d'un point de vue historique, je me suis plongé dans les trois volumes de la très monumentale *Histoire du corps*, dirigée par Alain Corbin, Jean-Jacques Courtine et Georges Vigarello, l'un de ces projets historiographiques insensés dont seuls ont le secret ces intellectuels français éduqués dans la tradition encyclopédique. Certains textes de Martin Heidegger m'ont également fait penser à la façon dont nous collons à la peau certaines significations et au rapport qu'elle entretient avec le reste du corps, et qui composent en grande partie la musique de fond de ce livre. Dans le classique intemporel foucaldien, *Histoire de la folie à l'âge classique*, apparaît cette Nef des fous, ou radeau, dont j'ai repris l'image dans pratiquement tous les chapitres et dans laquelle je me sens dériver aujourd'hui encore. Foucault a tellement influencé ma façon de comprendre l'exclusion et l'inclusion dans la société qu'il est inutile de préciser qu'il constitue le squelette de *Histoire de ma peau*. Cela dit, le philosophe à qui je dois le plus est Ernst Cassirer, qui souffrait de psoriasis et dont j'ai été tenté d'inclure dans ce livre la vie studieuse dans la très borgésienne et fantastique bibliothèque Warburg, même si à la fin elle en a constitué l'une des nombreuses omissions.

L'histoire de Staline provient de plusieurs sources, parmi lesquelles on retiendra les deux titres que Simon Sebag Montefiore a consacrés au dictateur : *Le Jeune Staline* et *La Cour du tsar rouge*. L'enquête de Frank Westerman sur El Negro de Banyoles, *El Negro et moi*, a été largement citée dans le chapitre sur le racisme. L'histoire de John Updike s'inspire d'un bref passage de ses Mémoires, intitulés *Être soi à jamais*, quoique Updike ait par ailleurs écrit un roman dont le personnage principal est atteint de psoriasis, *Le Centaure*, bien plus célèbre que son autobiographie. Pour écrire sur Cyndi Lauper je me suis servi de *Cyndi Lauper: a Memoir*, écrit à quatre mains par l'intéressée elle-même et Jancee Dunn. Parmi les nombreux ouvrages consacrés à la figure de Pablo Escobar, je plébiscite ceux écrits par son fils, *Pablo escobar, mon père* et *Ce que mon père ne m'a jamais dit* ; et celui de son épouse, *La Vie secrète de Pablo Escobar*.

Je m'attarderai plus longuement sur le cas de Vladimir Nabokov, depuis longtemps l'objet de mes passions papivores, et de qui je ne peux sinon citer *Autres rivages* et *Lettres à Véra*, dans lesquels nous, ses lecteurs, avons pris connaissance des effets dévastateurs du psoriasis sur sa personne. Je qualifierais d'indispensable le premier tome de sa biographie, *Vladimir Nabokov. Les années russes*, de Brian Boyd, et d'intéressant seulement, et par ailleurs insidieux, *The Secret History of Vladimir Nabokov*, d'Andrea Pitzer. Cela dit, c'est dans son œuvre personnelle que j'ai décelé le rapport entre l'auteur et sa peau, à commencer par *Lolita*, un véritable traité de sensualité et de perversion, puis de *Ada ou l'Ardeur*, *Feu pâle* et l'ensemble de ses grands livres. Mais il en est un, moins connu, souvent épuisé, et qui remonte à sa période européenne, qui m'a semblé révélateur et définitif : *Invitation au supplice*. Sans prétendre faire le tour d'une œuvre incontournable, je conseille néanmoins au lecteur profane de s'initier avec ce chef-d'œuvre.

J'oublie (quand je n'omets pas délibérément) une infinité de lectures qui m'ont mené à *Histoire de ma peau*. Parmi elles, le roman intitulé *La Peau*, de Curzio Malaparte, et qui n'a rien à voir avec ce livre (ou avec la peau, au demeurant), si ce n'est une certaine démarche autobiographique. Autrement dit, on peut en croire ce que l'on voudra.

Le roi de pierre du chapitre consacré aux conversations avec ledit roi est en réalité un roi de bronze, mais je me suis autorisé à le changer en pierre, car les rois de bronze sont moins rois, plutôt des rois de consolation, et moi, il me fallait un roi dans toute sa splendeur royale, taillé et non fondu, cher et non bon marché. Tel qu'il est, le livre regorge de noms modifiés, d'omissions et de fausses routes. Parfois, dans l'idée de protéger l'intimité d'autrui, qui ne méritait pas d'être violée par ma logorrhée. D'autres fois, par pur caprice, parce que cela rend mieux de dire que c'est arrivé ailleurs, ou que quelqu'un est ce qu'en réalité il n'est pas. Rien de tout cela n'a la moindre importance, bien qu'il faille le préciser, la vérité ne reposant jamais sur des faits, comme chacun sait.

Bien entendu, il y a également les œuvres d'art, les films, et les conversations avec des amis avisés sans lesquels je n'aurais pas écrit la moindre ligne de cet ouvrage. Voici le nom de quelques personnes qui ont eu leur influence, généralement sans le vouloir, et bien souvent sans être conscientes qu'elles m'accompagnaient dans l'écriture de ce livre (certaines ne savaient même pas que j'étais en train de l'écrire, ni que leurs paroles et exemple me poussaient à continuer et m'aidaient à lui donner forme) : Cristina Delgado, Pilar Álvarez, Iguázel Elhombre, Edu Galán, Carlos Alsina, Ella Sher, Karina Sáinz Borgo, Estrella Simal, Elvira Lindo, Andrés Trapiello, Rosa Belmonte, Rubén Amón, Guillermo Altares et un ou deux etcétéra. Au loin et à contrejour, je n'oublie pas Claudio López de Lamadrid et sa générosité sans laquelle je n'aurais jamais engrangé la confiance suffisante pour ouvrir le robinet littéraire qui m'a conduit jusqu'ici. D'une certaine façon, il est l'éditeur vicaire de *La Peau,* n'en déplaise à Pilar Álvarez et Pilar Reyes.

La liste pourrait être nettement plus exhaustive, mais je préfère résumer toutes mes influences en un seul film.

En 1985, en proie à l'une des pires crises personnelles et artistiques qu'il ait connues, Martin Scorsese sortit *After Hours* (qui en Espagne comme en France s'intitula, sans qu'à ce jour personne n'ait été condamné pour cela, *Quelle nuit de galère*, titre que je refuse d'employer), un conte facétieux, que les critiques jugeraient sans prétention, très distant des prétentions auxquelles il avait habitué son public à coups de tragédies très complexes et mythiques comme *Taxi Driver* ou *Raging Bull*. *After Hours* est le récit d'une nuit délirante dans le Soho de New York mettant en scène un employé de bureau un peu coincé qui se retrouve sans argent pour prendre un taxi, ou même le métro, et vit alors une série d'aventures cocasses et fantaisistes en compagnie de drôles de zigotos. Dans le fond, c'est un hommage aux romans de Henry Miller, qu'il cite explicitement.

L'un de ces personnages est une jeune femme rencontrée dans un *diner* et dont il tombe amoureux. Blonde, triste et naïve, elle le conduit jusqu'au loft qu'elle partage avec une sculptrice loubarde et agressive. Lors de ce flirt, elle lui parle de cicatrices. Certaines gens sont bardées de cicatrices, dit-elle, énigmatique, et lui commence à faire une fixation. Il s'imagine que la jeune fille douce et incroyablement sexy qu'il vient de rencontrer est couverte de lacérations, et se met alors à chercher la façon de s'échapper, car il répugne et appréhende l'idée même de faire l'amour avec quelqu'un dont la peau est ravagée. Profitant d'un moment d'inattention, il se sauve, mais perd l'argent dans l'intervalle et se retrouve piégé dans le quartier, raison pour laquelle il décide de retourner au loft. Il découvre alors qu'entre-temps la fille est morte. Il la voit sur son lit, recouverte par le drap. Effrayé, mais toujours aussi fauché, il se saisit d'un coin de drap et le soulève lentement jusqu'à découvrir son corps nu. Il se rend compte alors que la fille n'a pas une seule marque sur toute l'étendue de sa peau.

J'ai dû voir *After Hours* pas moins de vingt fois. C'est l'un de mes films préférés et je le considère un sommet du génie de Scorsese et de l'histoire du cinéma, mais c'est ce plan sur l'acteur Griffin Dunne au moment où il dévoile le cadavre encore chaud de la jeune femme qui résume et justifie ce livre. Scorsese montre le corps le temps d'un instant seulement, avant de braquer immédiatement la caméra sur le visage de Dunne, dans les yeux de qui on peut lire la repentance, l'idiotie, le soulagement et la désolation. Son regard condense des siècles de regards portés sur la peau de l'autre. Le lieu de tous les préjugés, de toutes les accusations, de toutes les violences, de tout le racisme et de tout le dégoût. Là, dans ce geste dramatique, sont contenues toutes les pages de ce livre.

Saragosse, avril 2020

TABLE DES MATIÈRES

RÉALISATION : NORD COMPO À VILLENEUVE-D'ASCQ
IMPRIMERIE : NORMANDIE ROTO IMPRESSION S.A.S. À LONRAI
DÉPÔT LÉGAL : MARS 2023. N° 147458 (2206306)
IMPRIMÉ EN FRANCE